假面飯店

マスカレード・ホテル

東野圭吾

suncolor 三采文化

陳系美／譯

〔推薦序〕

請指認兇手，and take your time

／張國立

推理小說始於愛倫坡（一八〇九—一八四九），短短四十年的人生，他將小說的世界擴至無限大，英國的科南・道爾曾這麼說：

「他將呼吸貫入（推理小說）生命之中。」

從此推理小說要有一個（或多個）偵探（無論是否專業），鍥而不捨追索一個謎團（經常有屍體），以寫實的態度面對虛構的懸案，在一連串的埋藏之後，偵探於蛛絲馬跡中找到線索，且於讀者的驚訝之中破案。從此這便是推理小說的主幹，後來的福爾摩斯與白羅，都堅持這些原則：

給你一根毛，你得揪出一頭牛！

有些人稱愛倫坡以降的破案小說稱為古典推理，日本人則稱之為本格派推理，對讀者而言，這類小說是簡單而動人心弦的，買書的那刻便知道得尋找謎底，情緒跟著劇情走，腦子不停轉動，有人喊，一定是那個宅男殺的，有人則，看了三分之一之後忍不住跳到最後幾頁？——親愛的，這是犯規的行為。

接著推理小說除了技術之後（破案的手法），納入更多的元素，特別重視社會性的題材，最具代表性的莫過於日本的松本清張與美國的漢米特，偵探不再那麼聰明，他們有人性上的弱點，不過絕不放棄。

在此，先本格派一下，探討東野圭吾。

首先，他的名字是個錯誤，東野這個姓原念做「TOUNO，とうの」，他父親卻刻意把姓念成「HIGASHINO，ひがしの」。就這樣，如果你認識他，當然叫他HIGASHINO SAN，如果初識，拿到他的名片，理所當然念成TOUNO SAN。他人生的前半和後半也隨著他的姓氏而截然不同。

中學之前根本不知道什麼是推理小說，甚至以為「江戶川亂步」是外國人。到了高二才看了小峰元與松本清張的書，可能那時起，他逐漸愛上推理小說，大學時甚至寫了第一本《放學後》，不過畢業後仍如其他同學一樣當個上班族，進入日本電裝株式會社做事，但他的創作沒有停止過。

一九八四年他的《魔球》入選第三十屆江戶川亂步獎，最終沒得獎。一九八五年的《放學後》則獲得第三十一屆江戶川亂步獎，第二年他便辭職到東京專業寫作。

當專業作家並不容易，東野圭吾是所有小說獎項裡入圍最多次的作家，從一九八五到一九九九，他每一本小說都極受好評，卻得等到《秘密》才得到第五十二屆推理作家協會獎，這本書同時入圍直木賞與吉川英治文學新人賞。當然，使他紅遍一時的是二〇〇六年的《嫌疑犯X的獻身》，我認為這是「宅男文學」的極致，一個在中學教數學，鬱鬱不得志的石神老師，成天窩在家裡研究數學，卻愛上隔壁的單親媽媽，從此不可自拔，進而替這位媽媽頂罪，而且故佈許多疑陣，要不是老同學物理學家湯川協助警方辦案，可能永遠都是懸案。

人是我殺的，除非你們能證明我不是！

石神存在於我們周遭，他們在某方面有特殊的才能與執著，可惜不受其他人的重視，每天吃便當玩遊戲看小說，這，無所謂，只要能找到真愛，然後他的人生就會有永遠的目標。

《嫌疑犯X的獻身》非常社會派，到二〇一〇年的《新參者》，東野圭吾似乎有回到本格派的跡象，而翌年的《假面飯店》就更確定了。

關於《假面飯店》，一開始，兇手即預告下一起兇案發生的時間，等於向警方下了挑戰書，一具具屍體真的如期出現，因此，這是起連續殺人事件。

辦案的，不再只是刑警，一如他過去的小說，《嫌疑犯X的獻身》裡有物理學家湯川，這次也有位業餘卻頭腦清晰的偵探，飯店的美女櫃台小姐山岸尚美，她協助刑警新田浩介，在飯店的房客內找尋兇手。東野堅持推理小說的基本原則，將所有的張力匯集於：

Whydunit（殺人的動機）：這是「隨機殺人」嗎？死者間有共同關係？兇手純粹報復或能於其中獲得利益？

Howdunit（殺人的布局）：一具屍體在汽車內，一具在死者的慢跑路線上，一具在新建工地，可是現場都留有類似的數字密碼，兇手正引誘刑警步入他佈置好的競技場一較高下？

Whatdunit（殺人的兇器）：已用過繩索、鈍器，兇手並未如常見的連續殺人狂使用同一種兇器，接下來他會用哪種呢？因為兇器往往能說明兇手的習性、職業或專長。

兇手就在這間飯店內，嘿，請指認 and take your time。

《假面飯店》的舞台是東京都日本橋的Roayl Park Hotel，整起事件都在飯店內發生，影像效果很強，東野請讀者坐在台下，像看舞台劇般，所有的人物、事件都走到我們眼前的舞台上，看著故事的發生、人物的糾纏，古典到有如回到《東方快車謀殺案》。

而且讀者都清楚，兇手就在飯店裡，可能是房客，可能是員工，東野圭吾更頗費功夫把飯店文化與經營，乃至於與顧客間的互動，寫得生動細膩。於是，從頭到尾埋下許多帶著點社會派味道的虛線索，如迷宮，最後唯有嘆口氣將頭倚在椅背，等著東野破案。

《假面飯店》，緊湊的過程、單一的場景、連續的謎團、驚訝的結局。祝閱讀快樂。

「東野圭吾巧妙運用了故事舞台的特性，上演多齣『偵探小劇場』，最終再與主案件合而為一，繁複而不紊亂，營造出獨特的萬花筒式閱讀趣味，實在過癮。」

——〈推理評論人〉冬陽

「在東野圭吾的新系列主角作品中，很難得地可以看到這樣高潮迭起、緊張和懸疑兼具的佳作。讀者會被解謎與找出真兇的過程吸引，徹底見識到東野圭吾對本格推理的熱愛。」

——〈資深推理迷〉杜鵑窩人

〈讀者書評〉

「《假面飯店》少了沉重苦澀的赤裸語彙，反而多了那麼點纖敏感性的生活共感。」

——Jrue

「請注意！千萬不要在睡前打開本書，因為峰迴路轉的緊湊情節，會讓你一頁接著一頁，捨不得入眠。」

——小云

「彷彿日劇般鮮明的情節躍然紙上，引人入勝。」

——白目一郎

「真相巧妙地穿插在看似毫無關聯實則環環相扣的情節。」

——猴妞

「《假面飯店》毫無疑問地帶來更迷人的魅力。」

——蒼野之鷹

「好看！每個段落都埋有精彩的梗等著在最後爆發！」

——蔡宗麟

「要多少復仇執念，才能編織如此精美的偵辦迴圈？」

——數星星

「案中案、謎中謎，是起點也是終章。簡單的邏輯，精彩的推理，背後堆砌的是最複雜的人心思維，隱藏在數字中的殺機玄妙又離奇，復仇的種子燎原般迅速蔓生，誰能倖免，人性的猜疑與寬容盡在一念之間，東野圭吾隻手遮天機關算盡，《假面飯店》請君入甕……」

——藝溱

「《假面飯店》讓人領悟到同理心是消弭所有歧見的基礎。」

——雜揉之外

「情節曲折離奇，讓讀者忍不住讚嘆『原來如此』！」

——讀攪獸

1

電話響起，是內線；從十六樓的電梯廳打來的內線電話。

山岸尚美有不祥的預感。剛剛才處理完一名男性客人的住房手續，提供給這位客人的是十六樓的單人房。五、六分鐘前，門房小弟町田拿著行李、帶客人去房間。町田是剛進公司一年的新人，尚美憂心忡忡，希望他別犯什麼大錯才好。

「喂，這裡是櫃檯。有什麼事嗎？」尚美問。

「我是町田。我剛剛帶客人到 1615 號房，客人說房間有味道。」

「臭味？」

「煙臭味。明明是禁菸房，怎麼會有煙味？」

尚美操作旁邊的終端機，螢幕上出現 1615 號房的資料。這個房間確實是禁菸房，也確實打掃過了，之前也沒有殘留煙臭味的紀錄。

「我知道了。客人呢？」

「我請他在 1615 號房等。」

「那你也一起待在那裡，我馬上過去。」

掛斷電話後，尚美再度敲起終端機的鍵盤。這次是確認住宿客人的資料。大阪來的上班族。一星期前預約。列出的房間條件是：禁菸房、窗戶不要面對大馬路、盡可能要邊間。住房手續是尚美親自幫他辦的，不覺得這位客人有什麼特別古怪。

尚美快速掃視了一下櫃檯內。櫃檯經理去事務大樓參加臨時會議了。於是她向年輕的櫃檯人員川本招手，叫她過來。

「1615 號房的房客在抱怨。趕緊找個房間換給他。」

「好的，單人房對吧。」川本看著終端機的螢幕。

「單人房和雙人房，還有豪華雙人房也找找看。」

「好的。」背後傳來川本的回答，尚美拿著通用鑰匙卡走出櫃檯。

電梯到了十六樓後，門房小弟町田站在 1615 號房前面。看到尚美後，他朝著尚美跑去。

「好奇怪哦。先前帶他去房間的時候，我記得房間裡確實沒有煙臭味。但是我在電梯廳打完電話回去一看……」

「這回有煙臭味了？」

「對啊。」町田詫異地點點頭。

「我知道了。川本在找房間換給他了，你到櫃檯去。」

「好的。」

看著町田走去電梯廳後，尚美敲了 1615 號房的房門。門立刻就開了，出現一位國字臉的中年男子。單眼皮，眼睛混濁，嘴角不爽地歪著。

尚美對他鞠躬道歉。

「很抱歉，給您帶來這麼大的困擾。聽說房間有煙臭味？」

男性客人用下巴指向房裡。「妳就先進來吧。」

「打擾了。」尚美語畢走進房間。

不用特別仔細聞，立刻就聞到臭味了。確實是煙臭味沒錯。但不是房間原本就被燻染的尼古丁味，而是從剛點燃的香菸冒出的煙味，也就是二手菸的味道。

看來町田的懷疑是猜對了。可能是這位男性客人趁町田去打電話的時候，點燃自己偷偷帶來的香菸。

「怎麼樣？有臭味吧？」男性客人操著些許關西腔威嚇般地逼問尚美。

尚美再度鞠躬道歉。

「給您帶來如此不愉快的感受，真的非常抱歉。我會立刻為您更換房間。可以讓我打通電話嗎？」

「好，快點哦。」

好的，尚美回答後，用手機打給櫃檯。川本立刻接起。

「情況如何？」尚美問。

「同一層樓，1610 和 1612 空著。兩間都是禁菸房，其他的條件也都符合。」

尚美在心中搖頭。這兩間都是單人房。既然他都刻意抱怨了，再換這種房間也沒有意義。

「1620，或 1630 怎麼樣？」

尚美感覺到川本倒抽了一口氣。她應該明白尚美的意思吧。

「1620 沒問題，也打掃過了。」

「那麼，叫町田把鑰匙拿過來。」

「好的。」

掛斷電話後，尚美滿臉笑容地對男性客人說：

「讓您久等了。新的房間準備好了，我這就帶您過去。」

「是禁菸房吧？」

「是的，沒問題。」尚美拿起架上的旅行包。

到了 1620 號房，尚美以通用鑰匙卡打開房門，說了一聲「請進」，請男性客人進房。

男性客人一踏進房間就瞠目結舌。尚美從背後感受到他的疑惑，他可能沒想到會換到一間豪華套房吧。

「您覺得這間房間如何？我想應該沒有臭味才對。」

男性客人故意扭動鼻子聞了聞之後，轉頭看向尚美。

「我真的可以住這個房間？我可是把話說在前頭，我不會多付任何錢喔。」

尚美在自己的面前搖搖手。

「費用當然照現在的就可以了。是我們的疏失造成您的不愉快，在此致上深深的歉意。」

「嗯，好吧，以後小心點就好。」男性客人搔搔眉尾，似乎有點難為情。

此時門房小弟町田來了。尚美將鑰匙卡交給男性客人後，和町田一起離開房間。

「真的很不爽耶。感覺好像完全中了他的詭計。」前往電梯廳途中，町田說：「絕對是那傢伙點菸的啦！這分明是故意找碴，想讓房間升等的陰謀嘛。」

「沒有證據，不可以亂說。我平常有教你，顧客永遠是對的吧。」

「可是也沒必要換豪華套房給他吧。」町田嘟著嘴說：「給他雙人房或豪華雙人房，他應該就能接受了吧。」

「萬一他不接受呢？要是他又找一些雞毛蒜皮的事來抱怨，結果又要忙著給他換房間，到頭來麻煩的是我們吧？」

「是沒錯啦。」

「以前前輩有教我，不要跟客人斤斤計較。」

「哦。」町田點點頭，但仍然一臉不服氣。

尚美回到櫃檯，櫃檯經理久我和川本正在說話。久我看見尚美，點頭示意叫她過來。

「聽說有客人抱怨啊？」

尚美無奈地聳聳肩。

「處理好了，不是什麼大不了的事。我會立刻寫報告。」

久我伸出右手制止。

「報告晚點寫沒關係，妳現在去一趟事務大樓。總經理他們在二樓的會議室等妳。」

「咦？總經理在事務大樓啊？」

尚美有些驚訝，看著久我清秀的臉龐。總經理的辦公室，在櫃檯辦公室的後面。一般的會議都在這裡舉行。

「因為要談論的事情和公司以外的人有關，所以才用那裡的會議室。別擔心，並不是妳做錯了什麼事。」

「久我經理，您知道是什麼事嗎？」

「嗯，我也是剛剛才知道的。不過不能在這裡跟妳說，因為是非常重要的事。而且，我也沒把握能說得很清楚。」

尚美點點頭，眼珠子上翻看著久我。「好像是很恐怖的事哦。」

不料，久我的眼神變得十分嚴肅。

「沒錯，是非常恐怖的事。所以才需要妳的能力。」

「需要我？怎麼說？」

「這是因為——」久我欲言又止，搖搖頭。「等一下總經理會跟妳說。」

尚美嘆了一口氣，答道：「好吧。」

她離開櫃檯後，走工作人員的專用通道，從緊急出口走出飯店。東京柯迪希亞飯店的主要事務部門，設置於隔壁棟的建築物，雖然有掛出「東京柯迪希亞飯店別館」的招牌，但裡面並沒有營業用的住宿設施。

進入事務大樓，走樓梯步上二樓。總務課和人事課都在這一層樓。尚美敲一下會議室的門，聽到男性的聲音：「請進。」

尚美開門後，鞠躬進入會議室。首先看到藤木總經理。平常總是一臉溫和敦厚的藤木，此刻卻眉頭緊皺。他的右邊坐著住宿部部長田倉。田倉是尚美與久我的直屬上司，是個很愛開玩笑、個性開朗的人，但此刻也和藤木一樣，表情沉重地看著尚美。

藤木左邊坐的是總務課課長片岡。尚美雖然和他不熟，但也不認為他平常表情會如此可怕。會議桌的前方，坐著門房領班和房務清掃領班，他們也是被叫來的。

尚美嚴重地感覺到，事情非比尋常。

「抱歉，突然把妳叫來。總之，先坐下來吧。」片岡說。

尚美坐在房務清掃領班的旁邊。

「是這樣的，有事想拜託你們。因為這個是非常敏感的問題，當然不能跟飯店外面的人說，即便飯店內部的人，現階段也不能隨便吐露風聲。」

尚美緊握膝上的雙手，看著藤木。他依然一臉嚴肅，輕輕對尚美點頭。

「我就直接說重點，我們必須協助警方辦案。而且很麻煩的，是個殺人案。」

聽了片岡這句話，尚美倒抽一口氣。之前完全沒想到是這種事。制服下的心臟加速猛跳。

「報紙和電視都在瘋狂報導，說不定你們也知道，就是最近都內到處發生命案。警方有稍微封鎖消息，其中有三起命案很可能是同一個兇嫌下手的連續殺人案。而且，最近可能會發生第四起案子。問題是，下次犯案的地點會在哪裡呢……」片岡以指尖敲了兩下桌子。「警方說，會在我們飯店。」

「啊？」尚美不禁尖叫。「為什麼在我們飯店？」

片岡搖搖頭。

「關於這一點，警方不肯告訴我們詳情，說是偵查上的重大機密，不過兇嫌挑選我們飯店當作下次犯案地點是錯不了的。警方還說，根據過去犯案的間隔來看，接下來十天內下手的可能性很高。」

尚美舔舔嘴唇，覺得口乾舌燥。

「既然警方都掌握到這種程度了，應該大致鎖定兇嫌是誰了吧？」

面對尚美的提問，片岡傷腦筋地皺起眉頭。

「偏偏好像不是這樣。警方做了很多調查，不過還無法鎖定兇嫌是誰。」

「那，知道被盯上的下一個目標是誰嗎？」

「這也好像還不知道。」

咦？這次輕聲驚呼的是坐在尚美旁邊的門房領班杉下。

「對於兇嫌沒有任何線索，也不知道下一個被盯上的人是誰，卻知道下次犯案的地點在我們飯店？這是怎麼回事？」他代替尚美進一步提問。

「我剛才也說過了，警方不肯告訴我這些事情。」

「不知道這些事情，叫我們怎麼協助偵辦？」尚美的口氣不由得強硬起來，也察覺到自己的臉頰僵住了。

「山岸，」此時藤木插進來說：「你們的懷疑是對的。我們聽到這件事的時候也有相同的疑問。不過，警方也有警方的苦衷。既然他們不能說出原因，我們也只能照他們的話做。就我們的立場而言，不論原因為何，既然有可能會發生這種駭人的命案，我們無論如何都必須努力防止。雖然是警方來請我們協助偵辦，但我們也需要借助警方的力量。你們明白我的意思吧？」

藤木平常講話就不會粗聲粗氣，但此時的語氣比平常更為沉著，這使得會議室的氣氛更令人緊繃。

「我們飯店，真的會發生這種駭人的事嗎？」尚美將目光轉回片岡。

「警方認為，發生的機率相當高。我只能這麼說。」

尚美做了一個深呼吸。還無法湧出真實感，感覺像在夢境裡被迫站在懸崖峭壁邊。

「那……我們該怎麼做呢？」

片岡點點頭。

「就如我剛才說的，具體的事情我們一無所知。直接轉達警方的話就是，近日內這間飯店會發生命案，只知道某人想殺害某人。在這種情況下，只是加強警備沒有意義。說來遺憾，從住宿房客到前來飯店的人，所有人都必須加以懷疑。雖然我們外行人能做的相當有限，但是萬一，發生了什麼事再跟警方聯絡就來不及了。」

尚美明白他想說什麼。

「您的意思是，要請警方常駐在我們飯店裡？」

「簡單地說就是這樣，不過這也有很多做法。比方說餐廳或酒吧，請搜查員裝成客人在那裡用餐喝酒即可。宴會廳也只要穿著得宜，在會場周邊走來走去也不會有人起疑。問題是住宿客人。為了要觀察所有來住宿的客人，以及在第一時間掌握飯店裡發生的所有事情，光只是讓搜查員喬裝房客住進來是不夠的。搜查員必須和你們一樣，站在公開舞台。」

「公開舞台？」尚美側首不解。「這是什麼意思？」

突然，田倉低聲沉吟。頓時，大家都看向他。

「抱歉。」田倉清清嗓子說：「片岡先生，請繼續說明。」

片岡點點頭，再度開口。

「這是警視廳的提議。簡單的說就是，讓搜查員到飯店來臥底。」

「臥底……」

「就是讓搜查員喬裝成飯店員工，站在大門或櫃檯。有時也會進入客房。」

「這也太離譜了。」尚美不禁失笑。因為她認為這一定是在開玩笑。可是看到片岡和藤木等人一臉嚴肅默默不語，她也立刻收斂表情。「警方說這話是認真的？」

「是認真的。」片岡答道。

「那，飯店方面如何回應？」

「我也和董事長與董事們商量過了。就結論來說，我們決定答應警方的請求。」

尚美眨眨眼睛，看向藤木。藤木緩緩地眨了一下眼睛。

「我想請問一下。」尚美將目光轉回片岡。「臥底的搜查員，有在飯店工作的經驗嗎？」

片岡聳聳肩。「怎麼可能有呢？完全是門外漢。」

「臥底搜查員有幾個人？」

「先來五個人，看情況而定可能會增加。目前是櫃檯人員一名，門房人員一名，房務清掃人員三名。」

坐在尚美旁邊的門房領班等人突然緊繃了起來，因為出現了他們工作領域的名稱。

「說到這裡，我想你們都明白了，為什麼要把你們叫來。」片岡繼續說：「我要請你們負責教育與指導搜查員，並且在工作上協助他們。我知道這很困難，拜託各位多費心了。」

「請等一下。為什麼叫我來呢？」尚美看向片岡與藤木，並且看向了田倉。「杉下先生他們被叫來，我可以明白。可是，櫃檯為什麼是我呢？櫃檯有很多比我更資深的人。更何況，所謂搜查員是男性刑警吧？被女性指導的話，我想他們應該會排斥吧。」

「是我推薦妳的。」藤木開口說：「我也和田倉談過了，認為妳比較適合。」

尚美搖搖頭。

「您應該知道，我不擅長指導新人。」

「可是妳也不能一直說這種話吧？況且我之所以選妳，並非期待妳的指導能力。原因只有一個，因為妳是女性。」

「這是什麼意思？」

藤木緩緩地探出身子。

「我們絕對不能忘記的是，即便是為了預防犯罪發生，也絕對不可以妨礙到客人，不能讓客人有不愉快的感受。警視廳的搜查員來這裡臥底，不關客人的事。不可以因此影響到服務品質。聽到警方的請求時，我也向他們反映過，希望派來的搜查員只限於門房人員和清掃人員，反對讓搜查員進入櫃檯臥底。畢竟這是和客人接觸最頻繁的地方，而且需要處理金錢。只是受了一些皮毛教育的人，無法勝任這份工作。」

「我也這麼認為。」

「但是警方說，具有集中情報功能的櫃檯是不可或缺的。就偵查的目的而言，他們說的也沒錯。這該怎麼辦才好呢？於是我找田倉一起商量。我們得出的結論是，只好配置一位櫃檯人員，隨時跟在喬裝成櫃檯人員的臥底搜查員身邊。」

「這我可以明白，可是為什麼挑我呢？」

「妳想想看，兩個穿著同樣制服的男性櫃檯人員總是一起站在櫃檯，這怎麼看都不自然吧。不過奇妙的是，如果有一個是女性，看起來就像搭檔。就算兩人一組行動，也不會顯得奇怪。」

「也就是說，因為女人在社會上是扮演男人的輔助角色，是這樣嗎？」尚美知道自己的語氣尖銳。

「山岸！」田倉開口想教訓她，但被藤木勸阻：「沒關係，沒關係。」然後藤木鄭重地對尚美說：

「我並不是這麼想的。不過很多人，已經習慣這樣的組合。這是現實。所以我想利用它，來克服這次的困局。我之所以這麼做，目的只有一個，就是為了蒞臨飯店的客人著想。還是說，妳願意讓穿著我們飯店制服的刑警獨自帶客人去總統套房，這樣妳也無所謂？」

「不，我沒有……」尚美垂下頭。端出為客人著想這句話，尚美根本無法反駁。

此時，傳來了敲門聲。片岡應了一聲「請進」後，一名男員工走了進來，在片岡的耳畔說悄悄話。

片岡對部下說「知道了」之後，隨即低聲和藤木與田倉交談。好像在確認什麼。

然後片岡面對尚美他們說：

「坦白說，警視廳的人已經來了，現在在另一個房間等著。如果你們願意，我想現在就讓你們見面。請他們進來這裡沒問題吧？」

尚美和門房領班杉下他們面面相覷。他們兩人早就一臉死心的表情。以他們的工作領域而言，突然要迎接門外漢進來想必也很頭痛，但不像櫃檯業務那麼難。尚美霎時領悟到，握有決定性一票的是自己。

「好吧。」尚美死心答道：「這也無可奈何。」

片岡對部下點點頭。男員工快步離開會議室。

「我想很多事都會很困難，不過這是為了飯店的安全。請好好努力。」

藤木這麼一說，尚美應了一聲「好」。打從尚美進公司以來，藤木就很照顧她。但此時尚美心裡也嘀咕著，偏偏這種時候一點用都沒有。

「久我那邊，我已經跟他說了。」田倉說：「我們不會把事情推給妳一個人。大家都會當妳的後援，不用擔心。」

「謝謝您。」

兩位上司都這麼說了，尚美也不能再發牢騷。相反地她暗自下定決心，要盡量做到不需要倚賴他們。

「您剛才說十天是吧。」門房領班杉下說：「十天內可能會發生什麼案件。」

「據警方的說法，是這樣沒錯。」片岡答道。

「那麼，只要忍耐十天就好嘍。」

「這就不知道了。」藤木說：「一直到兇嫌被捕，確認我們飯店安全無虞之前，搜查員都會待在這裡。」

敲門聲再度響起。門開了，剛才的男員工探頭進來。

「我帶他們來了。」

「請他們進來。」片岡答道。

在男員工的催促下，首先進來的是個五十歲左右、臉很大的男子。這名男子帶著沉穩的笑容，但眼神露出令人毛骨悚然的光芒，彷彿洞悉世上所有的黑暗。

接下來進來四名男子和一名女子。尚美起身注視男子們。這之中應該有擔任櫃檯工作的人。

片岡將中年男子介紹給尚美。這是警視廳搜查一課的組長，姓稻垣。

「稻垣先生，他們就是我剛才跟您提的三個人。事情都跟他們說了。他們三個人也都很爽快地答應了。」

「哦，這真是太好了。」稻垣組長眉開眼笑地繼續說：「非常感謝各位，接受我們這次無理的提議。我想會給各位帶來若干困擾，但這是為了防止兇殘犯罪的權宜之計，懇請各位多多協助。」

語調低沉，但是很洪亮。說話很客氣，但有著不容對方分說的壓倒性氣勢。尚美等人，都只是默默點頭。

片岡從口袋掏出一張紙條。「呃，接下來這位關根巡查是……」

「是我。」一名男子站了出來。身材高大的年輕人，與其說是刑警，看起來更像運動選手。

「請您擔任門房人員的工作。他是門房領班，杉下。」

「請您多多指教。」年輕刑警向杉下鞠躬行禮。

緊接著，片岡唸出三個人的名字。唯一的女子和其他兩名男子應答。他們扮演清掃人員。

於是，剩下的最後一個人當然就是櫃檯人員了。尚美悄悄地看了他一眼。大約三十五歲左右，長相精悍俐落。但沒有野蠻的感覺，這讓尚美暫時安心不少。

「最後新田警部補，請您擔任櫃檯人員。這位小姐，是您的指導員山岸。任何不懂的地方，都請儘管問她。」

片岡說完後，這位姓新田的刑警走到尚美面前，簡短地說了一聲「請多指教」，遞出名片給尚美。名片上印著，新田浩介。

尚美暗忖，之後要請求別人教導的人，居然只有一句簡短的請多指教？尚美收下名片，擠出笑容看著他。

「您好，請您多多指教。新田先生。」尚美故意放慢速度，挖苦地說。

但新田似乎完全沒有察覺其中的挖苦味，只是傲慢地點點頭。尚美見狀不安了起來，在心中碎念：這傢伙是笨蛋嗎？

「那麼，接下來要開始訓練了。因為希望能夠盡快進入偵查階段，只要我們判斷沒問題就能開始了，請各位到所屬的單位去。──那就拜託各位了。」

片岡向稻垣詢求確認。警視廳的組長答了一句「很好」，接著轉向部下們，以洪亮的聲音繼續說：

「你們要好好努力，別給飯店的專業人員添麻煩喔。無論如何都要防止下次的犯行，找到破案線索。知道了吧。」

「是！」刑警們精神抖擻，異口同聲地說。但尚美沒有看漏這一幕，當稻垣轉身要離開會議室時，新田渾身無力似的嘆了一口氣。

客房部門的辦公室在事務大樓三樓。後面有更衣室，尚美他們來上班後，會先來這裡。

尚美坐在共用的桌子，翻閱服務手冊。所謂服務手冊是記載飯店服務流程的指導手冊，所以新人研修也會用到這個。為了讓警視廳的刑警至少有個「飯店人」的樣子，照著這本手冊來教是最好的。

更衣室那邊傳來有人出來的聲響。接著就看到新田浩介，穿著櫃檯制服現身。

「和西裝一樣，真是萬幸啊。要是穿那個叫門房小弟來著？那種像玩具兵的制服，我就不敢穿了。」新田一派輕鬆地說。

「襯衫的第一個釦子，」尚美指著他的衣領。「請確實扣好。領帶也不能繫得鬆鬆的。還有髮型也請整理一下。地下一樓有理髮店，說要剪工作人員的髮型他們就知道了。」

新田雙手插進西裝褲袋，聳聳肩。「也有長頭髮的飯店人員吧？」

尚美用力搖搖頭。

「沒有，至少我們飯店沒有。也沒有人會雙手插在西裝褲袋裡講話。新田先生也請遵守。」

新田別過臉去，鼻梁皺起皺紋。

「襯衫的第一個釦子，請趕快扣好。」

「是，是。」

看著他一臉不爽地扣釦子，尚美做了一個深呼吸。

「你站的姿勢也不對，首先請改進這一點。還有走路的方式也要改。」

「很抱歉，我打從出生就這樣走路，一直都是雙腳左右交互前進。」

「那就來訓練吧。請到走廊上去。」尚美走向房門，但發現後面的新田沒有跟來，於是駐足回頭。「怎麼了？」

新田一邊搔頭一邊走過來。

「妳叫山岸小姐是吧？妳好像誤會了。」

「誤會什麼？」

「我來這個飯店是為了阻止殺人案的發生，並不是來接受飯店人的教育。」

「這我明白。」

「既然如此，我的髮型或走路方式什麼的不重要吧。反正實際上的業務是由妳來做的吧？至於我，只要在櫃檯好好盯著住宿客人，這樣就夠了。沒有人拜託妳把我訓練成一個真正的飯店人。」

尚美努力忍住滿肚子的怒氣。吞了一口口水，做了一個深呼吸之後，凝視新田的臉。

「照你現在這個樣子站到櫃檯的話，不論對飯店、還是對警視廳，我都不認為會有好結果。」

「怎麼說？」

「因為不管怎麼看，你都不像飯店人。一流的飯店裡，沒有不修邊幅而且態度傲慢無禮的工作人員。對於警方的辦案我是個外行人，但如果我是嫌犯，對於警察這種人很敏感的話，我第一個就會懷疑你。還有就算不是嫌犯，是一般住宿客人，櫃檯裡如果有你這種飯店人員，絕對不會想住這間飯店吧。」

新田瞪眼怒視，眼看著就要擺出齜牙咧嘴的兇狠樣。但在那之前，尚美繼續說：

「如果你不想讓嫌犯發覺，請遵照我的指示做。要是連這個也辦不到，就放棄這次古怪的偵查吧。你打算怎麼做？」

新田緊咬嘴唇。尚美心想，你想發飆就發飆吧。

但是，他「呼」地吐了一大口氣，重新把領帶繫好。

「不要跟我講太瑣碎的事喔，我做不來。畢竟我是個刑警嘛。」

「這點不用你說，現在的新田先生怎麼看都只是個刑警。想要怎麼看都像個飯店人的話，細節才是最重要的。好了，跟我來吧。」

尚美再度走向門口，新田搔搔頭也跟出去了。

2

看著鏡子裡自己的髮型，新田全身力氣都沒了。那個自己都覺得驕傲的精悍容貌，完全變成毫無狠勁的呆樣。這實在太沒氣勢了，甚至讓人擔心偵訊嫌犯時會出狀況，新田感到相當不安。

「您覺得如何？」自己的頭髮也整理成整齊三七分的理髮師，一臉笑容地問新田。

「這樣也好啦。」新田無力地說：「大概。」

「在這裡工作的人，大多理成這種感覺喔。」

「是嗎，那就好。」

新田照山岸尚美說的，告訴理髮師要剪工作人員的髮型。理髮師似乎以為新田是中途錄用的人。新田懶得解釋，就配合理髮師的話和他聊。

理髮店在飯店的地下一樓。走出理髮店，正要搭手扶梯上一樓時，聽到上面有人在叫「新田先生」。新田抬頭一看，一位個子很高的門房小弟正從上面下來。仔細一看，原來是關根。

「哦，你在幹什麼？休息啊？」

「我在找你啦。問了山岸小姐，她說你在地下一樓。」關根把手扶梯當樓梯跑了下來。

「嗯哼，瞧你這身打扮……很適合嘛。」新田忍不住笑了出來。

「真的嗎？」關根不知為何很高興的樣子。「新田先生也很不錯啊，剪了頭髮很像飯店人嘛。」

「那個嘮叨的女飯店人叫我剪的。」

「你是說山岸小姐啊？看來你受到相當嚴格的指導啊。」

「你猜猜看，見面後她首先叫我做什麼？訓練站姿和走路的方式耶！說什麼我姿勢不對啦，重心不穩啦，淨是囉唆一些雞毛蒜皮的事。結束後，接下來居然管我的應對進退方式和說話方式。這裡是幼稚園啊？最後還叫我來剪頭髮。她以為她是誰啊！」

關根摀住嘴巴，眼睛笑得很開。

「聽說山岸小姐在櫃檯人員裡是相當優秀的人，所以訓練新人也很嚴格。」

「那一定是單身，錯不了。」新田說得斬釘截鐵：「雖然打扮得很年輕，大概過了三十歲了吧。因為沒有男人，所以心靈和外表都得不到滋潤啊。想到之後必須一直跟那種女人在一起，我真是鬱悶死了！」新田越說越大聲。一位看似上班族的男性經過，不由得多看了兩眼。

「這樣啊？我倒是很羨慕你能和美女搭檔。」

「那是你的菜啊？我隨時都願意跟你交換。不過，我不要當玩具兵。」

「玩具兵？」

「沒什麼。話說，你找我有什麼事？」

「啊，對了。」關根從外套內袋拿出一張折起來的紙。「我想拿這個給你。」

新田攤開一看，上面畫著飯店一樓的平面圖。有些地方用黃色麥克筆做了記號。仔細一看，都是放沙發或椅子的地方。

「剛才，盯梢的搜查員們到了。這是他們分配盯梢的地方。說不定也有不認識的人，為了方便彼此確認，所以才發了這張圖。」

記號的旁邊分別寫著：文庫本、週刊、右腕手錶、眼鏡。新田問，這是什麼？

「這是識別物。因為每隔一、兩個小時會換班，搜查員的名單會頻繁變更。每次換人都要一一通知很麻煩，所以就用識別物來辨認。」

「原來如此。已經開始盯梢了嗎？」

「開始了。一樓大廳有三位搜查員，其中也有新田先生認識的人喲。」

「我知道了。」新田將平面圖收進口袋裡。「還有其他聯絡事項嗎？」

「今天晚上，十點要在事務大樓開會。尾崎管理官會來。」

新田聳聳肩。

「想出這個離奇計畫的始作俑者要出場了啊。他今天突然來開會，我能報告的成果也只有學了基本的走路方法和說話方式而已啊。還有就是展示我這個新髮型了。」

「我想他只是單純先來了解一下現場情況啦。」

兩人搭上手扶梯後，來到一樓。和前往門房辦公室的關根告別後，新田就決定去看看盯梢的情況。

因為頭髮剪短了，脖子涼颼颼的，總覺得怪怪的。不過只要意識到這件事，背脊倒是會不可思議自動打直。一回神，新田發現自己已經做出山岸尚美要求的姿勢了。

用這種方法，真的抓得到兇嫌嗎？——雖然新田知道整個案子的來龍去脈，但還是無法抹去這個疑慮。發生了史上罕見的離奇懸案，卻只要在這裡守株待兔就行？

沒錯，過去未曾發生過這種案子。雖然知道是連續殺人案，但被害人之間沒有任何關連，犯案的手法也沒有共同點。即便如此還能判定是連續殺人案，靠的就是兇手在命案現場留下了同樣的訊息。

第一起命案發生在十月四日的夜晚。晚上八點二十三分，有人打一一〇通報說有人死了。用的是公共電話。報案人只說了地點，沒有報上名字就掛斷電話。命案現場，是從臨海線品川SEASIDE站步行五分鐘左右的一處月租停車場。最近的派出所員警趕到時，一名三十歲左右的男子，已經死在出租汽車VOLVO XC70的駕駛座。

這是絞殺勒死的。死者脖子還留著清晰的細繩印。此外，後腦勺有遭鈍器毆打的痕跡。死者的身分很快就查出來了。名叫岡部哲晴，是個上班族，也是這輛VOLVO的車主。他在附近的公寓大樓租了一個房間，這天晚上正好要去上高爾夫球課程，VOLVO的後車廂裝著高爾夫球具。

看來是要出發時遭到意外襲擊。車內沒有遭竊，但是副駕駛座留了一張奇怪的留言紙，上面印有兩排數字。

45.761871

143.803944

這意味著什麼呢？沒有人知道。也不知道是否與案情有關。當時上級指示，暫且不要把這個當作重要線索。

特搜總部設立在品川警署。新田他們也都聚集到這裡來。

新田負責調查被害人岡部哲晴的人際關係，調查過程中盯上一名男子，是被害人的同事。新田認為他有犯案動機，因此決定調查他的不在場證明。

結果，這名男子有不在場證明。因為在推測的犯案時間內，他正在自己的家裡接聽室內電話，而且這通電話很明顯是湊巧打來的。

新田不死心，又思索了各種可能性，但卻發生了一起案子徹底顛覆他的推理。那就是第二起命案。

屍體於十月十一日清晨，在千住新橋附近的大樓興建工地被發現，身上覆蓋著藍色塑膠布。死者是野口史子，四十三歲的家庭主婦，丈夫在足立區內經營一間小工廠。根據丈夫所言，野口史子在十月十日傍晚外出，說要回娘家一趟。之後丈夫和朋友去喝酒，深夜一點左右回家，卻不見史子蹤影。他想史子可能在娘家過夜，所以也就沒有特別擔心。

解剖結果，推定死亡時間是前一天晚上，十月十日晚上六點到九點之間，也就是史子出門不久就遇害了，頸部有扼殺掐死的痕跡，看起來是從背後遭到襲擊。

雖然似乎沒有東西失竊，但在被害人的衣服下面發現了一張紙。紙上貼著疑似從報章雜誌上剪下來的印刷字，就像以前流行過的恐嚇信。使用的印刷字只有數字和小數點，排列如下：

45.648055

149.850829

這應該不是出自被害人之手，而是兇手想傳達什麼訊息。但如此一來就不得不思考與品川案的關連。這個數字究竟意味著什麼？兩起命案又有何關連？

但無論大批的搜查員如何偵查，就是查不出這兩起命案的關連性。終於搜查員之間也出現了這種意見：現場出現相似的數字只是巧合，應該原本就沒有關連吧。也有人認為，可能是品川案的關係人把消息外漏，碰巧有人聽到了，就在千住新橋犯案時利用了這個手法。

但是就算巧合，這兩組遺留在命案現場的數字也太像了。而且數字的事也沒有外流的跡象。

這時候，又有一波衝擊襲向偵查團隊。第三起命案發生了。時間是十月十八日夜晚。

死者名叫畑中和之，五十三歲的高中教師。命案現場在首都高速中央環狀線的葛西交流道下方道路，這是被害人每晚慢跑會經過的路線。全身都有遭鈍器毆打的痕跡，但致命傷是後腦勺的重擊，不過沒有被勒或被掐的痕跡。

被害人在運動服的外面穿了風衣外套，外套口袋裡有一張紙條。紙條上印著兩排數字：

45.678738

157.788585

3

一位男子坐在大廳的沙發上，正閱讀著文庫本。但沒必要對這個識別物進行確認。因為這人是和新田同一組的本宮刑警，頭形削瘦到很容易分辨，烏黑的頭髮整個往後梳，而且細細的眉毛上還有一道五公分的疤痕。如果現在要他立刻扮成黑幫分子可說是輕而易舉，但這副尊容無論如何都無法成為飯店人。

本宮發現新田後，揚起嘴角莞爾一笑。

「這副模樣蠻適合你的嘛。怎麼樣，感覺如何？」

「糟透了。」新田隔著桌子，在他對面坐下。「老實說，我已經受不了了。可以的話，很想找個人來代替啊。」

本宮將文庫本放在桌上。因為包著書店的書套，看不出是什麼書。

「你想想我們組裡其他人的長相，哪個像是飯店人員的臉？英語會話也都一竅不通。就這一點來說，你的外表不錯，又是歸國子女英文也沒問題。已經是既定事實了，你就別再囉哩叭唆了。」

「我只是發點牢騷嘛。」新田拿起文庫本，打開一看，竟然是《原子小金剛》的漫畫。

本宮從旁邊的包包裡取出一本文件夾。「你看看這個。」

「這是什麼？」新田接過文件夾，裡面貼著形形色色的人物照片。有大頭貼照片，也有證件照之類的照片，照片下方寫著姓名與三位被害人的關係。

「這都是目前為止和案情有關的人，一共有五十七張照片。」

新田明白這份文件的意義了。

「萬一照片裡的人出現了，要徹底盯住對不對？」

「沒錯。不光是這裡，連緊急逃生門和飯店員工的通道口也有派人盯梢，大家都拿著同一份文件。」

「意思是做了萬全的準備嗎？」

聽到新田這句話，本宮嘴角一歪，將文件收回包包裡。

「不管我們的盯梢再怎麼嚴密，要是犯人不在我們目前蒐集的名單裡，那也沒有用啊。那傢伙會光明正大地進來。萬一讓他辦好住房手續進入房間的話，那我們就完全沒轍了。想調查誰是可疑人物也沒辦法。所以這次的偵查只能靠你們了。」本宮聳聳肩，露出苦笑。「不用我在這裡說大道理，組長應該說過什麼話激勵你們了吧。」

刑警前輩的口氣裡，帶著微妙的內疚與焦躁，或許是深感自己的無能為力吧。

「我十分明白任務的重要性喔。」新田站起身來。

根據關根給的平面圖，這層樓還有兩個地方有搜查員在盯梢。一個在洗手間旁邊，另一個就在櫃檯前面不遠。新田兩個地方都去看了一下。結果兩個地方都是見過一兩次面的人，對新田投以了然於心的眼神。他們當然應該已經知道，是哪些刑警假扮飯店人員進來臥底。

辦理住房手續的客人多起來了，櫃檯前面排起了人龍。可能是週末的緣故，放眼看去大多是情侶或攜家帶眷的客人，但看似商務人士的男性也很多。可能是來往機場的機場巴士站就在附近，也看得見外國客人的身影。

新田聽到旁邊有人說英語，意思是「還是老樣子啊」。轉頭一看，是一位身材高大的金髮男子，拉著行李箱。

「還是老樣子？」新田以英文問。

金髮男子側首苦笑。

「我都是搭同一班飛機，但這個時間來，總是沒辦法迅速辦好住房手續。尤其是星期五，每次都這個樣子。」

「這樣啊？」

金髮男子詫異地看向新田。「你不知道嗎？」

「對不起，因為我還是個新人，今天只是來見習而已。」

「原來是這樣啊。能來這麼好的地方工作真是太好了。在我常去的飯店裡，這一家可是名列前五名喲。」

「謝謝您的誇讚。」

「那，你好好加油哦。我也要去加油排隊了。」男子說完，拉著行李箱走向隊伍尾端。

目送著外國人的背影，新田臉上自然地露出微笑。前五名的飯店——雖然和自己無關，但感覺挺不錯的。

就在此時。

聽到旁邊有人在叫「先生」。新田不予理會，但對方又叫了一次：「喂！先生！」新田轉頭一看，一個五十歲左右的胖男人一臉不爽地瞪著他。

「有什麼事嗎？」新田問。

「就是這個呀！不能想想辦法嗎？」胖男人用雙下巴指向隊伍。

「您的意思是？」

「我在趕時間！六點，我和顧客約在這裡的日本料理店見面。在那之前我想先辦住房手續。」

新田看看手錶，差五分六點。照順序排隊的話，輪到他大概已經六點多了。

「用餐後再來辦理住房手續如何？」新田試著問。

「不先辦好住房手續的話，餐飲費不能附在住宿費裡一起算吧？我也有很多情況要處理啊。快點想想辦法吧。」

「您這麼說，我也沒有辦法啊。因為其他人都按照順序在排隊。」

「我可是這間飯店的常客喔！」男子語帶威脅地說：「這次還預約了商務客房呢！」

「這是兩回事。我們不能只對你……，我不能只對您提供特別待遇。你也是成年人了，這點道理應該懂吧。」

胖男人瞪大眼睛，抬頭看著新田。

「你這是什麼態度！你把顧客當作什麼？」

「您的意思是顧客就可以不管規矩——」

「這位先生您好。」隨著招呼聲，一個黑影出現在新田左邊。下一秒鐘，他的眼前已經是山岸尚美的背。「請問發生了什麼事嗎？」

「還有什麼事！這傢伙是怎樣啊？」

胖男人語氣激動地說出自己的要求，以及對新田的不滿。但是說得前言不搭後語，完全不得要領。

「原來是這樣啊。您在趕時間的時候，真的非常對不起您。」但是令人驚訝的，山岸尚美居然聽得懂，還向胖男人鞠躬致歉。「這樣的話，我們會先準備好住房手續，您請儘管到日本料理店去。等準備好了之後，我們會把房間鑰匙和住宿登記表送去給您，到時候您只要簽個名就行了。」

「我去餐廳等沒問題吧。」男性客人臭著一張臉問。

「當然沒問題。不過恕我冒昧，能否請問您的尊姓大名？」

確認了男性客人的姓名後，山岸尚美回頭看著新田，低聲地說：

「請你到櫃檯的後面去。我等一下也會過去。」

新田點點頭，狠狠瞪了一眼男性客人。看到對方被他突來的一瞪嚇得身體往後仰，新田於是轉身離開。

打開櫃檯後面的一扇門，進入後面的辦公室。不久，山岸尚美一臉兇巴巴地進來。

「新田先生，你不可以那麼做。」語氣尖銳刺耳。

「我做了什麼嗎？是那個客人有問題吧。」

山岸尚美緩緩地眨眼睛，一邊搖頭。

「客人沒有問題。因為趕時間想快點辦理住房手續，可是卻又辦不了，這種時候會想請我們幫忙很正常吧。」

「可是其他客人都乖乖地在排隊啊。只給發牢騷的客人特別待遇，這算什麼？就算對方是客人，不對的事情就應該跟他說不對吧？」

於是山岸尚美以她的丹鳳眼，直勾勾地看著新田。

「新田先生，我請問你。警察的工作是在取締做了壞事的人吧。那麼，你用什麼標準來判斷行為的對錯呢？」

新田回看她的臉。

「我不知道妳問這個問題的用意何在。對錯的區別，只要在正常環境長大的人都有常識可以判斷吧。」

山岸尚美高傲地抬起下巴，淺淺一笑。

「那我請問你，以前開車的時候用手機也不會被取締，但是現在不一樣。還有後座的安全帶，以前不繫也沒關係。原本沒有不對的事，但不知不覺中卻變成不對了，這不是很奇怪嗎？」

「妳這是狡辯。改變的是法律，是規則變了。所以我說的是不遵守規則，也就是違反規則是不對的。」

「那也可以這麼說囉，警察是以能否遵守規則來判斷對錯，沒錯吧？」

「嗯，算是吧。」新田搔搔鼻翼。

「既然這樣，我們也是一樣。我們飯店人也非常重視規則。」

「是嗎？那妳為什麼不叫剛才那個客人遵守規則？自己晚來是自己的錯，應該照順序排隊這才是規則吧。」

但山岸尚美卻搖搖頭。「沒有這種規則。」

「妳說什麼？」

「規則是顧客定的。聽說以前的棒球，有評審宣稱自己就是最高原則，說得真好。在飯店裡，顧客就是最高原則。所以顧客不可能違反規則，而我們必須遵從顧客定的規則，而且是絕對。」

新田瞠目結舌，頓時為之語塞，只能搔搔他剛剪短的頭髮。

「妳的意思是顧客就是神，絕對不能忤逆。可是如果要對顧客的任性照單全收，根本沒完沒了吧。大家都爭先恐後地提出任性要求，不就無法收拾了？」

「這時候想辦法解決就是我們的工作。要是每位顧客都很有教養、很理性又很有耐性，飯店人就是最輕鬆的行業了。」

新田再度詞窮，深深嘆了一口氣。

「妳的心態很了不起，可是非得做到這種地步不可嗎？」

正當新田側首尋思之際，背後傳來一個聲音：「這就是飯店。」新田回頭一看，是一位三十五到四十歲、身材消瘦的男子，穿著櫃檯制服。

「抱歉。我在後面聽到你們的談話。」

男子報上姓氏，久我。頭銜是櫃檯經理。

「事情我都聽說了。我們會盡可能協助警方偵辦，如果有任何需求，請別客氣儘管跟我說。」

「這真是太感謝了。」新田行了一禮。

「新田先生，即便您喬裝成飯店人，也不用把事情想得太困難。」久我笑容可掬地說：「基本上，只要讓客人感到舒適愉快就行了。注意言行舉止與談吐，也是為了這一點。自己說的話遭到反駁，每個人都會不高興，所以身為飯店人不要去反駁客人。但也並非什麼事都要唯命是從。」

「這話怎麼說？」

「誠如我剛才說的，最重要的是讓客人感到舒適愉快。反過來說，只要能達到這個目的，不見得要對客人的話唯命是從。」

「這是什麼意思？好像在打禪機。」

「遲早你會懂的。只要和山岸在一起工作。因為她很優秀。」

聽久我這麼一說，新田再度看向山岸尚美。她以冷漠的表情接受新田的目光，但那雙丹鳳眼立刻就垂下眼簾。

吃了簡單的晚餐後，新田在山岸尚美的催促下進入櫃檯。但也不能立刻讓他處理住房手續，因此今天只是讓他站在後面觀摩櫃檯作業。當然實際上，新田的雙眼盯著一個個訪客。說不定這些表情一派輕鬆的客人中，潛伏著籌劃第四起殺人案的兇嫌。

即使如此——。

新田深深感受到，飯店的客人真是形形色色。即便乍看是商務人士，但每個人的氣質也是千差萬別。有身穿高級服飾的人，也有表情和西裝或皮鞋一樣疲累鬆垮的人。有對飯店服務生傲慢粗魯的人，也有莫名低聲下氣的人。

可能是週末的緣故，今天觀光客看起來比商務客來得多。有一組明顯是一家四口的客人，好像是從寒冷的地方來的，不斷地說著：「果然東京還是比較溫暖啊」。一家四口的父親，在填寫住宿登記表之前，先問山岸尚美東京迪士尼樂園怎麼去？當然她不會催客人先寫住宿登記表，而是開始指著觀光地圖、客氣地向客人說明。絲毫看不出焦躁的感覺。

此外也有一眼就看出是混黑道的男人，以威嚇周遭人士的走路方式走到櫃檯，嚼著口香糖、只粗魯地迸出兩個字：「佐藤。」姓川本的年輕櫃檯人員再詳細詢問他姓名時，他在兩道細眉之間擠出皺紋說：「我就是剛才打電話來的人。拿紙來，我寫給妳。」

男子在填寫住宿登記表之際，川本低聲問山岸尚美，要不要請他先付押金，也就是保證金。山岸尚美隨即簡短回答，不用。

門房小弟走近櫃檯，川本準備把鑰匙卡交給他。但男子卻說：「不用了，不用跟來！」一把搶走鑰匙。新田以目光追著男子，結果看到一名打扮花俏的女子從旁出現，以左手挽住男子的右手，兩人朝電梯走去。

客人都走了之後，新田問山岸尚美為什麼不收押金。

「理由很簡單，因為我猜他會拒絕。」她答得很乾脆。

「他拒絕就不收？」

「那時候，還有別的客人在。要是起了爭執，其他客人看在眼裡也會不舒服，而且也會給後面排隊的客人造成困擾。隨機應變是我們必備的能力。」

「那個客人的確可能會發牢騷，可是因為這樣就違反程序也有待商榷吧。就算顧客是最高原則，該收的錢不收也很奇怪吧？只要客人發牢騷就什麼都聽他的，萬一連住宿費都不付怎麼辦？」

針對這個問題，她的回答也相當明快。

「不付錢的人就不是顧客。因此沒有必要遵從他的規則。我們會照規定程序辦理。首先會說服他付房錢，如果他不付，就會報警處理。」

「既然這樣，那押金也應該——」

「押金只是單純的保證金。即使沒有先收押金，只要能以別的形式保證付錢即可。」

「別的形式是什麼？」

「就我的經驗來說，就是直覺。」山岸尚美稍稍挺起胸膛。「刑警辦案也要靠直覺吧？同樣的道理。我認為那位客人不會是霸王房客。」

「霸王房客？」

「就是不付錢就走掉的人。」

「哦……嗯哼，妳很有自信嘛。妳根據什麼判斷的？」

「因為他很招搖。」她答得斬釘截鐵。「一直在凸顯自己的存在感。這種人不會是霸王房客。」

「是嗎……」

新田頭一偏，山岸尚美便從櫃檯下方的櫃子拿出一個五公分厚的檔案夾。

「這份檔案絕對不能給外人看，但新田先生例外。這是東京都的飯店業者聯合搜集的霸王房客資料。遇害的飯店會立即將資料傳送出來。內容包括性別、推定年齡、長相、身體特徵，使用什麼假名、登記什麼住址、消費了什麼東西等等，盡可能都會詳實記錄。」

新田打開檔案一看，目瞪口呆。確實就如她說的，都是各家飯店傳真過來的資料。他之前完全不知道，飯店之間會如此交換情報。

「看了這份檔案，你應該明白了吧。霸王房客的手法大同小異。最典型的是，都是前一天或當天預約房間，延長住宿時間，把餐飲費等其他費用一併算在住宿費裡，假裝外出，但結果是搞失蹤。大部分是中年男性，假裝成平凡的上班族。不論哪個案例都有一個共同點，霸王房客絕對不會很招搖。因為一旦留下印象，別的飯店也去不成了。」

新田瀏覽了幾份報告，確實就如她所說的。特徵欄裡寫的大多是：沉默寡言、聲音很小、低著頭、衣著樸素之類的。

「當然也有例外，霸王房客裡也有全身穿戴名牌的美女。不過，他們的共同點是不想引起飯店的警戒心，就這一點來說，剛才的客人——」

「給人印象很差，又很詭異。」新田將檔案夾還給山岸尚美。「原來如此，我懂了。不過話說回來，飯店的客人真是形形色色啊。」

「顧客未必都是神，其中也混雜著惡魔。分辨神與惡魔也是我們的職責。」

到了晚上十點，新田來到事務大樓。尾崎管理官和稻垣已經在總務課的會議室裡，本宮也來了。新田一進入，場內立即一片嘩然。

「很適合你嘛。」尾崎不斷打量新田的制服裝扮。「連姿態都不一樣了耶。才短短一天，居然能喬裝到這種地步。」

「想必被那位小姐修理得很慘吧。」稻垣打趣地笑了。「總經理有說過喲，就算對方是刑警，她也不會怕。」

確實如此，新田只能苦笑以對。此時關根說著：「抱歉，我來晚了。」也進來了，依然穿著門房小弟的制服。

這次不是一片嘩然，而是爆笑四起，整個會議室笑翻了。

但緩和的氣氛也到此為止。當尾崎說：「那麼，開始吧。」大家臉上的笑容都消失了。稻垣點點頭，環視眾人。

「因為飯店的好意，提供這個房間讓我們當作現場對策總部使用，搜查員可以在這裡待命，也可以交換情報。但是，行動的時候切記謹慎低調，絕對不能讓犯人察覺到警方在監視。所以召開這種必要人數最少的會議，也是基於這種考量。以下三點都是破案前不能對外公佈的方針，第一點，目前發生的三起命案之間有所關連；第二點，兇嫌打算犯下第四起案子；第三點，我們已經知道下次的犯案場所。大家要格外小心，千萬別說溜了嘴。那麼，先報告飯店裡的情況，本宮。」

「是！」本宮起身說：「我來報告飯店一星期的活動。平日的晚上，幾乎每晚會有宴會或餐會，主辦者大多是企業主，出席人數在兩百人到三百人之間。至於白天，未來的一週沒有什麼大型活動，但星期六和星期天，已經有預定要舉辦婚禮及婚宴。例如明天星期六，有八場婚禮。詳細內容已經彙整完畢，請大家看一看。」

A4大小的資料也發到新田這裡來，上面密密麻麻寫著之後預定舉行的餐會、婚禮與婚宴。不只有主辦的企業資料，連舉行婚禮的男女與預定出席者的姓名也都作成參考資料一併附上。

「飯店居然會提供婚禮的名冊啊。」尾崎說。

「他們本來不太願意，但我說是為了加強警備才說服他們。不過，這份資料嚴禁外洩。」

「當然不能外洩，大家也要小心點。話說回來，以目前的犯案手法來看，我認為這次兇手在餐會或婚宴這種活動會場行兇的可能性很低，不過誰知道呢。」尾崎自言自語地說。

「畢竟至今發生的命案，都是在偏僻的地方，而且是被害人獨自一人的時候遇害的。」稻垣回應：「不過我認為這次趁活動下手的可能性很大，因為周遭都是不認識的人，環境混亂吵雜，說不定對兇手反而有利。」

「確實，你說得很對。看來兇手會喬裝成客人進來啊。」

「這個可能性也很高，不過我認為還是一半一半。」

「怎麼說？」

「裝成客人的話，一定會和飯店員工打照面，此外飯店裡可以隨意進出的範圍也很有限。為了達成在偏僻的地方殺人的目的，兇手或許會認為喬裝成飯店關係者比較有利。」

尾崎將剪短的白髮往後順。

「有道理。這種時候，兇手會走飯店人員的專用出入口囉？那邊的警備情形如何？」

「飯店員工或業者在用的出入口，大小共有五個。這五個地方都有警察裝成警衛人員駐守。飯店員工穿便服出入時必須出示身分證明文件；和飯店有業務往來的業者，我們要求他們盡量每次都派同一個人來，萬一不行的時候也請他們務必要事先通知。」

「那份有貼照片的名單呢？」

「當然已經發給所有的盯梢人員。」

附有照片的名單，就是本宮拿在手裡的文件吧。

尾崎雙肘抵著桌面，十指交握於下顎前方。

「關於飯店關係人士的出入口，這樣安排應該沒問題。接下來就是正面大門。一樓的大廳裡，隨時都有三位搜查員在盯梢吧。這樣檢視進入飯店的人，應該不會遺漏才對……」

「只要名單上的人進來，一定會知道。」稻垣幫尾崎做了補充。

之後進入一陣奇妙的沉默。但新田明白這股沉默的意義，想起和本宮的對話。兩位上司可能是在思索，萬一兇手不在名單上怎麼辦？倘若兇手不在之前佈下的搜索網名單內，那麼派再多人來盯梢也沒用。

「問題是，我們不知道兇手的長相，萬一他潛入飯店怎麼辦？」尾崎繼續說：「監視器準備得怎麼樣？」

「一樓現在裝了三台監視器，可以看到整體情況。此外宴會廳樓層、婚禮樓層、餐廳樓層、客房樓層，都在電梯廳和走廊裝了監視器。後來因為發現了幾處死角，也預定裝設監視器。我們在負責監看螢幕的警衛室裡，也配置了搜查員。」

「那個監視器會不會很顯目？」

「不會，乍看不會知道那是監視器，掩飾得相當巧妙。畢竟就飯店而言，監視器給人的印象不太好。」

「我想也是。不過即便裝置位置不醒目，兇手也未必不知道有監視器在監看，反正他一定會先來探查吧。在這種情況下，兇手會怎麼殺人呢？首先犯案地點會挑哪裡呢？」尾崎環顧室內，猶如在徵詢大家的意見。

一位資深刑警客氣地舉手。「洗手間很可疑吧？」

尾崎對這個回答深感意外，打直背脊說：「洗手間啊？」

「因為那裡沒有監視器。假設兇手下手沒有特定對象，無論是誰都好，那麼洗手間是最適合下手的地方。而且大家上洗手間的時候，經常沒有防備。」

「不過，要是後來有人進去怎麼辦？」

「這就要花點心思了。上洗手間的時候大多是一個人，而且要看準上大號的時候。這時只要在入口處立個清掃中的牌子，誰也不會進來。接下來就等獵物從大號用的廁所出來就行了。」

新田對前輩刑警的看法深感佩服。這位刑警有點年紀了，但在出發偵查前，一定會做縝密的思考。

「有道理。」尾崎說：「共用的洗手間有幾間？」

「我記得，一樓應該有兩間。」稻垣答道：「地下樓層也有，宴會樓層和婚禮樓層、餐廳樓層應該也都有，全部加起來可能為數不少。」

「光只是巡邏的程度不行啊。這裡也派人盯梢吧。人員我會調度。其他還有可能下手的地方嗎？譬如宴會廳怎麼樣？白天幾乎沒在用吧？也就是沒有什麼人會去的地方。把人帶來這裡殺害——這有可能嗎？」

「就算宴會廳裡沒人，走廊也經常有人來往，而且也有裝監視器，我想可能性很低。」

對於稻垣的意見，新田也有同感。他不認為這次的犯人會擬出這種粗糙的行兇計畫。

「那，其他還有哪裡有可能？」

稻垣遲疑了半晌，開口說：

「犯人絕對不想讓人看到行兇現場，所以只能挑沒有監視器的地方。和共用的洗手間一樣，能夠保有隱私的地方，那就是客房了。」

「客房內確實沒有監視器。不過走廊有吧？案發後只要調閱監視器錄影帶，就能知道有什麼人進出了。」

「我想，當然會戴帽子之類的遮住臉部。」稻垣答道。

尾崎低沉半晌，交抱雙臂。「兇手會瞄準房客啊？果然，應該是這樣了。」

看來，他打從一開始就認為這個可能性最高。

「就目前的犯行來看，兇手相當大膽。就算有目擊者似乎也無所謂，總是能在千鈞一髮之際下手得逞。我覺得這次兇手也會賭賭自己的運氣。」稻垣一臉嚴肅地說。

「既然如此，」尾崎銳利的目光看向新田和關根他們。「我們也只能賭在你們身上了。」

4

尚美先做了一個深呼吸，然後敲門。這是她進入總經理辦公室的習慣。

聽到「請進」之後，尚美開門。正前方是辦公桌，藤木坐在桌前，旁邊站著田倉。

「聽說您找我。」

「嗯，先進來吧。」藤木說。

「打擾了。」尚美行了一禮，走進辦公室。

「工作到這麼晚，辛苦妳了。很累了吧。」藤木摘掉老花眼鏡。

「我沒事。辛苦的是兩位吧。」兩位上司面面相覷。

「我和田倉都不累喔，因為也沒特別做什麼事。倒是妳，從一大早一直忙到現在，我很擔心妳身體會不會撐不住呢。」

「謝謝您的關心。不過，我真的不要緊。」尚美露出微笑。

時間已經過了午夜十二點。東京柯迪希亞飯店分日班、午班、夜班，採三班輪流制，下午五點和晚上十點是交班時間。今天尚美上日班，照理說下午五點就能下班了。但是發生了必須協助警方辦案的特殊情況，即便過了午班和夜班的交接時間晚上十點，依然必須待在飯店。不消說地，因為新田還在。

「新田刑警在做什麼？」

「剛才，他從事務大樓回來了，現在在飯店裡巡視。因為櫃檯業務已經告一個段落。」

「這樣啊。那，我稍微和妳談一談不要緊吧。」藤木起身，走向旁邊的沙發。

藤木坐在單人沙發上，因此尚美坐在他的對面。田倉也來到尚美旁邊。

「這次拜託妳做這麼為難的事，實在很抱歉。」藤木投以柔和的眼神。

尚美苦笑以對。

「我把它當作一種試煉，我會努力克服。」

「試煉啊。確實是一種試煉。不只是妳的試煉，或許也考驗著我們整個飯店。」藤木點點頭，眼神閃耀著認真的光芒。「情況如何？把妳今天做了一天的感想老實跟我說。」

「對新田先生的感想嗎？」

「當然是對他的感想。我希望妳老實說。」

尚美一度垂下視線，然後鄭重注視著藤木。

「我認為要把他調教成飯店人是非常困難的事。讓他直接服務客人很危險。」

藤木和田倉面面相覷後，看向尚美。

「這是因為他是新田刑警嗎？還是刑警這種人不適合當飯店人？」

「我也不知道。說不定刑警中有人適合當飯店人，只是和新田先生一起工作後，我覺得這種人和我們的價值觀與人性觀都截然不同。」

「妳指的是哪方面？」

「全部。我進入飯店業的時候，被教導不要忘記感謝的心。只要對客人抱有感謝之心，無論是得體的應對進退、談吐、禮儀、笑容等等，不用特別訓練也能自然從身體散發出來。」

「妳說得沒錯。」

「但是那個人……不，可能是警察這種人只會用懷疑的眼光看人吧。這種人經常會露出懷疑別人要做什麼壞事、或有什麼企圖的眼光。仔細想想這也是理所當然，畢竟這是他們的職業。不過，若一個人只能這樣看人的話，叫他要對客人抱持感謝之心也沒有用。」

「原來如此。或許真是這樣啊。」藤木和田倉互相點頭。

「其實，我也問過門房領班杉下。」田倉對尚美說：「喬裝成門房小弟的刑警……叫關根來著對吧。我也問了他的情況。杉下說，他的手腳俐落，感覺還不錯，但是看人的眼神不太好，尤其會盯著客人的長相或衣服猛瞧，算是一種職業病吧。」

「新田先生也會這樣，對於辦理住房手續的客人的觀察超乎必要以上，而且眼神銳利，看起來根本不像飯店人。害我經常在一旁擔心，生怕客人會起疑。」

藤木臉上蒙上一層陰霾，交抱雙臂。

「根據警方的說明，他們挑選來臥底的刑警都是氣質相當好的人才。」

「總經理，關於這一點或許是真的。」田倉說：「傍晚也有幾名刑警開始在大廳和交誼廳盯梢，可是每個看起來都很兇，相較之下新田先生他們確實好很多。」

「有這麼恐怖啊？」

「也不能說恐怖啦，就是有一種獨特的氛圍。如果太醒目的話，說不定會嚇到其他客人。」

「這可不行啊。我會直接打電話給稻垣組長，拜託他稍微顧慮一下我們的處境。話說回來，剛才聽山岸這麼說，那件事還是拒絕比較好吧。」藤木若有所思地看向田倉。

「我也這麼認為。這麼說或許不恰當，可是山岸光應付新田刑警就忙不過來了，如果又多了需要關照的人，櫃檯會陷入一片混亂。」

「請問，你們在談什麼？」尚美來回看著兩人。

田倉舔舔嘴唇。

「是這樣的，警方想增派臥底刑警的人數。他們在事務大樓舉行偵查會議，做出了這個提案。」

尚美瞪大雙眼。

「要派更多刑警到櫃檯來？這也太離譜了。光是那個刑警……光是新田先生就夠折騰人了。」

藤木皺起眉頭，點點頭。

「我明白了，這件事我會回絕他們。可是也不能完全不讓他們增加臥底刑警，這該怎麼辦呢？」

「一定要妥協的話，只能讓他們當清掃人員。」田倉說：「和客人接觸的機會也比較少，只要把實際工作交給真正的清掃人員就沒問題了。就跟警方說如果是清掃人員增加幾個都沒關係，這樣如何？」

「有道理。不過，他們會不滿吧。或許會說待在不能接觸客人的地方就沒意義了。」

「這個時候，就讓他們增加一兩個門房人員如何？總之要避免增加櫃檯人員。」

「好吧，我就以這個方向跟他們談談看。」藤木彷彿在確認自己的想法般頻頻點頭之後，以稍微柔和的表情看向尚美。「抱歉哦，這麼累還把妳叫來。今晚妳就回家休息吧。還有其他人在，放新田刑警一個人到早上應該也沒問題。妳只要九點來上班就好了。」

「謝謝總經理。」尚美行了一禮。上午九點，是夜班和日班的交接時間。

尚美站起身，走向門口。但走到一半突然停下腳步，回頭看向兩位上司。「我可以請教一件事嗎？」

藤木一時露出困惑的表情，但隨即問道：「什麼事？」

尚美輕輕吸了一口氣，開口說：

「我想兩位可能知道，警方為什麼認為下一起命案會發生在我們飯店，而且也覺得警方的根據相當有可信度吧？」

田倉頓時驚慌失措，想開口說話時卻被藤木以手制止。藤木反問尚美：「為什麼妳會這麼想？」

尚美輕輕搖頭說：

「因為實在太奇怪了。總經理和田倉部長都是非常重視客戶服務的人，可是這次不只讓刑警穿上我們員工的制服，還實際讓他們接待客人，怎麼想都覺得有欠考慮。能夠讓你們接受這種事，想必有相當的理由。至少，光說飯店可能會發生命案，這種輕描淡寫的說明，兩位應該不會接受吧。」

藤木嘆了一口氣，看向田倉。田倉皺著臉，摸摸後腦勺。看到這幅景象，尚美更加確定了。

「果然，兩位知道啊。」

藤木點頭。

「妳說得沒錯。警方有告訴我們，我們飯店可能發生命案的理由。」

「不能把理由告訴我嗎？」

藤木一聽，閉上眼睛，沉默思考了幾秒鐘後，點頭睜開眼睛。

「沒錯，不能告訴妳。這也是為了妳好。」

「為了我好？這是什麼意思？」

「詳情情況不能告訴妳，但聽說連續殺人犯在現場留下了詭異的訊息。剛開始警方也不知道那是什麼意思，後來終於破解了。根據破解的結果，他們研判下次犯案地點會在我們飯店。如果這件事外洩的話，被兇手察覺會怎麼樣？兇手恐怕會停止在這間飯店作案吧。到時候，警方就無法抓到兇手了。因為他們擁有的線索，只有那個訊息。」

「為了引出犯人，所以要隱瞞破解訊息的事嗎？」

「正是如此。但這裡必須考慮的是——不，坦白說是我不願意想這件事，就是萬一真的發生命案怎麼辦？到時候我們飯店不只會遭到被害人家屬譴責，社會的輿論也會指責我們吧。他們會說，既然已經知道飯店被盯上了，為什麼不公諸於世。坦白說，最初警方找我談的時候，我有想過把事情公開出來。當然我也有心理準備，有一段時間客人會不敢上門。但是就如剛才說過的，如果我們將這件事公諸於世，警方就失去了緝拿兇手的機會。而且，兇手說不定會在別的地方殺人。總不能想說反正不是我們的客人受害就好，所以我真的很苦惱啊。」

聽了藤木這番話，尚美的心情沉重起來。因為尚美很清楚，藤木不是個利益優先主義者，而是個很有社會責任的人。

「幾經思考的結果，您選擇了協助警方辦案是嗎？」

「沒錯，我決定相信警方說一定會保護客人的安全。不過，我也必須先考慮到最壞的狀況。萬一真的發生命案怎麼辦？社會大眾和媒體都會追究飯店的知情程度吧。到時候，只要他們明白知道詳情的只有少數幾個人，這樣就能把飯店的傷害減到最低。然後只要這少數人負起責任就可以了。」

尚美驚愕地看著藤木，接著又看向田倉。兩人的表情都很沉著，目光透露出堅定的決意。

「不要讓飯店員工知道太多比較好——您是這麼想的吧。您剛才說為了我，就是這個意思吧。」

「如果妳能諒解，我會感到很欣慰。」藤木語氣平靜地說。

「我明白了。我不會再問這件事。沒能察覺到兩位的用心良苦，真的非常抱歉。」尚美鞠躬致歉。

「沒必要道歉。明天也會很辛苦，快點回家好好休息吧。」

「好的。那我告辭了。」尚美開門離去。

離開總經理辦公室後，走在一片靜謐的走廊上，尚美憶起遙遠的往事。那是當年來東京考大學時，下榻東京柯迪希亞飯店的事。

之前沒有住過高級飯店，想說既然來東京就要留下美好回憶，於是決定下榻這間飯店。第一次來的時候就被金碧輝煌的氣氛震懾住了，直覺地明白這是一流人士聚集的場所，不是自己這種小孩該來的地方。

她最心儀的是，飯店員工們的颯爽英姿。無論發生什麼事絕對不會倉皇失措，總是能迅速妥當地處理問題，讓她深深體會到這就是所謂專業態度。印象特別深刻的是，接待外國客人的櫃檯人員。好像遇到了什麼麻煩，但那位櫃檯人員絲毫不驚慌怯場，以流利的英文、耐心地繼續對客人說明。外國客人本來很不高興，但後來展露了笑容，最後還向櫃檯人員道謝，滿意地離開。但這位櫃檯人員沒有露出鬆了一口氣的表情，而是神情自若地接待下一位客人。當時尚美覺得，這是有堅定的自信才能顯現出的平靜。

那時尚美在這間飯店住了兩晚，因為入學考試連考兩天。第一天，到了考場才覺得好像忘記帶什麼東西？結果是母親為她去神社求來的學業御守❶放在飯店房裡的桌上忘了帶來。那時她心想，算了，反正原本就不寄望這種東西，更何況壓根兒就不想依賴神明。

但是考試快要開始時，一位女性監考官走過來，拿了一個信封給尚美，說是飯店的人送來給她的。信封裡放著御守和一封信，信裡寫著：「這應該是很重要的東西，所以為您送來了。考試加油喔。」

尚美感激的同時也覺得不可思議，因為她不記得自己曾向飯店的人提過，要報考哪一所大學。即便去詢問學校，校方應該也不會透露考生資料。

考完試後，尚美回到飯店，櫃檯人員就笑容可掬地說：「您回來了。您忘記帶的東西有順利送達吧？」

尚美感到納悶，但也回了一聲「有」。櫃檯人員露出雪白皓齒說：「那就好。」

回到房間一看，房裡打掃得非常乾淨。床單鋪得相當平整，浴室裡連一滴水漬也沒殘留，毛巾也都全部換上新的。然而尚美的衣服和書籍，看得出清掃人員相當尊重、極力不去碰觸。

之後馬上接到家裡打來的電話。電話是母親打的，沒問考試考得如何，劈頭就先問：「御守，送到了嗎？」

「媽，妳怎麼知道這件事？」

「因為飯店打電話給我呀，說妳御守放在房裡忘記帶，問我妳要考哪一所大學。我就說，不用特地送去沒關係啦，反正那孩子根本不相信御守，是我硬要她帶去的。可是飯店的人說，忘記帶御守，令千金會覺得不吉利，這樣不是很可憐嗎？我想想也有道理，就把考場和准考證號碼告訴他了。妳有好好跟人家道謝吧。」

「啊，」尚美握著話筒，輕聲驚呼：「我忘了。」

隨即聽到母親的嘆息聲。

「妳就是這個樣子，所以才會被說一直長不大。等一下要好好向人家道謝喔。對了，考得怎麼樣？」

尚美說寫得蠻得心應手的，讓母親放心後，便走出房間。她想去向櫃檯人員道謝，可是搭電

❶日本人相信佩戴在身上就可以遠離危險的東西。特別指神社和寺廟的護身符。

梯到一樓後卻止步不前。因為不知道該向誰道謝。

應該是發現御守的房間清掃人員吧。可是打電話去家裡的，可能是另外一個人。然後把御守送去大學考場的，一定又是另外一個人。

當她呆立在原地時，一位身穿黑色制服的男子笑臉盈盈走過來。「有什麼需要服務的地方嗎？」

她略顯躊躇地說明事情原委之後，這名男子似乎很懂地用力點點頭。

「您就是山岸小姐吧？御守能及時送到真是太好了。」

「所以我想說聲謝謝，但不知道該向誰說才對……」

但男子卻微笑地搖搖頭。

「您有這份心意就足夠了。我們飯店全體人員都很努力提供顧客最好的服務。也就是說，我們是一個團隊。能讓客人開心，並非單獨哪一個人的功勞。相反地，如果有粗魯無理的飯店員工，給客人帶來麻煩的話，這也不是那一個人的責任，而是整體飯店員工的責任。」

這段談吐客氣且恭敬的內容，很難想像是對一個十幾歲的女孩說的。不僅展現出他對這份工作與職場的驕傲和自信，更讓人感受到他的責任感。雖然語調溫和平穩，但尚美卻十分震驚。

「……這樣子啊。」尚美好不容易才以微弱的聲音回答。

「這次的事情，如果給您留下了好印象。」男子以直立不動的姿勢說：「下次來東京的時候，也期盼您再度蒞臨我們的飯店。」說到這裡，行了一禮。然後繼續說：「當然下次如果是為了入學而來到東京，我們全體員工都會感到無比欣喜。」

尚美完全說不出話來了。這名男子的談吐彷彿有什麼魔法。光是聽他說話就覺得很幸福。尚美不禁心想，原來這就是他們的工作啊，這種職業實在太了不起了。

後來他的預言成真。順利考上大學的尚美，入學前再度下榻這間飯店。這時她為了尋找這名男子，在飯店裡走來走去，但結果還是沒有找到。和他再度重逢是尚美大學畢業，在這間飯店就職以後。

他——藤木已經當上總經理。尚美後來才知道，她第一次見到藤木時，當時他的頭銜是副總經理。

歲月如梭，如今在他下面工作已經十年了。這些年在飯店也遇過很多狀況，但像這次的危機還是頭一遭。可是他的態度依舊處變不驚。因為飯店的服務是團隊工作，萬一出了什麼事，整體飯店要負責——也就是說身為總經理，他抱著切腹的覺悟。這和那些把難題推給部下，出了問題自己卻裝出毫不知情來推諉逃避的經營者不同，是完全相反的理念。

尚美心想，無論如何都要保護藤木。因為他是帶自己進入這個美好行業的恩人。此外，為了讓這間飯店持續保持一流水準，他也是不可或缺的人。

自己能做什麼呢？必須做什麼呢？——在事務大樓換好衣服，走在回家的路上時，尚美依然在思索這件事。

隔天早上，尚美八點就來上班了。雖然和夜班的交接時間是九點，但她還是對新田不放心。

到了櫃檯，辦理退房手續的客人已經開始排隊，而新田也早就站在處理退房手續的櫃檯人員後面。他站在最後面，可能是考慮到不要妨礙別人，但似乎沒想到以獵犬般的眼神盯著顧客也會造成很大的困擾。

「早啊。妳來得真早啊。」背後傳來聲音，回頭一看是久我。

「早安。」尚美也向他打招呼。

「妳可以多休息一下再來啊。昨天晚上，妳也留到很晚吧。」

「是沒錯，可是我放心不下嘛。」

久我苦笑，望向櫃檯。

「因為必須看著麻煩的徒弟，心神不寧吧。夜班的同事跟我說，那個刑警，到了半夜三點還在飯店裡巡視。然後稍微躺一下，六點多就起床了，一直像那樣在監視飯店裡的客人。真的很有毅力啊。」

「有毅力是很好，不過那種態度很麻煩。」

尚美大步向前，快速進入櫃檯裡，立刻和新田對上了眼。

「請過來一下。」她把新田帶進後面的辦公室。

「有什麼事？我正在值勤喔。」

「新田先生，你現在的工作是喬裝成飯店人吧？那就請你不要瞪著客人。」

新田嗤之以鼻地哼了一聲。

「尋找歹徒的時候，我就會變成這種眼神。」

尚美搖搖頭。

「昨天我應該也說過了，你露出這種眼神，反而只會讓人警戒。而且辦理退房手續的客人都是要離開飯店的人，是嫌犯的可能性很低吧？」

「這就很難說了。因為退房之後還是有可能犯案。偵查的時候，把事情說死是很大的忌諱。所以我才這麼早起。」新田這番話透露出刑警的骨氣。

「……這樣啊。可是總之，請你注意一下你的眼神。」

「哦，我會盡量努力。」新田心不甘情不願地點頭。

九點交班完畢後，真正的櫃檯業務忙了起來。尚美也站在櫃檯裡。新田站在後面，但她根本沒時間留意新田是什麼眼神。

終於忙到一個段落後，川本湊過來在她耳邊低語：「山岸小姐，古橋先生差不多該退房了。」

尚美看了一下時間，上午十點多。古橋這位房客，和一名女子住在十樓的雙人房。

她拿起話筒，打電話給房務清掃領班濱島。

「喂，我是濱島。」話筒傳來開朗的聲音。

「我是山岸。昨天我跟你提過的，1025 號房的客人，情況如何？」

「正遵照妳的指示在觀察。現在客人還在房間裡，等房間空了，會立刻展開作業。」

「我明白了，麻煩你多費心了。」

掛了電話後，新田問：「什麼事啊？這個人有什麼問題嗎？」

尚美嘆了一口氣：「不是『這個人』，是『客人』。」

新田不耐煩地在臉前搖搖手。

「好啦，我知道了。重要的是，這位客人怎麼了？」

「不是什麼大不了的事。」

「不過讓人很好奇耶，總覺得不太妙。難道是，霸王房客？」

尚美看著新田窺探似的表情，心想刑警的嗅覺真靈敏。

她掃視了一下四周，確定沒有客人在看，低聲對新田說：

「上個月這位客人來住宿的時候，退房時發現浴袍不見了。」

「浴袍？這位客人帶走了嗎？真有這種貪小便宜的傢伙啊。」新田傻眼地說。

「這不是好笑的事。我們飯店的浴袍，一件將近兩萬塊耶。要是每次住宿都帶走的話，我們可吃不消。」

「原來如此。那你們打算怎麼辦？」

「你就等著看吧。我們有我們的做法。」

「這樣啊。那就看你們大顯身手囉。」

新田說完後，內線電話響起。川本接了電話，交談了兩三句後，轉而對尚美說：「剛才出房間了。立刻請清掃人員進去了。」

「知道了。謝謝。」

「真是合作無間啊。你們是趁客人辦退房手續的時候，檢查浴袍有沒有被偷吧？」新田深感佩服地說：「你們怎麼知道客人會在這個時候退房？」

「住房的時候，若無其事問的。」

「哦。」

不久，這位姓古橋的客人從電梯裡出來。四十歲左右，身材魁梧的男子，趾高氣揚，眼神銳利。旁邊跟著一位三十歲左右，濃妝豔抹的女子。女子嚼著口香糖。

古橋讓女子坐在離櫃檯有點遠的沙發上，自己走向櫃檯。女子的腳邊放著一個運動包。

「您要退房了嗎？」

尚美如此一問，古橋只是「嗯」了一聲，一臉不悅地將鑰匙卡放在櫃檯上。尚美開始辦理退房手續。

但電腦列出費用明細時，清掃人員還沒有消息過來。尚美有些焦急，故意拖延時間。

「喂，快點啦！我在趕時間！」果不其然，古橋開始催了。

「好的，已經好了。」

尚美一遞出明細，古橋便從皮夾拿出現金。他可能打算拿了找的零錢就落跑吧。

就在此時，電話終於響了。川本立刻接起，她用單手做筆記，然後將紙張遞給尚美看。尚美悄悄瞄了一眼。

上面寫著：一件不見了。

尚美對川本輕輕地點了點頭。這時新田走向川本，搶下她手中的話筒，開始講話。川本頓時怔住了。

尚美一邊留意新田，不知道他想做什麼，一邊把找的錢和收據遞給古橋。看著古橋把錢和收據放進皮夾，尚美說：

「古橋先生，剛才清掃人員打電話來，說我們飯店的東西可能混在您的行李裡。不好意思，能不能讓我們看一下行李？」

古橋挑眉大驚。

「混在行李裡？這話什麼意思？這種東西怎麼可能莫名其妙混進來。還是說，你們在懷疑我們偷了什麼東西？」

「不是不是。」尚美連忙搖手。「我們飯店裡的東西，有些可以讓客人隨意帶走，但有些是不能帶走的。可是並不是每一項東西都附有說明，所以有時候客人會搞錯。不好意思，麻煩您了，請讓我們看一下行李好嗎？」

古橋嘴角一歪，探出身子。

「少跟我繞著圈子說話！你們到底少了什麼東西？」

尚美收起下巴，毫不膽怯地直視對方說：「浴袍。」

「浴袍？這種東西怎麼可能放進包包裡。」

「所以，請讓我們確認一下。」

「不，等一下。我都說沒有放進包包了，你們還要確認是什麼意思？你們果然還是懷疑我偷了嗎？」

「不，我們絕對沒有這意思。」

「好吧，我去把包包拿過來，妳來確認吧。」古橋轉身，走向他的同伴女子。

就在此時，新田突然來到尚美旁邊，而且還出聲叫住古橋：「這位客人，古橋先生！」

古橋兇巴巴地回頭：「幹麼！」

「不用了，您可以直接離開了。」

聽到新田這句話，尚美驚愕地抬頭看著他。

「啊？」古橋嘴巴張得很大。「這是怎麼回事？」

「我們相信您。剛才失禮了。」

「相信？可是那個女的——」古橋一臉兇狠地想說什麼，但和新田四目相交時，那股兇煞之氣宛如洩氣般消失了。

尚美驚愕地看向新田，他的眼神比平常銳利，射出危險的光芒。

古橋不斷眨眼，吐了好幾口大氣。「……真的可以走嗎？你們不是懷疑我嗎？」聲音因為緊張變得很尖。

「沒這回事。請您路上小心，平安回家。期待您再次蒞臨。」新田客氣地說，還行了一禮。

古橋來回看看尚美和新田的臉之後，快步走去女伴那邊。兩人看起來和剛才明顯不同，一副狼狽慌張地走向大門。

尚美抬頭看向新田。「你究竟想做什麼？請說清楚。」

「那個包包裡沒有浴袍。」

「怎麼可能……」

「我詳細問過清掃人員了。他們說房裡應該有兩件浴袍，其中一件不見了，另一件原封不動地放在衣櫃裡。」

「所以不見的那一件被偷了嘛……」

新田淺淺一笑，搖搖頭。

「如果我要從房裡偷走浴袍，一件會在洗完澡後穿上，藏在包包裡的會是沒穿的那一件。任誰都會這麼做吧？」

「啊！」尚美輕聲驚呼，心想新田說得沒錯。

電話響起。川本去接，短短交談了幾句就掛斷電話。

「清掃人員打來的。新田先生說得沒錯，另一件浴袍藏在床底下。」

「我就知道。要藏的話，只能藏在那裡。」

「等一下，為什麼要故意藏起來呢？」尚美問。

「我猜是這樣的。妳說妳若無其事地問他什麼時候要退房，他可能察覺到妳的企圖了，所以才故意把一件浴袍藏起來。退房的時候會被要求檢查包包，也在他們的算計之內。讓你們看了包包以後，會說你們在羞辱他，以名譽受損為由大吵大鬧，企圖敲你們一筆竹槓吧。上次之所以會偷浴袍，說不定就是今天的伏筆。搞不好他們用這種手法，在各家飯店賺零用錢呢。」

尚美驚愕地扶額。

「這麼說，我差點就中了他們的計……。新田先生，你怎麼察覺到的？」

「就看穿壞事這方面來說，我自認我的眼力比妳們好。說不定我的眼神就是這麼練壞的。」

最後那句話，擺明的在挖苦尚美，但尚美也無法反駁，只能默默低下頭。

此時，新田的手機響了。他低聲說了幾句之後，轉而對尚美說：「失陪一下，我要去事務大樓。」然後就離開櫃檯了。

尚美追著他出去，出聲喚他：「新田先生。」

新田停下腳步。「怎麼了？」

「我有重要的事要跟你說，給我五分鐘就好。」

「如果是眼神的事，我有在努力。」

「不是這件事。是另外一件事，我希望你一定要跟我說，是案子的事。」

新田的雙眼射出光芒。「案子的什麼事？」

尚美做了一個深呼吸後，開口說：

「訊息的事。連續殺人犯究竟留下了什麼訊息？」

新田倒抽了一口氣。

5

「妳過來一下。」新田抓起山岸尚美的手。快速掃視四周後，朝著上二樓的手扶梯走去。新田認為，那裡的陰暗處應該可以避人耳目。

「等一下，不要用拉的。」

但新田根本不予理會，依然拉著她的手走到手扶梯下方。再度謹慎注意周遭的情況後，終於放開她的手。

「請你不要這麼粗暴。你用說的，我也會懂啊。」山岸尚美蹙起眉頭，用另一隻手摸著剛才被抓的手。

新田由上而下瞪著她。

「妳怎麼會知道訊息的事？誰跟妳說的？」

山岸尚美低聲清清嗓子後，翻白眼看著他：「上司跟我說的。」

新田別過臉去，啐了一聲。

「原來是這樣啊。老百姓的口風果然很鬆，真是糟糕啊。看來你們不習慣只有自己抱著祕密。」

「你這種說法，對總經理他們很失禮。是因為我百般央求，他們才告訴我的，而且只說有訊息的事。其他事情，他們完全沒有跟我說。因為有什麼萬一的話，他們打算負起全部的責任。」

平常口氣淡漠的山岸尚美，此刻顯得有些激動。

「既然如此，妳就尊重總經理的意思如何？難得上面的人考慮到部下，不想讓你們身陷困境，妳就不該辜負他們的好意。」

「我很感謝上司們的一片苦心，也不想辜負他們的好意，所以我就沒有追問下去了。可是，照這樣下去我不甘心，所以才來請問新田先生。」

「很抱歉，妳甘不甘心跟我們無關。我也不認為這對偵查有幫助。」新田的目光落在手錶上。「失陪了。我的上司在叫我。」

他邁開大步走向通往事務大樓的側門。但山岸尚美隨即追了上來，站在他前面。

「昨晚我回家以後，一直在想自己到底能做什麼？雖然上司們說最後他們會負責，可是我覺得我不能只做一些機械化的事情。但是想了一個晚上還是沒有結論。」

新田嘆了一口氣。

「妳沒有必要想那麼多啊。無論偵辦案情或防止兇案發生，都是我們警察的工作。你們只要照我們提出的要求，協助我們就好。如此一來，總經理他們就會得救。」

「我不這麼認為。」她打直背脊繼續說：「我剛才看到新田先生看穿客人的詭計，覺得警察果然不同凡響。你們能用和我們完全不同的想法來看人。這是我根本學不來的事。」

新田受到誇獎心情不錯，露出了笑容。

「謝謝妳的誇獎。不過那不算什麼。」

「同時我也察覺到一件事，覺得自己還太嫩了。因為客人上次偷了浴袍，我就認為他會再用同樣的手法，這種想法實在太單純了。我應該更深入思考才對。」

新田看著山岸尚美笑也不笑的臉龐，覺得這名女子真的很正經。不，應該說太正經了。和這種人生活在一起，壓力一定很大。

「你們又不是警察，沒必要想這麼多。不可以一邊想著這種事一邊看著客人吧？不然眼神會變得跟我一樣喔。」

新田打算逗她玩，但山岸尚美依然一臉正經。

「懷疑對方，和想解讀對方的心思是不同的。身為一個飯店人，這也是原本就被要求的態度。新田先生，現在的做法真的沒問題嗎？這樣真的能防止案件發生、逮捕兇嫌嗎？」

「妳對警方的做法有什麼不滿？」

「我並不想過問偵查的事。我被命令支援新田先生的時候，剛開始有些排斥，不過現在我想盡我所能協助你。但我不認為，這種情況下我能充分發揮協助的功能。因為我只是模糊地知道，下一起命案可能會發生在這間旅館，至於應該留意什麼？小心什麼？我完全不知道。坦白說，我甚至懷疑這個飯店真的會發生命案嗎？」

可能有點激動，山岸尚美的聲音越來越大。新田環顧四周以後，伸出食指靠近嘴唇。她才一臉回過神來的表情，輕聲道歉：「對不起。」

「兇手下次犯案，挑的是這間飯店。這是事實。」新田答道。

「那請你把證據告訴我。」

「很抱歉，這我不能說。我們警方掌握到這個證據，這件事本身就已經是高度機密了。」

「可是如果你不把詳情告訴我，我無法充分協助……」

山岸尚美之所以說到一半就停了，是因為新田伸出一隻手擋在她面前制止。

「妳並不是刑警，不用想那麼多。更何況妳對我的協助已經相當足夠。如果能稍微不要管我那麼多，那就更好了。」

山岸尚美察覺到這句話的挖苦味，擺出兇巴巴的表情瞪著新田。不過眼睛睜得比平常大的表情相當迷人，儼然就是個美女，看得新田怦然心動。

「真的無論如何都不能告訴我嗎？」她不死心地再度逼問。

「不行。如果告訴妳，我就沒資格當刑警了。」

拋下垂頭沮喪的山岸尚美，新田走向側門，一邊快速走著，一邊在心裡痛罵：外行人就是這樣，真麻煩。稍微和警方扯上一點關係就跩得要命，動不動就要過問偵查，還想學警察辦案。我原本以為那個姓山岸的女人不是這種人，真是意外啊。

不過，那個表情還真不賴——他想起山岸尚美最後露出的表情。

事務大樓的會議室，依然香煙繚繞，空氣顯得白茫茫的。除了少數的餐飲店之外，飯店裡幾乎全館禁菸，所以盯梢的刑警們換班時都會猛抽菸。現在也有三名刑警圍著菸灰缸。

稻垣與本宮站著在交談。旁邊的白板貼了好幾張大頭照，但記載的資料很少，看來這些嫌犯都還沒有被鎖定。要是能再掌握一點線索，這些人物的相關資料應該會一口氣增加很多。

新田走向他們。因為稻垣叫他來的。

「辛苦了。有沒有發現什麼？」稻垣問。

「沒什麼特別的發現。現在時段的主要業務是辦理退房，新的房客也還沒來。」

新田研判，浴袍事件沒必要報告。關於山岸尚美詢問「訊息」一事，也決定三緘其口。

「這樣啊。今天有婚禮和婚宴，出入的人會激增。我加派了人手盯梢，你在櫃檯也要小心看著。」

「知道了。其他還有什麼事嗎？」

「嗯。」稻垣點點頭：「千住新橋的案子，發現了可疑線索。」他用手指敲敲白板。

千住新橋的被害人是位主婦，名叫野口史子。一直到目前為止，並沒有浮現因結怨或利害關係而被殺的人際關係線索。

「她老公經營的小工廠，情況好像很慘。」

「快要倒閉了嗎？」

「不是快要。」本宮從旁插話：「可以說幾乎已經倒閉了。打從半年前就沒有發薪水給員工，銀行方面也拒絕融資。那是一間汽車零件的下游工廠，畢竟經濟很不景氣，不知道什麼時候會有訂單上門。你認為，這種時候中小企業的經營者會最先想到什麼？」

新田交抱雙臂。

「既然銀行不肯借錢的話，會先去找高利貸吧。」

「呵呵。」本宮先冷笑兩聲。「放高利貸也是在做生意喔。他們不會借錢給一無所有的人。萬一對方自殺了，不就虧大了。」

聽到自殺二字，新田倏地靈光乍現。

「那，是壽險嗎？」

本宮彈了一下手指：「答對了。」

新田驚愕地看向稻垣。「被害人有投保壽險？」

「是的，而且不止一份。」稻垣繼續說：「一張是死亡的時候可以領五千萬，還有一張是一億圓，一共買了兩份保險。五千萬那張是十年前買的，這張是需要看護時或住院時都會給付，所以沒什麼不自然；問題是一億圓那張，這張是最近才買的，雖說保費可中途停繳比較安心，但一個月也將近兩萬圓。連員工薪水都付不出來了，哪有經營者會再去買保險。」

「那，是老公貪圖保險金把老婆殺了？」新田的目光轉向白板。當然，被害人的丈夫野口靖彥的大頭照也貼在上面。

「工廠有五名員工，也有可能是其中的員工幹的，不過最可疑的還是靖彥吧。」

「案發當天的不在場證明呢？」

「被害人的死亡推定時間是十月十日晚上六點到九點之間。」本宮看著筆記說：「根據靖彥的說法，被害人說要去娘家出門以後，他就和朋友們喝酒喝到半夜。但是和朋友們見面是在晚上八點左右，所以很有可能犯案。而且命案現場在他們家附近。」

新田低聲沉吟。「確實很可疑啊。太可疑了。」

「問題就在這裡。」稻垣說：「動機很充分，又沒有不在場證明。可是兇手若是老公，也未免太單純了。最重要的是，無法解釋那串數字。也就是說，看不出和其他兩起命案的關連。」

新田盯著白板。沒有發現犯人的遺留物。物證極其缺乏，光只有動機無法逮捕靖彥。更重要的就如稻垣所言，在還沒查出和其他兩起命案的關連以前，想對他進行偵訊也很困難。因為不能把那串數字的意義告訴被害人家屬，是這次的偵辦方針。

「那，要我做什麼呢？」新田問。

本宮拿起桌上的信封，從中抽出一張照片。「你仔細看看這個。」

這張照片是幾十個中高年齡者的合照，幾乎都是男性。

「前面數來第二排，左邊數來第三個，那就是野口靖彥。」本宮指向白板上貼的靖彥照片。

新田比對這兩張照片，確實是同一個人。

「這張合照是？」

「五年前在餐會拍的照片。據說是汽車零件廠商辦的。你仔細看看背景。有印象嗎？」

聽本宮這麼一說，新田凝視照片，看到人物背後的廊柱上雕有特殊花紋。

「這是這間飯店吧。」他喃喃地說。

「沒錯，應該是在大廳拍的。」

「居然能找到這張照片啊。」

「有位搜查員負責查訪野口的客戶，偶爾發現的。」

「原來如此。」

「你去查一查，這場餐會上有沒有發生不尋常的事。」稻垣問。

「這間飯店和野口的交集，只有那個時候。要是野口和案情有關，應該能查出什麼。我會派其他人去詢問宴會部，你去問問住宿部的人。」

「我明白了。我會問問櫃檯的人。」

「千萬小心，別把詳細內容說出去喔。」

「我知道啦。」新田拿起照片。

新田回到櫃檯，立刻去找山岸尚美，把她帶到後面的辦公室，將本宮交給他的野口靖彥合照拿給她看。

「據說是五年前，在這裡宴會廳辦的餐會。主辦者是汽車零件廠商。」

山岸尚美以極其認真的眼神凝視照片後，輕輕點點頭。

「確實是我們飯店啊。這個餐會一直到三年前，應該每年秋天都有辦。後來受到不景氣的影響停辦了。」

「妳對這時候的事，有沒有什麼印象？什麼事情都可以喔。」

面對新田的問題，山岸尚美蹙起眉頭側首尋思。

「那時候我已經在住宿部了，對宴會廳的事情不太清楚。而且五年前的話……同樣的餐會，幾乎每天都有。」

「這樣子啊。」

新田把照片收進外套口袋。因為早就料想到她會這麼說，所以也沒怎麼失望。

「那場餐會有什麼問題？」山岸尚美露出窺探的眼光。

「沒有，沒有任何問題。大概和案情也沒有關係吧。」

新田說的是真心話。就如她所說的，飯店辦大小餐會就像家常便飯，就算被害人的丈夫在五年前出席過餐會，也沒有什麼不自然的地方。

但是，她似乎不認為新田說的是真心話。

山岸尚美嘆了一口氣。

「你還是什麼都不肯跟我說啊。只會單方面的一直問我。」雖然語調沉著，卻話中帶刺。

新田不禁苦笑。

「幹刑警這一行，到頭來都在調查一些沒用的事。真正跟案情有關的，其實只有一小部分。可是不調查就找不出真相。我之所以不能告訴妳偵查的目的，一方面當然是因為偵查上的祕密，再者每件事都要一一跟妳說明的話會沒完沒了，這個現實的原因也很大。」

山岸尚美深深地吸了一口氣，彷彿要反駁什麼似的。但最後她只是嘆了一口氣，目光落在手錶上。

「提早入住的客人快要來辦住房手續了，我們回去做櫃檯業務吧？」

「好啊，請多多指教。」

櫃檯裡，新田照常站在山岸尚美的背後，觀察櫃檯人員如何接待陸續前來的客人。距離正式的入住時間還有一點時間，所以並不是很忙。看到櫃檯人員有空時，新田會出聲叫喚，請他們看野口靖彥的照片。但沒有人回答「我看過」。

此時讓新田眼睛一亮的是，一位中年男子來辦住房手續的時候。這名男子體型矮胖，身上穿著過時的西裝顯得很緊繃。男子先注意到新田，兩人四目相交時，男子嘴角淺淺一笑、向新田點了個頭，感覺就像惡搞被拆穿、笑得很難為情的小孩。

「那麼山本先生，您從今天起要住一晚，住的是單人房對吧？」

山岸尚美如此一問，中年男子神色慌張地答道：「哦，對啊，這樣很好。」

男子辦完住房手續，在門房小弟的帶領下走向電梯。途中，一度看向新田。

「剛才這位客人，住的是1015吧。」新田低聲問山岸尚美。

「對啊，有什麼問題嗎？」

但新田沒有回答，立刻走出櫃檯。快步走向電梯，按下上樓鍵。電梯遲遲不來，新田用腳尖踢了幾次地板。

「新田先生。」

聽到後面的叫聲，他露出不耐煩的表情。不用看就知道是山岸尚美。

「怎麼了嗎？那位客人有什麼問題嗎？」

新田搖搖頭。

「那不是客人，是刑警。」

「刑警？」山岸尚美蹙起眉頭。

「而且是轄區刑警。那傢伙來這裡幹麼……」

電梯門開了。新田說了一句「失陪」就進去了，

抵達十樓後，大步走向1015號房。房間在走廊的中段。新田用拳頭敲門。「來了。」聽到門裡傳來悠哉的聲音。

門一開，中年男子的圓臉探了出來。笑容可掬。

「你果然來了啊。如果你不來的話，我正想打電話給你呢。」

「這是怎麼回事？我可沒聽說刑警要喬裝成住宿客人喔。」新田走進房間，一邊環顧室內一邊問。單人床上放著包包和外套。

「你當然沒聽說囉。因為我是以私人身分來的。」

「私人身分？」

「上面不是叫我和新田先生搭檔嗎？明明是搭檔辦案卻什麼事都不讓我做，實在悶得很難過，所以我就想親眼來看看這個現場。不過光是看外觀也看不出個所以然來，就乾脆辦了手續，訂了一個房間。哇，果然很豪華啊。打從當年結婚典禮以後，我就沒住過這種高級飯店了。花大錢果然很值得。新田先生這身打扮也有模有樣，很適合你喔。真厲害啊。」圓臉男的瞇瞇眼瞇得更小了。

男子姓能勢，是品川署的刑警。第一起命案發生後，在品川署設立特搜總部時，能勢奉命和新田搭檔查案。

新田對能勢的第一印象是，愣頭愣腦的大叔。說起話來有點混著北關東腔的感覺。動作遲緩，常常讓人看了很焦急。雖然潛入飯店臥底偵查讓他心情很沉重，但新田覺得能和這個男人分開倒不失為一件好事。

新田揮揮手，宛如要揮掉能勢的誇讚之詞。

「你應該還有其他很多事要做吧。我認為現在不是在這種地方悠哉的時候。」

「事情辦完，我當然會立刻回署裡去。」能勢把包包拉過來，拿出記事本；像電視裡刑警用的那種包著咖啡色皮套的記事本。

「什麼事？」

「關於被害人的男女關係，我掌握到有趣的線索。還沒向上司報告。我想第一個先來通知新田先生。」

「哪一個被害人？」

面對新田的質問，能勢連續眨了幾下眼睛。

「岡部哲晴先生，第一個被害人。我可是品川署的人喔。」

「啊……對哦。」

因為滿腦子都是飯店的任務，新田對各個案件的印象越來越稀薄。新田和能勢，確實被奉命調查第一個被害人岡部哲晴的人際關係。但在開始查訪前，新田就奉命進入飯店臥底調查。

「岡部先生的住處附近，有一間他常去的居酒屋。那裡的店員——」

「不，請等一下。」因為能勢看著記事本開始說，新田連忙制止。「你向我報告也沒用啊。」

能勢眨了眨眼。「為什麼？」

「為什麼？因為你有其他對象了吧？」

「其他對象？什麼人？」

「和你新搭檔的人啊。應該有人接任我的位置吧。」

但能勢一臉困惑地輕輕搖頭。

「沒有，我的搭檔到現在還是新田先生。我沒有接到和別人搭檔的指示。」

新田看著那張圓臉。

「即便如此，想都不用想也知道你和我的搭檔關係解除了吧。」

能勢稍微睜開瞇瞇眼。「您收到解除命令了？」

「不，我沒有收到命令……」

能勢一聽，露出滿臉笑容。

「既然這樣，我們的關係就是持續中囉。欸，總之你先聽我說嘛。話說那個岡部先生常去的居酒屋，有店員記得岡部先生和一個女人來過店裡。是今年夏天的事。兩人相當親密的樣子，店員還以為他是帶著太太來。這是因為呢，買單的時候是那個女的付錢，她從自己的包包拿出錢包。這也難怪店員會以為他們是夫婦。」

新田乾脆往床上坐下，因為這名轄區刑警看似不想停止報告。

「我覺得那個女的一直沒有浮上檯面很奇怪。既然是親密到會被人誤認為夫妻的關係，應該會以什麼形式出現才對。」

「可能不想受到牽連吧。」新田不加思索地說。

「我也這麼認為。所以八成不是正常的情侶。我認為關係非比尋常，也就是外遇。」

「人妻啊。」新田聳聳肩。「有可能。」

「結果我調查了一下就知道了，被害人是個花花公子。不過聽說他從不和可能會逼他結婚的女人上床。就這層意義來說，人妻或許正合他意。」能勢說完後，自己很滿意地點點頭。

「這些全部，都是你調查的？」

能勢摸摸頭髮稀疏的頭。

「因為我只有到處走訪調查的本事。不過能找到居酒屋，多少也是因為我對那一帶很熟。這有什麼問題嗎？」

「沒有，沒有任何問題。」

打從進入這間飯店臥底偵查以來，新田連想都沒想過，轄區的刑警在做什麼。

「好了，那我要走了。」能勢拿起外套。

「去哪裡？」新田問。

「回署裡去。因為我還有後續的查訪要做。我要查出這個人妻的真面目。」

新田搖搖頭。「查這種事沒有用啦。」

能勢大感意外地噘起嘴巴。「沒有用？怎麼說？」

「第一起命案，犯人用鈍器毆打被害人以後，用繩子勒他的脖子。可是現場沒有這個鈍器也沒有繩子。也就是說，兩者都是犯人早就準備好的東西。女人要殺男人的話，準備鈍器和繩子太不自然了。若女人要準備兇器，首先一定是刀子。」

「啊！」能勢發出佩服的讚嘆聲。「經您這麼一說，很有可能耶。」

「所以說，找那個女的根本沒有用。」

「嗯。」能勢短促沉吟。「不過，還是找找看吧。因為這是我的工作。」

新田嘆了一口氣，在心中痛罵：隨便你。

「那這個房間怎麼辦？你不住了嗎？」

「怎麼可能，我才不會這麼浪費。我打算深夜再偷偷回來這裡。難得訂了這個房間，我要睡在這張看起來很舒服的床上。」能勢拿起桌上的鑰匙卡。「新田先生，您在這裡好好休息哦。這個房間是自動門鎖吧？只要關上門就會自動上鎖了。那麼回頭見。」

「啊，能勢先生，等一下。」新田叫住他。

能勢門開到一半，轉過頭來。新田看著那張圓臉問：「負責調查手嶋的人是誰？」

「手嶋……是手嶋正樹吧。」

「對。」這不是廢話嗎！但新田把這句話吞回去。「是誰負責調查的？」

「呃，這我不太清楚……我回去查查看吧？」

「不，不用了。您請慢走。」

「哦。」能勢點點頭，走出房間。新田盯著門看，但腦海裡浮現的是：雙頰消瘦蒼白的臉，嘴唇很薄，眼神不帶感情。

新田之所以盯上手嶋正樹，是因為對被害人岡部哲晴的生活情況感到懷疑。他的客廳擺了一台六十吋的液晶電視，櫃子上陳列著法國巴卡拉水晶、瑞士法蘭克穆勒的手錶，衣櫃裡掛著十幾件亞曼尼。怎麼看都不像一般上班族。

經調查發現，這些奢侈品都是在這一年之內買的，而且都是現金支付，但查了岡部的銀行帳戶，卻不見大筆金額入帳的痕跡。

岡部哪來的這麼多錢？此時新田盯上的是，岡部在公司裡的所屬部門——會計部。

新田果然猜對了。拜託公司進行內部調查之後，發現這一年裡出現多達二十幾次的可疑款項支出，總金額更高達一億圓。清查傳票之後，發現主管們的印章被擅自盜用，偽造了很多傳票。欲蓋彌彰的手法相當巧妙，若不仔細查核，很難發現是經辦人員動的手腳。

會計課課長的雙鬢汗水直淌地表示，應該是岡部哲晴盜用公款。

但是新田深入思索，沒有其他人能操控帳務嗎？倘若岡部盜用公款一事有共犯，那麼岡部在這起命案中喪生，對於共犯是相當有利的事。

讓新田浮現這個推理的是，與岡部同一個職場的手嶋正樹。手嶋是比岡部大三歲的前輩，他的職位比岡部更容易做假帳。現在看起來很老實，但據說兩年前可是沉迷賭博，欠了一屁股債。

很快地，新田就找上手嶋。他住在練馬區的住宅區，公寓十分老舊，房間的壁紙都褪色了。而且他的房間與岡部不同，完全找不到一件奢侈品。

理所當然，手嶋也知道命案的事。岡部趁業務之便盜用公款一事，也是從會計課課長那裡聽說了。

「這一切都讓我難以置信。光是岡部被殺就已經夠驚人了。」手嶋面無表情地搖搖頭。

新田想查探手嶋和岡部的關係，於是繼續問，關於命案有沒有線索可以提供？和岡部有沒有私交？

但手嶋的回答始終如一：和岡部沒有私交，工作上也是完全分工，完全沒有察覺到岡部做假帳。對於岡部的私人領域也一概不知。

「雖然我也不是社交型的人，但他的人際關係也不太好，幾乎沒有和他交情好的人。」手嶋低聲地說。

新田決定確認不在場證明，於是問他十月四日晚上在哪裡？

手嶋說，他在家裡。新田追問，有誰能證明嗎？他說一直都是一個人住，沒有人能證明。但過了一會兒突然想起什麼似的，說當時接到一通電話，而且不是手機，是室內電話。

「打來的是我以前交往過的女友，沒什麼大不了的事，就隨便聊了一下，大概五分鐘左右吧。」

那是八點左右的事。

電話是傳真電話兩用的機器。

「我和前女友交往的時候，這一帶的訊號很差，手機常常打不通，所以就用這支電話聯絡。因此那時候她才打這支電話來吧。」手嶋回答的時候，嘴角露出淺淺的得意笑容。

手嶋的前女友名叫本多千鶴。經新田的查證，十月四日晚上八點左右，本多千鶴確實用自己的手機打過電話來。那時她身邊有女性友人在，新田也去問了這位女子。女子斬釘截鐵地說，沒錯。此外，通聯紀錄也證明了他們所言不虛。

從手嶋的住處到命案現場，不論搭乘哪種交通工具都要一小時以上。一旦相信這個不在場證明，手嶋就不可能犯案。

但新田還是無法釋懷。他耿耿於懷的疑點有兩個。第一點是，有人打一一〇報警。這通電話確定了犯案時間，也成了手嶋不在場證明的要因。報案者沒有報出姓名也很可疑。說不定是手嶋自己報的案。另一點是，道別時，手嶋的表情。

那時手嶋的表情彷彿在說——你有本事解開這個謎，那就解解看吧！

不過這或許是個天大的誤會。撇開第一起命案不談，第二起和第三起都和手嶋無關，而且也無法解釋那串數字。

新田雙手在頭上亂搔，覺得自己好像迷路走進死胡同的小蟲。

6

幫一名貌似上班族的中年男子辦完住房手續後，尚美望向飯店大門，門僮正在帶領一名女子進入飯店。這名女子戴著墨鏡，右手拄著楞杖。那種小心翼翼的舉止是視障者特有的。

尚美不由得眉頭輕蹙。因為旁邊就有個門房小弟，但偏偏是關根刑警喬裝的冒牌貨。果不其然，關根從女子手中接過行李之後，便推著女子的背，催促人家快走。根本完全不瞭解，一個眼睛看不見的人被人推著背會有多麼不安。

門房領班杉下看到這一幕，立刻跑上前去，向冒牌門房小弟打聲招呼便接過行李包，請他離開這名女子。然後杉下牽起女子的手，讓她挽住自己的胳臂後，緩緩地邁開腳步。看到女子的嘴角露出安心的笑容，尚美也鬆了一口氣。

杉下引導她走到櫃檯。因為戴著深色墨鏡，看不清她的臉，但肌膚的感覺看來是六十歲左右，身材苗條，姿勢端正，一襲深灰色套裝更襯托出她的高雅氣質。頸部繞著絲巾，隨意綁在腦後的頭髮有一半已經灰白。

「這位是片桐女士。已經預約房間了。」杉下對年輕的櫃檯人員川本說。

「片桐女士，您好。請您稍待一會兒。」

正當川本要開始辦理住房手續的時候。

「請等一下。」眼睛看不到的女士輕輕抬起左手。聲音有些沙啞，但語調相當柔和。

「有什麼事嗎？」川本問。

老婦人緩緩地環顧左右之後，將左手伸向尚美。這隻手戴著白色手套。

「不好意思，能不能請這位幫我辦手續？」

啊？尚美輕聲驚呼。結果老婦人笑了。

「是一位小姐啊？那就更好了，我想麻煩妳幫我辦手續。」

川本一臉納悶地停下手上的動作。尚美也一頭霧水。

「對不起哦，我不是不喜歡妳。」老婦人語調沉穩地向川本致歉。「我只是相信緣分和直覺。能不能答應我這個老人家的任性要求？」

川本眨眨眼睛，看向尚美。尚美點點頭，對老婦人說：

「沒問題，讓我來為您辦手續。」

「不好意思哦。」老婦人摸著櫃檯的邊緣，移動到尚美前面。「小姐，妳叫什麼名字？」

「我姓山岸。」

「山岸小姐啊，我會記住的。」

「住宿登記表怎麼辦？如果您願意，我來幫您代寫吧？」

「我自己能寫。只要告訴我要寫在哪裡，我能寫上我的姓名和住址。」

「那麼請您寫在住宿登記表的背面好嗎？」

「好的。」老婦人將枴杖的把手掛在櫃檯邊。

「這是住宿登記表。」尚美牽起老婦人的右手，把住宿登記表放在她手中。她以雙手觸摸，確認紙張的大小。看到她把單子放在自己的前面以後，尚美接著說：「這是原子筆。筆蓋拿掉了，請小心使用。」將原子筆放在她的右手。

「只要寫姓名和住址就可以吧。電話號碼呢？」

「方便的話也麻煩您寫上。」

老婦人點點頭，一邊以左手確認住宿登記表的位置，一邊以右手開始寫。她的背脊打得很直，沒有低下頭去。戴著墨鏡的臉對著尚美。即便如此，她也沒有寫超出單子的範圍，姓名與住址，還有電話號碼都橫寫得很整齊。姓名是片桐瑤子。知道住址在神戶時，尚美有點意外，因為老婦人說話的語調並沒有關西腔。

「好了，這樣可以嗎？」

「非常好。請您稍等一下。」

尚美開始操作終端機，片桐瑤子是三天前預約，希望住可以抽菸的單人房。這又讓尚美感到意外，因為這個年紀的女性顧客，大多希望住禁菸房。

「讓您久等了。片桐女士，您從今天起要住一晚單人房對吧？」

「沒錯，麻煩妳了。」

「那麼我們準備了 1215 號房，鑰匙卡會交給門房小弟。」

尚美對杉下使了個眼色，將鑰匙卡交給他。杉下和剛才一樣讓老婦人挽著自己的胳臂，緩緩地邁開步伐。只要交給他，接下來就沒問題了。杉下也會把鑰匙卡的使用方式告訴她。

正當鬆了一口氣時，尚美覺得背後有人。回頭一看，是新田。新田的視線望向遠方，落在片桐瑤子的背上。

「你們刑警的會議結束了啊？」

但新田沒有回答尚美的問題，依然看著片桐瑤子。

「你對那位客人很好奇？眼睛不方便的人也會來住飯店喔。」

這時新田終於把視線轉向尚美。眼神裡充滿警戒。

「我想也是。我們警察也會碰到視障者。」

「既然如此，不用這樣一直盯著人家看吧。」

「我只是觀察一下，因為對某個東西感到很好奇。」

「所以到底在好奇什麼？」

「手套。」

「手套？」

「那位婦人戴著白手套喔。兩手都戴。」

「我知道啊。這有什麼問題呢？」

「以我的經驗來說，」新田繼續說：「視障者不太戴手套。對他們而言，觸覺和聽覺一樣是重要的資訊來源。手套只會妨礙手感的辨認。此外，他們常會擔心自己因誤判而摸到溼的東西。手套一旦溼了就很難乾，感覺很不舒服。」

聽完刑警的說明，尚美不斷眨著眼睛。他說得很對，確實如此。

「不過，」尚美說：「或許那位客人有什麼特殊情況，譬如手上有傷或是痣，想要遮起來。」

「當然也有這個可能。我並不是認定她有問題，只是覺得有點怪。因為懷疑是刑警的工作。」

「那麼新田先生，你在懷疑那位客人什麼呢？」

「這個嘛，我對她幾乎一無所知，因為她的舉止不像盲人而引起我的注意，所以我在懷疑那究竟是不是真的。」

新田說得拐彎抹角，尚美從正面看著他。

「你的意思是，那位客人假裝眼睛看不見？為什麼要這麼做？」

「天曉得。」新田偏了一下頭。「這我就不知道了，所以才想要留意這個人。畢竟沒有人會毫無目的地假扮成視障人士。」

「我覺得你想太多了。」

新田撇了撇嘴角。「總比有欠考慮來得好吧。」

正當尚美怒氣沖沖瞪著他，一旁的電話響起。川本快速接起電話，但說沒幾句便呼叫：「山岸小姐。」

「門房的杉下先生打來的。他說剛才那位客人希望妳去一下。」

「電話給我。」尚美和深感興趣盯著她看的新田對望一眼後，轉過身背對他，拿起話筒貼在耳朵。「我是山岸，怎麼了？」

「不好意思。剛才的客人說要換房間。」

「有什麼問題嗎？」

「我也不太清楚。客人說她也不知道該怎麼說。」杉下說得含糊其詞。

「知道了，我這就過去，你和客人一起等我。」

「好的。」

尚美掛斷電話，對川本說：

「找找看十二樓立刻可以入住的房間。找到以後，用簡訊把房間號碼等資料傳給我。」

「好的。」背後傳來川本的回答，尚美拿起通用鑰匙卡。

離開櫃檯走向電梯時，背後有腳步聲追來。

「我也去。」新田和她並肩走著。「是剛才那位老婦人吧。我來這裡臥底就是為了調查詭異的客人。」

尚美嘆了一口氣：「隨便你。」

電梯門開著，兩人一起進去。新田按下十二樓的按鈕。

「客人抱怨要換房間是常有的事嗎？」

「經常發生。像昨天也有一間明明是禁菸房，但客人說有煙味，就幫他換到豪華套房了。」

「咦？原來想要以便宜的價格住高級房間，用這一招就行了。那位老婦人的目的該不會也是這個吧？」

由於新田的語氣很認真，尚美不由得睜大眼睛。面對身障人士，大部分的人都不會懷疑他的內心。因為人們總認為，身體有殘疾的話，精神會格外美麗。可是這個刑警不同，他認為不見得身障人士就不會使詐。不，他根本就懷疑對方是否真的是身障人士。

尚美心想，這可以看成這個人心態扭曲；但相反的，也可以說是不以貌取人，具備公正的態度。或許這是身為警察必備的資質，也是這個人的優點吧。

「我的臉上沾了什麼嗎？」

「沒有……你們在追查的案子，兇嫌也有可能是女性嗎？」

「不排除這個可能性。」如此回答後，新田狀似後悔地皺起眉頭。因為這等於承認了女性的可能性很低。

電梯抵達十二樓。門一開，尚美便率先走了出去。

1215 號房的門是開的，杉下站在門口旁邊。他看到尚美之所以露出驚訝的表情，一定是因為看到新田也跟來了。

片桐瑤子坐在單人床上，依然戴著墨鏡，手套也沒有脫掉。

「山岸小姐來了。」杉下對片桐瑤子說。

原本低著頭的老婦人，微笑抬起頭來。從她的表情看來，似乎沒有在生氣，尚美放心多了。

「讓您久等了。這個房間有什麼問題嗎？」

片桐瑤子顯得有點尷尬，輕輕搖搖頭。

「對不起，這個房間有點不適合我。能不能讓我看別的房間？」

「是什麼地方讓您不滿意嗎？」

「這個啊，實在很難啟齒，因為太吵了。如果只是有點吵，我還可以忍耐，可是這個房間實在是……」

「太吵了？……有什麼聲音吵到您嗎？」尚美豎耳傾聽。隔音設備做得十分完善。雖然前面就是馬路，但幾乎聽不到車子的噪音。

「不是聲音。我說的不是這個意思。」片桐瑤子搖搖手，似乎有難言之隱。

「究竟是怎麼回事？請您別客氣，儘管說。我們也想盡可能解決問題。」

老婦人面有難色地垂下頭。

「對不起哦，我不該說一些莫名其妙的話。反正只有一個晚上，我忍一忍就過去了。」

「千萬不行，您完全沒有必要忍耐。那麼，您希望換什麼樣的房間呢？我立刻為您準備。」

片桐瑤子再度抬起頭，狀似猶豫側首尋思之後，開口說：

「那，我就坦白說吧。不過，你們可別覺得不舒服喔。我完全沒有意思要妨礙營業，也不是要為難你們。這個房間，換成別人住應該沒問題。只是不太適合我這種人。」

尚美和杉下對看一眼之後，尚美問老婦人：「這是什麼意思？」

「是這樣的，這個房間裡面，有很多人在。不是壞人喔。所以不會給房客添麻煩。不過這些人的心思，對我這種人感覺很沉重。這實在有點難受。」

尚美終於明白片桐瑤子在說什麼。新田似乎同樣也察覺到了，立刻在尚美的後面問：「意思是有鬼嗎？」尚美有點嚇到，因為不曉得新田站得這麼近。

「並不是……鬼喔。不過這樣說比較好懂。只是我不太喜歡鬼魂這個說法。」片桐瑤子難為情地說：「真的很抱歉。這種事情對你們而言，可能只是找碴吧。」

「不，絕對沒有這種事——」說到這裡，尚美外套裡的手機震動了。「不好意思，有簡訊進來，應該是和這件事有關，我方便看一下簡訊嗎？」

「好啊，請便。抱歉，給妳添麻煩了。」

尚美拿出手機一看，果然是川本傳來的簡訊。清掃完畢，現在可以立刻入住的房間，這層樓有四間。

「片桐女士。」尚美叫她。「這層樓有幾個房間準備好了。能不能麻煩您去看一看，挑選您喜歡的房間。」

「挑選？由我來挑選？」老婦人用手壓著右胸口。

「是的。請您挑選一間房間。如果我們自行挑選，萬一又不符您的期望，生怕會給您帶來不必要的麻煩。」

「這樣啊？不過我好像很挑剔，真的很抱歉。」

「別這麼說，滿足顧客的期望是我們的職責。能不能勞駕您去看一看？」

「謝謝妳。那我就去看看吧。」

「謝謝您。」

尚美以眼神向杉下示意。於是杉下走上前去打招呼，摸摸她的手。片桐瑤子用枴杖支撐身體站起來後，和剛才一樣挽著杉下的胳臂。

當她走到走廊時，尚美說：

「片桐女士，您對房間的類型有沒有什麼要求？現在這間房間是單人房，如果您想住別種類型的房間，我們可以先帶您去看。」

片桐瑤子使勁地搖頭。

「什麼類型都沒關係。不過盡可能單人房比較好。」

「我明白了。那先帶您去看最近的 1219 號房吧。」

尚美走到前面的第二個房門，以通用鑰匙卡開門。打開房門之後，等候杉下帶著片桐瑤子前來。新田也跟在他們兩人之後。

杉下帶著她進入房裡。

「您覺得如何？」尚美問：「房間的類型和剛才 1215 號房完全相同。」

片桐站立不動，宛如用眼睛在觀察室內一樣，緩緩地轉動頭部。但是，她的眼睛是閉著的。

終於她露出微笑，點點頭。

「這裡很安靜耶。好像沒有人在。那我就住這個房間吧。」

「這間沒問題吧？」

「沒問題。給你們添麻煩了，真的很抱歉。」

「別這麼說。那麼，我會立刻請人送鑰匙過來。接下來的事交給門房人員，還有什麼事的話，請別客氣儘管吩咐。」

尚美低聲對杉下說了一句「拜託你了」，隨即向片桐瑤子說：「那我失陪了。」便走出房間。

步向電梯廳的途中，新田也並肩同行。

「居然說有鬼，真是嚇了我一跳。雖說飯店有鬼這種謠傳不斷，但沒想到居然有人用這一點來找碴啊。」

「說找碴也太失禮了吧。對她來說是很嚴重的問題。」

「妳相信那種事嗎？」

尚美按下電梯鈕之後，轉身對新田說：

「感覺這種事，每個人都不一樣。姑且不論她有沒有通靈能力，既然客人覺得房間不適合她，提供其他房間給她是應該的。」

「原來如此。不過，這樣也就知道那位老婦人不是企圖要房間升等。」

「刑警的直覺失靈，真遺憾啊。」

電梯門開了，裡面沒人。

「直覺有沒有失靈還很難說喔。」進入電梯後，新田說。

「這話什麼意思？」

「妳們交談的過程中，我有插嘴說話吧。我說『意思是有鬼嗎？』她居然回答不是鬼。那個瞬間，我又產生了一個疑問。」

「這個回答哪裡有問題？」

「有問題的不是她回答的內容。而是我突然開口發問，可是她完全沒有露出驚訝之色，這讓我感到不可思議。在那之前，我可是半句話也沒說。她請門房人員叫妳來，所以除了妳以外，她應該不會認為有別人在場吧。在那種情況下，突然聽到之前沒聽過的聲音，回答之前應該會先這麼問：『你是誰？』吧，但她並沒有問。為什麼呢？因為她知道我在那裡。也就是說，她看得見我。她看起來像是閉上眼睛，其實可能是微微張開吧。」

聽完新田的指摘，尚美頓時陷入沉默。她認為這個看法確實很犀利。

但她立刻想到如何反駁。她回看刑警說：

「或許片桐女士確實有察覺到你的存在。但我認為，那不是眼睛看得見的緣故。像那種身障人士，他們其他的感官會特別敏銳。光是聽腳步聲就能輕易察覺，除了我以外還有一個人吧。」

新田莞爾一笑。

「既然這樣，聽到腳步聲的時候她應該會問：『除了山岸小姐，好像還有一個人在，是誰呢？』光憑腳步聲，根本不知道是櫃檯人員還是門房人員。而且也有可能是同一個方向走來的客人。」

電梯抵達一樓，門開了。一對年輕男女在門外等候。新田快速按住「開」的按鈕，對尚美說：「妳先請。」

尚美對年輕情侶行了一禮，走出電梯。新田看著他們完全進來後，快速走出電梯，對兩人鞠躬一直到電梯門關上為止。鞠躬的角度，完全照尚美的指導做。

「你肯做也是辦得到嘛。」尚美說。

「我越來越像櫃檯人員了吧？」

「剛才那個一連串的動作做得非常好，氣質有出來了。」

「謝謝您的誇獎。可是不管氣質學得再怎麼像，如果默默不語的話，也無法傳達給眼睛看不到的人知道。」

新田似乎想繼續談片桐瑤子的事。

「片桐女士假裝眼睛看不到，對她有什麼好處嗎？」

「這我就不知道了。所以我才覺得奇怪。沒有目的的話，沒有人會做這種事。我想知道她的目的。」

「可能和案情有關？」

「不知道。」新田偏了偏頭。「總之看到可疑的人就要調查。這就是我待在這裡的目的。」

尚美低下頭，不久又抬起頭凝視他。

「我明白了。你要懷疑誰是你的自由。不過，你要答應我一件事。只要沒有證據證明片桐女士和犯罪有關，你就絕對不能讓片桐女士不高興。假設……我是說假設喔，假設片桐女士是喬裝成視障者，這也沒犯法。對我們飯店而言，依然是非常重要的客人，這一點是沒變的。」

「可是她給妳和門房人員帶來麻煩。」

「那種程度談不上麻煩。更棘手的客人多的是。所以說，請你務必答應我這件事，拜託你了。」尚美低頭鞠躬。

「拜託妳抬起頭來。好吧，我答應妳。其實不用妳說，到目前為止我也沒有想對她怎麼樣。只是會留意她，加以觀察而已。」

「我可拜託你喔，觀察這種行為也會讓人不高興。」

「我知道啦。反正妳不相信我就對了。」新田有點不悅，搔搔鼻翼大步離開。

片桐瑤子打電話來櫃檯，是傍晚六點多的事。這時尚美正規的上班時間結束了，可是新田還待在櫃檯，她也只好作陪。接電話的年輕櫃檯人員，說了一句「1219號房的片桐女士，要找山岸小姐。」就把話筒交給尚美了。

「您好，我是山岸。有什麼能為您服務的嗎？」

「不好意思，其實我想跟妳談晚餐的事。我聽說這間飯店的法國餐廳很不錯，可是像我這樣的人，一個人去也可以嗎？因為之前我去別家餐廳，他們說一定要有人陪。」

尚美將話筒貼著耳朵，點點頭。

「當然沒問題。我記得餐廳也有點字菜單。」

「這真是太好了。」

「您向餐廳預約了嗎？」

「沒有，我還沒預約。」

「那麼，我打電話幫您預約吧。晚餐的用餐時間大約幾點呢？」

「這個嘛，大概七點左右吧。」

「只訂片桐女士您一個人就可以嗎？」

「是的，我一個人。」

「那麼，我會先把情況告訴餐廳。然後，快到七點的時候我會去您的房間接您。因為餐廳的位置有點難找。」

「能夠這麼做的話真是幫了我一個大忙。那就麻煩妳了。」

「請儘管放心。那麼七點前見。」

電話一掛，新田就立刻出現在眼前。

「那位老婦人，這次又說了什麼？」

「沒什麼大不了的，只是找我商量用餐的事。」

尚美只說個大概，果不其然新田又露出訝異的表情。

「眼睛看不見的老婦人要獨自上法國餐廳？越來越令人好奇了。」

「既然你這麼好奇，要不要乾脆喬裝成客人進入餐廳？」

「這可不行，我已經以櫃檯人員的身分露過臉了。況且餐廳有其他搜查員喬裝成客人在監視。交給他們辦吧。」

「千萬不要惹得客人……」

「不高興，對吧？我知道啦。妳很煩耶。」新田掏出手機，打算向上司報告片桐瑤子的事。

六點四十五分，尚美離開櫃檯，前往1219號房。她在房門前看一下時間，一直等到六點五十分才敲門。聽到一聲「來了」之後，過了一會兒門打開了。片桐瑤子戴著墨鏡、穿著套裝，站在門口。

「我會不會來得太早？」

「不會，我正想差不多要出發呢。」

她緩緩走出房間，拄著楞杖的左手戴著銀色手錶。乍看只是普通的手錶，但仔細一看就知道是盲人專用的手錶。玻璃錶蓋可以打開，用手觸摸錶上凸出的數字可以知道時間。

問題是，她雙手依然戴著手套。戴著手套能摸出時間嗎？還是說，到時候她會脫掉手套呢？

「怎麼了？電梯在那裡吧？」片桐瑤子問。

「啊……不好意思。請您挽著我的手。」尚美將她的右手，放在自己的胳臂上。

法國餐廳在最頂樓。片桐瑤子的情況，在預約時已經向餐廳說了。尚美她們一到，熟識的餐廳經理就笑臉相迎。隨著餐廳經理的引導，她帶片桐瑤子坐在靠窗的位子。餐廳安排這個位子，當然不是為了讓她享受飯店引以為傲的夜景，而是考慮到角落的位子比較安靜。其他桌子已經擺上放有餐巾的盤子、刀子、叉子、玻璃杯，甚至擺了鮮花。但這張桌子上，什麼都沒放。

餐廳經理說，他們已經充分訓練過餐廳員工，如何接待視障者客人。面對這種客人，介紹料理內容的同時，詳細說明盤子上的菜色位置是非常重要的事。

「那麼，我就此失陪了。如果有什麼需要，請別客氣，直接向餐廳的工作人員說。」尚美對片桐瑤子說。

「真的很謝謝妳，幫了我一個大忙。」

「不客氣。」

尚美以眼神向餐廳經理致意，隨即離開餐桌。但走出餐廳後，突然又一陣好奇，於是躲在一旁窺看片桐瑤子的情況。

尚美好奇的是手套。她進餐時也不打算脫掉手套嗎？

這時一位年輕服務生站在她的旁邊，正好遞菜單給她。她依然戴著手套。菜單是打開的，但她似乎不打算去摸菜單。

服務生在說明時，她都點頭回應。看來點菜已經點完了，服務生從她手中接過菜單後，行了一禮便離開了。

尚美快步追上這名服務生。在他要進廚房前，出聲叫了他：「不好意思，能不能耽誤你一點時間？」

年輕服務生一臉驚愕地回頭：「什麼事？」

「菜單可以借我看一下嗎？」

「是這個嗎？」

尚美打開接過手的菜單，上面規則地排列著細小的凸點，沒有任何文字，只有最前面有附上號碼。也就是說，一般人看不懂。

「片桐女士，從這裡面點了菜？」

「沒有。因為這份菜單只有單點菜和套餐，特別料理我是用口頭向她說明的。結果她說，她要主廚推薦的套餐。」

「嗯哼。」

「有什麼問題嗎？」

「沒有，沒什麼事。抱歉，打擾你工作了。」

尚美將菜單還給服務生，調頭離開。

這時，剛好和片桐瑤子四目相交。不，應該說感覺四目相交。因為摘掉墨鏡的片桐瑤子，似乎慌忙轉過臉去。

難道剛才，她一直看著服務生和尚美在交談嗎？

不可能吧——尚美將目光從老婦人身上移開，低著頭走向餐廳門口。灰暗的心情開始在心中蔓延。

7

新田的手錶指針，指著晚上十一點多。光是走近事務大樓的會議室，便飄來一陣煙味。即使會議室的門緊緊關著也一樣。新田做了一個深呼吸，屏住氣息，將門打開。

混濁的空氣中，看到幾名搜查員。其中一人是本宮，交抱雙臂坐在椅子上，閉著眼睛。

新田往旁邊的折疊椅一坐，本宮便睜開眼睛：「嗨。」

「辛苦您了。組長呢？」

本宮哼了一聲，露出苦笑。

「兩個小時前回警本廳了，好像是和管理官去向課長報告情況。因為偵查絲毫沒有進展，上面也很焦急。」

「可是臥底調查才剛開始而已。」

「問題就在這裡。就是因為派刑警進入飯店臥底這種費力的招數都使出來了，如果做不出什麼成果就傷腦筋了。可是就我們來說，只要兇嫌沒有動靜，我們也就沒輒。只要發現有點詭異的客人，我們都仔細鎖定調查了，但全都揮棒落空啊。」

「關於這件事，那個女客人怎麼樣？」新田問。

本宮以小指搔搔細眉上方。

「那個姓片桐的房客是吧？眼睛看不到的。」

「是的。她應該去餐廳吃過飯。我有向組長建議，派個人去監視她。」

「我知道啦。因為我喬裝客人到餐廳去了。」

「本宮前輩？去法國餐廳？一個人？」新田不由得睜大眼睛。

「是一個人啊。怎樣？我就不行嗎？」

「不，我不是這個意思。」新田拚命忍住笑意。想到長相兇悍的本宮，一個人拘謹用餐的模樣就想笑。「結果，你覺得如何？」

本宮撇著嘴角，揉揉後頸部。

「就我看來，沒有特別不自然的地方。如果是裝出視障者的模樣，倒是看不出來。不過，我也不敢說得很篤定。也有可能是我的注意力不夠。」

「手套呢？」

「她有戴喔。用餐的時候也一直戴著。這一點確實很奇怪，可是不到絕對有問題的地步。說不定她有什麼苦衷。」

「話是這樣沒錯……」

本宮托腮，將手肘抵在會議桌上。

「就算那個老太太在演戲，也和我們的案子無關。因為就過去的犯案手法來看，兇嫌應該是男的錯不了。第一個人被絞殺，第二個人被扼殺，第三個人被鈍器重擊死亡。女人是辦不到的。尤其是那種孱弱的老太太。」

新田無法反駁這個看法。他自己也向能勢斷言說，兇手不是女性。

「那麼，我也差不多要收工了。」本宮站起身。「那，明天見囉。」

辛苦您了，新田說。本宮他們住在離飯店徒步十分鐘左右、久松警署準備的休息室。

新田走向貼了很多照片的白板，整體掃視了一遍。在品川發生的上班族命案，在千住新橋發生的家庭主婦命案，然後是在葛西發生的高中教師命案——除了留下詭異的數字外，這三起命案幾乎找不到任何關連。正因如此，新田等人才會潛入飯店臥底，但是用這種方法真的能逮到兇手嗎？這份不安依然在心中漂蕩。與其這麼做，不如徹底偵查之前發生的三起命案，這樣或許會比較早破案吧？自己在喬裝飯店人員的時候，其他搜查員說不定已經有顯著的成果了？想到這裡就快發瘋了。

可能是心情鬱悶的緣故，頭昏腦脹得很厲害。也有可能是睡眠不足導致的。最近，一天只睡兩、三個小時。

新田走出會議室。上面那層樓就是住宿部的辦公室，也有更衣室和員工的休息室。新田步上樓梯，想稍微睡一下。

到了辦公室，發現共用的桌子有人坐。雖然只看得到背影，看不到臉，但穿著櫃檯制服。而且好像趴在桌上睡覺的樣子。

新田躡手躡腳走過去，立刻發現那是山岸尚美。她的前面有筆記本和電腦，電源依然開著。除此之外，桌上擺了幾張列印出來的A4大小紙張。

新田窺看電腦螢幕，畫面上顯示是新聞報導。雖然報導的是殺人案，但和新田他們無關。

新田拿起列印出來的紙張，上面列印的文章也是殺人案的相關報導。而且這起命案新田很熟，就是岡部哲晴在品川被殺的案子。其中有些報導和新田等人在偵查的連續殺人案有關。

頓時，新田明白了。雖然向山岸尚美提過至今發生了三起連續殺人案，但沒告訴她是什麼樣的案子。此外也沒跟她說，為什麼警方研判下一起命案會發生在這間飯店。但她無法接受警方不肯明說，所以打算自己調查案子的內容。所以就一一調查最近發生在都內的命案，將新聞報導列印出來。

新田站在山岸尚美的身旁，輕輕拍她的肩。

不久，她緩緩撐起身體，但眼睛依然閉著。身體稍微前後搖晃之後，睫毛動了幾下，終於微微睜開眼睛。

「山岸小姐。」新田出聲叫她。霎時，她宛如遭到電擊似的，背脊突然打直，眼睛也睜得很大，抬頭看向新田。

「啊，新田先生……你什麼時候來的？」

「剛剛才來。在這裡睡覺會感冒喔。」

尚美托著腮，愣愣看了新田片刻。或許腦筋還沒清醒吧。不過，當她注意到攤在桌上的文件，慌忙地收拾起來。

「妳不用急著收啦，我都看過了。」

聽新田這麼一說，她暫時停手，但立刻又動了起來。

「你想叫我不要多管閒事吧。」

「不是閒事，是沒有必要。我跟妳說過很多次了，查案的事就交給我們。妳不該介入。」

「這是我自己在做的事。我不認為有給你添麻煩。」

「我沒有說麻煩。我這麼說是為了妳好。所以至少，休息的時候請好好休息。」

「既然是為我好——」山岸尚美說到這裡打住了，輕輕聳聳肩。「沒事。」

「妳希望我把一切告訴妳，對吧？」

「可是不能告訴一般老百姓吧。算了，沒關係。」她關上電腦，站起身。「辛苦你了，晚安。」

「那位老婦人，後來有說什麼嗎？就是自稱視障者的老婦人。」

走向更衣室的山岸尚美，駐足回頭。

「沒有，什麼都沒說。她怎麼了嗎？」

「哦，我還是覺得怪怪的。」新田摸摸鼻子下方。「小心一點比較好。」

「白天我也說過了。就算那位客人在演戲，只要和犯罪行為沒有關係，我們就不該改變我們的應對。」

「瞧妳這麼說，妳也懷疑那可能是在演戲吧。」

「我只是在說假設，或許有這種可能。不過我不會想去確認。」

「沒有必要確認。那是假裝的沒錯，只是不知道她有何企圖。」

山岸尚美雙肩上下起伏嘆了一口氣後，將身體湊向新田。

「飯店裡有形形色色的客人，其中也有很有特色的人。但因為人家很特別，就懷疑人家有什麼企圖，這也太失禮了。浴袍事件，讓我知道新田先生是個洞察力犀利的人，我也很想向你學習。不過，無論幾次我都要說，只要沒有犯罪嫌疑，我們就不該去干涉客人。還是說你有證據證明，她和你們在調查的案子有關？」

新田淺淺一笑，搖搖頭。

「這倒是沒有。大概無關吧。但問題不在這裡，我是為了妳和飯店著想才這麼說。假裝成視障者本身，就已經欺騙了很多人了。人不會沒有目的而說謊。我勸妳還是小心點。」

聽完這番話，山岸尚美以挑釁般的眼神瞪著新田，擺出想反唇相譏的模樣。

但下一秒鐘，她微微一笑。

「感謝您的忠告。畢竟是擅長懷疑別人的專家的意見，我會謹記在心。不過，我也有身為專業飯店人的自豪。我相信我的眼光。既然那位客人和你們在查的案子無關，就請交給我處理吧。」

「妳的意思是叫我不要插嘴？」

她露出帶點嘲諷的微笑。

「新田先生，你也是吧。你也不希望外行人插嘴辦案的事吧。」

新田皺起眉頭，點點頭。「好吧，隨便妳。」

山岸尚美再度說了一聲「晚安」，便朝更衣室走去。

休息室和更衣室剛好在反方向。新田邁開步伐時，外套裡的手機震動了。掏出來看是誰打來的，結果是能勢。新田想起，他說過今晚深夜要偷偷回來飯店的房間。

「喂，我是新田。」

「我是能勢。辛苦了。」

「你已經回來飯店了嗎？床睡起來感覺如何？」

「哦，這個嘛，因為還有很多雜事要做，今晚可能無法去那裡了。真可惜啊。」能勢語帶沮喪地說。

新田在心裡痛罵，活該！但嘴巴上卻這麼說：

「真是辛苦你了，難得訂了那麼棒的房間。」

「就是說嘛。所以我想說不住太浪費了，才打電話給您。」

「什麼意思？」

「新田先生，反正您也要找地方睡覺吧？既然這樣，就去睡那個房間吧。」

「咦？不，這不太好吧。」

「為什麼？單人房住兩個人或許違反規定，但您一個人睡的話，應該沒問題吧。」

「問題不在這裡，我的意思是那是能勢先生你的房間，所以我不能進去睡。」

「可是我不能去也沒辦法呀。如果新田先生去用那個房間，我的心裡多少能平衡一點。否則這樣空著沒人住，我花大錢就沒有意義了。」

新田沉默暗忖，看來能勢並沒有在盤算免繳住宿費。

能勢的房間是 1015 號房。新田想起，那間以雅致色調統一的單人房景致。那麼好的房間要是沒人住，確實非常可惜。

「能勢先生，你今晚真的不回來嗎？」為了慎重起見，新田問他。

「看來是回不去了。運氣真背。我決定等案子到了一個段落，再好好地住一晚。所以新田先生，今晚您就去睡吧。」

新田將手機從右手換到左手，並走向出口。

「我明白了。既然這樣，那我就去睡那個房間吧。不過，住宿費要對半出喔。」

「不，這可不行。這樣就給您添麻煩了。是我自己要預約房間，辦理住房手續。不管是白白浪費了還是怎樣，都是我自己的責任。絕對不能讓你出錢。」

「可是——」

「這一點請你不用擔心。明天退房時間我會去那裡，我會確實付住宿費。對了，房間的鑰匙怎麼辦呢？」

「這個我會想辦法。」

「那就好。那，請您好好休息哦。晚安。」能勢說完就掛斷電話了。

新田走出事務大樓，去櫃檯的辦公室拿了通用鑰匙卡就前往 1015 號房。當然，房間還是和白天一樣，床罩上還留著新田坐過的痕跡。新田把床罩拿掉，穿著制服整個人躺上去。這裡的床和休息室不同，躺起來格外舒服。

上次住在東京的飯店，是什麼時候呢？新田搜尋記憶，最後想起是和曾經交往了五年的女友一起住的。記得那天是白色情人節。新田覺得這種節日只是被甜點廠商耍著玩而已，但女友希望能有特別的慶祝活動，於是新田就決定入住看得見海的飯店。不料隔天清晨，突然接到出任務的通知，必須比預定時間提早退房，但女友卻待在浴室遲遲不出來，新田急得不知所措。原來是在裡面慢慢化妝。

結果隔了不久，兩人就分手了。新田受不了她散漫的個性，但對方也有理由，她受不了新田少根筋的個性。

回想起當時的事，新田淺淺一笑。雖然是苦澀的回憶，但也算是不錯的經驗。要不是那樣，也不會去住飯店吧。通常住在東京的人不會跑去住東京的飯店。

這個案子的兇手是哪裡人呢？之前的命案，全都發生在東京都內。這麼說來，可能是住在東京的人，即便不是也應該是住在離東京不遠的地方。這麼想應該沒錯吧。

計畫型的犯罪人物，通常會在自己熟悉的地方犯案。也就是，有地緣關係的場所。雖然飯店只是一棟建築物，但因內部相當複雜，可以說是個小型的城鎮。也就是說，這次的兇手可能是住在東京或近郊地區，但平常經常住飯店的人。

大概是這種人吧。

新田起身，環顧房內。但巡視到房門的時候，視線停止不動了。

之前也和稻垣他們談過，即便飯店是個有很多不特定人士頻繁來往的空間，但也不是一個神不知鬼不覺就能下手殺人的地方。如果有這種地方，那就是客房了。可是在客房裡殺人，要用什麼手法呢？

如果和被害人下榻同一個房間，下手確實很簡單。讓被害人去辦理住房手續，自己再進入房間下手即可。必須留意的只有監視器。即使不住在一起，只要認識被害人，兩人想單獨待在房裡也不是難事。

不過既然如此，也不用特地挑飯店下手吧。如果是熟人，把對方邀去比較不會被人看到的地方也不難吧。

相反的，如果不是熟人，想在客房下手就格外困難了。因為沒有人會輕易請陌生人進入自己的房間。即便敲了門，如果不知道對方是誰，也不會把門栓拿掉吧。

新田原本盯著房門的視線，稍微移動了。門栓的上面，有個塑膠製的插卡處，這是用來放鑰匙卡的。今天新田用的通用鑰匙卡就插在這裡。

忽然，新田想起一件事。頓時心臟劇烈猛跳，跳到胸口都有點痛了。

他走近房門，拿起通用鑰匙卡。直勾勾地凝視這張鑰匙卡，整理剛才閃過的思緒。

有可能。

不認識的人，很難接近客房裡的人。可是對有些人，這是很輕而易舉的事。那就是——只要用通用鑰匙卡即可。當然，門栓或是內鎖鎖上就無法進來。但是，並非所有的房客都會留意門有沒有鎖好。萬一敲對門了，應該也有人會輕易開門。

兇手為什麼會挑這間飯店當作下次犯案場所？這個疑問，有個最合理的答案。

那就是，因為犯人在這間飯店裡。

8

尚美照常比交班時間早一點來上班，看到有閒暇的年輕櫃檯人員，就開口問片桐瑤子的事。結果聽起來好像沒什麼異樣，尚美暫且鬆了一口氣。

不久，久我和川本等人也來上班了。打過招呼後，開始交接夜班的工作。交接事項很多，例如各個房間的費用、宴會和飲料等相關核算、重要事項的傳達等等。

「沒有看到妳的徒弟耶。」交接完畢後，正要做櫃檯業務時，久我問尚美。

「我也正在想這件事。會不會還在事務大樓？」

「嗯哼。原來刑警也會賴床啊。」

久我說完露齒一笑，川本便低聲地說：「啊，來了。」

尚美轉身看向後方，看到身穿櫃檯制服的新田，正從電梯廳跑來。

「不好意思，我來晚了。」新田連忙鞠躬致歉。

「你不是在事務大樓啊？」尚美問。

「不是，我去客房巡了一下……」

「巡視？」

「就是那個……逃生梯或走廊有沒有放什麼可疑物品之類的。以防萬一，我去巡視了一下。沒有什麼特別異狀。」

「如果是這樣就沒事，下次要先說一聲。我們會很困惑。」

「我知道了。對不起。」新田難得率直地道歉。

他後腦勺的頭髮有點翹。尚美指翹髮說：「頭髮睡翹了喔。」

新田「啊」了一聲按住頭髮，然後就打開後面的門進了辦公室。

不久，退房的客人變多了，尚美也站在櫃檯忙得團團轉。

一位體型矮胖的男子從大門進來。尚美記得他。新田說過他是轄區刑警。他自稱姓「山本」，但不知道是不是本名。

男子走到尚美面前，拿出鑰匙卡辦理退房手續。

「山本先生，您有沒有吃冰箱裡的東西？」

霎時男子顯得驚慌失措。「呃，冰箱是嗎？……」

這時後面傳來一聲「沒有」。是新田。

「咦？」尚美回頭看著他。

「沒有。請以沒有使用冰箱來計算住宿費。」新田面無表情地說。

尚美來回看著這兩個男人。自稱山本的男人一臉難為情的模樣，而新田則是將臉撇向一旁。

雖然覺得事有蹊蹺，但尚美還是說了一句「請稍等一下」開始結帳。

再過五分鐘就到上午十一點的退房時間，這時櫃檯的電話響了。久我去接電話，但旋即呼叫尚美。

「1219 號房的片桐女士打來的，說有事找妳。」

尚美嚇了一跳。這回會是什麼事呢?她將話筒貼在耳朵:「您好,我是山岸。」

「不好意思,這麼忙的時候打擾妳。好像到了必須退房的時間了哦。」

「哦,稍微延遲一下沒關係,請您放心慢慢準備。」

「可是,我有點傷腦筋耶。想拜託妳幫個忙,所以打電話給妳。」

尚美用力握緊話筒。「請問是什麼事呢?」

「對一般人不是什麼大不了的事啦。是這樣的,我找不到一個東西。東西應該在房間裡,可是我就是找不到。」

看來片桐瑤子是在找東西。

「明白了,我立刻過去。」

「哦?對不起哦。」

「別這麼說。那麼待會兒見。」

尚美掛斷電話,把事情向久我說了之後走出櫃檯。

「山岸小姐。」新田又追來了。「我也可以去吧。」

尚美蹙起眉頭。「兩個人跑過去,人家會覺得很奇怪吧。」

「為什麼她會知道兩個人?」

「昨天我也說過了吧。那種人靠腳步聲就能知道人數。」

「既然如此,妳就說帶門房小弟來不就好了。還是說,她只要聽到衣服的摩擦聲就知道是什麼服裝?」

電梯門開了。

「好吧，隨便你。但是，請不要隨便進入房間。」

尚美走進電梯後，新田也跟著進來。

敲了 1219 號房的房門後，裡面傳來一聲「來了」。接著過了十秒左右，門開了。片桐瑤子已經打扮完畢，也戴上了墨鏡，甚至連手套也戴好了。

「讓您久等了。」尚美說。

「不好意思，讓妳特地跑一趟。」片桐瑤子過意不去地說。新田就站在尚美身後，感覺不到片桐瑤子注意到他的樣子。

「不客氣。您在找什麼東西？」

「不是什麼大不了的東西。妳先進來吧。」

尚美說了一聲「打擾了」走進房間。新田留在走廊，關上了門。

「其實是這個……」片桐瑤子戳著外套鈕釦的釦洞。「一個鈕釦，不見了。」

「啊……」

確實少了一個鈕釦。上面數來第二個鈕釦不見了。

「昨天，我在這個房間脫衣服的時候確實還在。可是剛才穿上以後就掉了。」

「我明白了。請您坐下來。我來找找看。」

「對不起哦。」片桐瑤子用手摸著床的位置，確認之後坐下去。

尚美巡視地板。看得到的地方好像都沒有。於是她跪在地上，找了書桌下面、餐桌下面，更探進去床底下仔細尋找。這樣一邊找著，心裡一邊和疑惑對戰。這個人真的是視障者嗎？如果是裝的，為什麼要做這種事？為什麼要叫我做這種事呢？

難道是在找碴？尚美甚至浮現這個念頭。會不會是以前下榻這間飯店時，碰到非常不愉快的事，所以來報仇？

「好像找不到的樣子哦。」片桐瑤子說。

「真的很抱歉。」

「妳不用道歉啦，是我自己不好。」

「可是……」當尚美這麼說時，聽到敲門的聲音。可能是新田吧。

「我讓門房小弟在外面等。我出去一下好嗎？」

「當然，請便。」

尚美走向房門，稍微打開了一點。新田面無表情站在門口。

「情況如何？」

「我在找釦子。」

「釦子？」新田詫異地蹙起眉頭。

「這裡我一個人就可以了。你請回去吧。」尚美說得很快，完全不理會新田好像想問什麼，便把門關上了。

「給妳添麻煩了。」片桐瑤子對她說。

尚美轉身面對她，擠出一個笑容。

「您真的不用介意。倒是片桐女士，您覺得這麼做如何？您去櫃檯辦退房手續的時候，清掃人員會來打掃房間。交給他們，一定找得到──」

尚美說到這裡打住了。因為她看到片桐瑤子的腳邊，就在床邊有一顆黑色的鈕釦。

尚美走過去，撿起來。

「片桐女士，是不是這個？」尚美牽起她的左手，將釦子放在手上。

片桐瑤子用右手捏起釦子。臉上倏地綻放笑容，用力點頭。

「就是這個，沒有錯。謝謝妳。掉在哪裡呢？」

「就在您的腳邊。所以剛剛才沒發現吧。」

這是騙人的。這一帶剛才已經找過好多次。想必是尚美和新田在交談時，片桐瑤子放的。

為什麼要做這種事呢──尚美心中瀰漫著灰色煙霧。

「太好了，這樣就能出發了。」片桐瑤子滿臉笑容站起身。

尚美帶她去櫃檯，直接幫她辦理退房手續。雖然新田一臉狐疑地看著這邊，但尚美盡量不去看他。

尚美此刻的想法是，雖然不知道這位老婦人為何要假扮成視障者，但希望她盡早離開飯店。

倘若她的目的是故意整人，那麼達成目的滿足了就好。

片桐瑤子以現金支付。但她沒有往錢包裡看，只是用手觸摸就拿出正確的紙幣與硬幣。此時尚美也產生另一個疑問，如果她的目的是單純整人，為何能有如此精湛的演技。

「山岸小姐。」所有手續都辦完後，片桐瑤子呼叫尚美。「能不能送我去大門？」

「那我請門房人員──」

片桐瑤子緩緩搖搖手。「我想請妳幫忙。」

尚美瞥了一眼新田之後，做了一個深呼吸。

「好的，那我送您去大門。」

走出櫃檯後，尚美帶著片桐瑤子步向大門。新田跟隨在後。

來到大門的自動門前面時，片桐瑤子的手突然抽離尚美的手臂。尚美「咦？」了一聲，轉頭看著她。

片桐站立不動，筆直地看著尚美的臉。墨鏡後方的雙眼，睜得很大。

「您怎麼了嗎？」尚美不解地問。

「山岸小姐。」片桐瑤子如此叫了一聲後，莞爾一笑。「真的很感謝妳。然後，也很對不起。我由衷向妳道歉。」

「咦？」

片桐瑤子沒有拄枴杖，腳步穩健地走向尚美。

「妳已經發現了吧？其實我的眼睛看得到。昨天妳在餐廳和服務生說話吧。我是那時候知道的，心想，啊，好像被妳看穿了。妳是什麼時候發現的呢？」

「什麼時候……」尚美和有點距離的新田對望一眼之後，將視線轉回片桐瑤子。「應是辦理住房手續的時候吧。不過不是十分確定。」

「哦，一開始就被看穿了？果然還是不行，我還以為我演得很好呢。」

啊，外子是視障者。」

「請問，為什麼您要這麼做？」

片桐瑤子低頭調整墨鏡的位置，嘴角稍微動了一下，宛如少女靦腆害羞的表情。

「因為外子最近要來東京，和他的老朋友見面。這是一件好事，不過有件事我很擔心。其實

「啊！」尚美輕聲驚呼。

「他從來沒有一個人去過需要過夜的地方旅行。每次都是我和他一起，由我照顧他。可是這次，他說要自己一個人來。為什麼呢？因為那天我也有重要的事。那天，好友的千金要舉行結婚典禮。他知道我很期待參加這個婚禮，所以這次不想讓我麻煩。我跟他說，我不去參加婚禮也沒關係，可是他頑固地不肯接受。」

尚美大致明白怎麼回事了。

「所以這次，您是為了您先生先來觀察飯店？」

「沒錯。若是當天來回，外子也可以一個人外出，不用擔心交通問題。最讓我不放心的是，萬一在下榻的飯店碰到問題怎麼辦？所以我就想先來調查一下，看哪一間飯店比較安心。雖然我在網路上看到，身心障礙者也對你們飯店讚譽有加。可是我還是想親自前來確定一下，看你們對視障者，能夠特別照顧到什麼程度。」

「您覺得我們飯店的服務如何呢？」

面對尚美這個詢問，片桐稍微挺起胸膛，打直背脊。

「超乎我的期待。我感到非常滿意。當我說出我有通靈能力之類的事，你們很快就幫我換了

房間。坦白說，外子也和我一樣，不，他的通靈能力比我強。所以無論如何我都要確認，如果以通靈能力為由，你們願不願意讓我換房間。我就坦白招認吧，你們最初提供的那個房間，我記得是 1215 號房，那個房間也沒有問題喔。」

「原來是這樣啊。」

「對妳來說，是飛來橫禍吧。我再度向妳道歉，對不起。」片桐瑤子彎腰鞠躬。

「請問，辦理住房手續時，您為什麼選我呢？」

「這件事我就沒說謊了，就是那時候說的理由。我很重視緣分和直覺。我是基於自己的直覺，想交給妳辦。真的喔。」

「這樣子啊。您滿意我們的服務是最重要的。」

「剛才，妳在幫我找鈕釦的時候，其實我心裡很難受。看到妳明知我裝成視障者，還趴在地上幫我找鈕釦，我真的很難過。不過我也更加確信，這個人一定沒問題，可以放心把外子交給這間飯店。」片桐瑤子伸出戴著手套的右手。「外子來之前，我會和妳聯絡。交給妳沒問題吧。」

尚美握著她的手說：「請放心，一定沒問題。」

「妳覺得我一直戴著手套，很奇怪？」片桐瑤子問。

「有一點……」

「是嗎，這也難怪。以前，我為了保護外子，曾經被熱水燙傷。戴手套是為了遮住那時候燙到的傷疤，很不自然吧。」

尚美不知如何回答，只好微笑以對。

「那麼，外子就麻煩妳多費心了。」

「請代為轉告您的先生，我們期待他的光臨。」

片桐點點頭，瀟灑地走出大門。而且還制止飛奔而來的門房人員，自己搭上計程車。

目送計程車離去後，尚美並沒有立刻返回櫃檯，而是走向旁邊的廊柱。頓時覺得整個人虛脫無力。

新田走到尚美旁邊，喃喃地說，真是嚇了一大跳啊。

「妳說得沒錯。飯店有很多形形色色的客人，不過沒想到，居然有為了老公而先來住房觀察的。真是輸給她了。」新田這番話夾雜著嘆息。

尚美輕輕搖搖頭。

「我也不敢說什麼了不起的話。坦白說，我懷疑過她，一直對她抱持警戒，擔心她是不是想做什麼壞事。可是她卻那麼感激我……。身為飯店人，我感到很羞愧。」

尚美雙手包覆著臉頰，臉龐奇妙地發熱。

新田從外套口袋拿出一張紙，帶著些許躊躇對尚美說：「妳看看這個。」將紙張遞給她。

紙張上面寫著以下的數字：

45.761871

143.803944

45.648055

149.850829

45.678738

157.788585

「這是什麼？」尚美問。

「就是妳想知道的東西。」新田答道：「這是下次犯案鎖定在這間飯店的預言暗號。」

9

東京柯迪希亞飯店的婚宴洽詢處在二樓。尚美探頭一看，有兩組情侶來洽談，分別有工作人員在招呼著。因為有屏風隔著，應該不知道彼此的情況。

其他還有桌子空著，尚美走到最後一桌。

「不錯耶，這個地方最適合密談。」新田坐下來之後，滿意地說。

尚美打開從辦公室拿來的筆電，連上網路。因為新田說，他說明事情的時候用網路比較快。

「準備好了。」尚美說。

「那麼開始吧。」新田把剛才那張紙放在桌上。上面排列著六組複雜的數字。「兇手留在命案現場的訊息，其實是數字。每一個命案現場都留下兩組很詭異的數字。至今發生了三起命案，所以一共有六組。」

尚美再度凝望數字。數字的中間有小數點，都是莫名其妙的精細數字。當然，尚美完全不懂這些數字的涵意。

「第一起命案發生在十月四日，地點在品川。命案現場，是從臨海線品川SEASIDE站步行約五分鐘的一處停車場。寫著數字的紙張，放在被害人車裡的座位上，也就是第一排和第二排的數字。」新田指著六組數字的前兩組。

45.761871

143.803944

「第二起命案發生在十月十日，地點在千住新橋附近的大樓興建工地。死者是一名中年女性，寫著數字的紙張在她的衣服下面發現。正確地說，那不是寫上去的，而是用從報章雜誌剪下來的印刷字貼上去的。這個數字就是第三組和第四組。」新田的手指稍稍往下挪。

45.648055

149.850829

此時新田抬起頭，嘴角淺淺一笑。

「怎麼樣？妳知道這些數字的意義嗎？」

尚美倏地收起下巴，瞪向新田。

「我怎麼會知道呢？就只有這麼一點訊息。」

「我想也是。」新田說得很乾脆。「我們也搞不懂這是什麼意思。這兩起命案沒有共同點，所以也有人認為，這只是湊巧有很類似的數字掉落在現場吧。但是就巧合來說，數字也未免太像了。就在我們百思不解的時候，發生了第三起命案。時間是十月十八日，地點在葛西交流道下方道路上。被害人是高中教師，當時正在慢跑，寫著數字的紙張放在他穿著的風衣外套口袋裡。」

新田指向最後兩排數字。

45.678738

157.788585

「那麼，這樣如何呢？妳發現數字的祕密了嗎？」

「我完全看不懂。」尚美直接頂回去。「你只說了命案發生的日期和地點而已呀。只有這樣，叫我怎麼解謎呢？當然不可能吧。」

新田一臉正合我意般地睜大眼睛點點頭，探出身子說：

「沒錯，只有日期和地點。這些數字就是在表示這個。」

「咦？」尚美再度看向寫著數字的紙張。

「請注意數字是成對的這一點。通常會使用成對的數字，有很多情況吧。譬如人的左右眼的視力、身高與體重，長方形的長度和寬度，其他還有什麼來著……」

「住宿費與服務費。」

「原來如此，不愧是飯店人。」

「底薪和津貼，支付額和先行扣除額，普通存款和定期存款。」尚美把想到的都說出來。

「了不起。妳很喜歡談錢的事哦。」

尚美一臉怒容。

「我只是剛好先舉出這些罷了，我也有想到其他的事啊。例如抵達日和出發日，帳號和密碼。」

「帳號和密碼，全部都用數字的很少見吧。會有安全上的問題。這個姑且不談，就飯店用語來說，其實房間號碼也是兩個一組吧。」

尚美偏著頭，不懂新田的意思。

「比方說，」他伸出食指。「3810 這個房號，乍看是一個數字，但其實蘊含兩個意義。前面兩位數的38指的是樓層數，後面兩位數的10，指的是在該樓層的位置。當然這個不用說妳也知道。」

「這倒也是……因為太理所當然了，我沒有特別想過。」

「就像這樣，經常會用兩組數字來表示地點。然而大部分的情況，有一個不會用數字，而是用英文字母。例如這間飯店的停車場也是，用B之15來標記停車的地方。但是，有個東西兩者都是數字，而且能夠標出這個地球上所有的地點。說到這裡，妳應該知道是什麼了吧。」

「緯度和經度。」

「沒錯。」新田用指尖戳向紙張。「這個寫的就是緯度和經度。」

「啊！」尚美望著成排的數字。「想不到滿簡單的嘛。」

「但是，沒有這麼單純。其實很早就有人提出，會不會是緯度和經度。但想實地去查證也不太可能。所以，這時候就輪到網路上場了。有個網站，只要輸入緯度和經度，就會幫我們找出這個地點的地圖。先去這個網站吧。不，我來弄。我弄比較快。」新田將筆電轉向自己，以熟練的手勢敲打鍵盤。

不久，網站的名稱出現了。名稱的旁邊，有個細長的欄位可以輸入搜尋內容。

「我把留在第一起命案的兩組數字輸進去，看看會有什麼結果。」

新田輸入兩組數字以後，點下搜尋鍵，立刻就出現Google的地圖。但是清一色，出來的東西都不像地圖。

「這是什麼啊？」

「對啊，是什麼呢？所以我們改變地圖的比例試試看。」

新田將地圖的比例慢慢放大。不久邊邊終於出現了陸地，看起來像是在海上。再把比例放得更大，尚美也知道這塊陸地是什麼了。

「北海道……」

「沒錯。比鄂霍次克海更北邊，在庫頁島的旁邊。」

「這個地方有什麼意義嗎？」

「回答妳這個問題之前，我們也查一下留在第二個命案現場的數字吧。同樣的，輸入緯度和經度。」

新田和剛才一樣進行搜尋。這次出現的是藍色大海。把比例調高，這回陸地比較早出現了。但一樣在莫名其妙的地方。

「這裡是……」

「比剛才的地點，再往東邊移過去。這是北方四島的最邊邊，澤捉島更往東的地方。」新田從電腦抬起頭來。「查到這裡的時候，搜查員之間出現一個有趣的說法。說是兇手可能對日本的領土問題發出什麼訊息吧。」

「領土問題？」出現意想不到的字眼，尚美霎時不知所措。

「庫頁島和北方領土一樣以前都是日本的領土。兇手可能想主張日本的領土權，這種想法絕非稀奇古怪。」

「這我懂，可是為什麼要殺人？」

「把它想成對政府的恫嚇行為如何？不趕快主張領土權，就會出現更多犧牲者。」

尚美頻頻打量刑警的表情。「你是說真的嗎？」

新田臉色一垮。

「這不是我的想法。只是有這種說法出現而已。如果兇手留下的數字指的是庫頁島或北方領土，事實上也只能這麼想。」

「不過這實在是……」

「但是過了不久就知道這個假設完全錯誤。因為第三起命案發生了。」

新田將留在第三起命案現場的兩組數字打進去，開始搜尋。螢幕上出現的，又是海上的地點。把比例放大一看，結果在千島列島的東北方，堪察加半島的南邊。

「這是什麼地方？」尚美不由得問。

「就是妳知道的堪察加半島。這就不可能和領土問題有關了。到了這裡我們徹底踢到鐵板。大多數的意見都認為，應該不是緯度和經度。那麼是什麼呢？於是我們必須再度從頭思考。」

尚美看看手錶，嘆了一口氣。

「新田先生，我想你應該知道，現在是上班時間。不要告訴我到頭來猜錯的說法，能不能請你快點告訴我正確的答案。」

「事情都有先後順序。我希望妳也能知道，暗號是怎麼破解的。況且接下來就沒那麼長了。或許妳覺得無聊，但請忍耐一下聽我說完。」新田儼然一副在教誨的口吻。

「我並不是覺得無聊……」尚美語尾說得含糊其詞。

「數字的意義究竟為何？終於有個人物，察覺到耐人尋味之處。兩組數字都不管小數點以下的話，有一組都是45，但另一組卻有變化，分別是143、149、157。這個變化意味著什麼？為什麼會越來越大？這時候請回頭看看命案的發生日期。第一次是十月四日，第二次是十月十日，然後第三次是十月十八日。這三個日期的間隔是六天和八天，也就是六和八。這和數字變大的間隔一致吧？」

「啊！」尚美輕聲驚呼。

新田從口袋掏出原子筆。

「這兩組數字，很有可能是把日期加進去。話說日期也是『月』和『日』成對的數字。我們把兩組數字，減掉案發日期的月和日看看。」

新田在六組數字後面寫上簡單的算式。

45.761871 − 10 = 35.761871

143.803944 − 4 = 139.803944

45.648055 − 10 = 35.648055

149.850829 − 10 = 139.850829

45.678738 − 10 = 35.678738

157.788585 − 18 = 139.788585

「減出來變成這樣，我們用這個數字再查一次緯度和經度。」

新田將最前面的兩排數字輸入搜尋欄，按下搜尋鍵後出現了地圖，這次不是在海上。

是東京。可以確認地圖上的文字是千住新橋北詰。

「剛才我說過了吧，第二起命案發生在千住新橋，就是這個緯度和經度顯示的地方。」

聽到新田這麼說，尚美倒抽了一口氣，頓時啞口無言。

「那麼我們來看看在這個千住新橋發現的數字。」

他輕快地敲著鍵盤。接下來螢幕出現的是，首都高速中央環狀線的葛西交流道。

「第三個被害人，是在慢跑的時候遇害的吧。」尚美說。

「是的。地點就在葛西交流道的下方道路。」新田繼續說：「現在妳應該懂了吧。兇手在現場留下的數字，是在預告下次的犯案地點。不過目的完全不明。」

「你可以搜尋一下第三組數字嗎？」尚美的聲音顫抖。

「當然可以。我就是為此做了這麼長的說明。」

新田打入數字。螢幕上出現的是尚美預想的地方。即便已經料到，但也無法停止背脊打顫。

地圖正中央顯示的文字是：東京柯迪希亞飯店。

「我想這樣妳應該懂了。妳明白下次犯案的地點就是這個東京柯迪希亞飯店吧？」

尚美做了一個深呼吸，將視線移開電腦螢幕。

「警察裡也有頭腦很好的人嘛。這種暗號，一般很難破解。解開這個謎的人，想必覺得自己很厲害吧。」

「破解的時候啊，」新田摳摳耳洞。「那時候，我萬萬沒想到會被派來臥底。」

尚美眨眨眼睛，凝視他的臉。「是新田先生破解的？」

他噘起下嘴唇，輕輕聳聳肩。

「不過，我沒有驕傲自滿喔。說不定兇手有料想到，這個暗號會被破解。所以也有可能是故佈疑陣的作法。」

「故佈疑陣？」

「把警方的注意力引來這間飯店，對兇手或許有什麼好處。具體的情況我不清楚。不過不管怎樣，我們現在能做的只有監視這間飯店。」

尚美「呼」地吐了一口長氣。「為什麼會挑上這間飯店呢？」

新田的眼神轉為正經，搖搖頭。

「我也不知道。就連之前的命案現場是怎麼選的，我們也不知道。但可確定的是，兇手會先敲定下一個犯案地點。」

「兇手是先敲定地點以後，再找殺害對象嗎？還是決定了殺害對象以後，必然的也決定了地點？」

「這我也不敢斷言，兩種都有可能吧。」

尚美扶額，眨眨眼睛，告訴自己一定要冷靜下來。原本是想了解飯店的所處狀況，可是看到這種證據，還是不免驚慌，深切地明白現實情況就是如此。

而且尚美也更明白了，藤木他們為何要對部下隱瞞這件事。不知道的話，或許還比較能冷靜應對。

尚美看著新田黝黑的臉龐。

「為什麼你想告訴我這件事？你之前明明說，這是偵查上的祕密不能告訴我。」

「不告訴妳比較好嗎？」

尚美垂頭尋思了一會兒，然後抬頭盯著他的雙眼，搖搖頭。

「不，告訴我比較好。我下定決心了。」尚美說的是真心話。

新田點點頭。

「我就是期待妳的決心，才告訴妳的。因為接下來有必要請妳多加協助偵查。」

尚美眉頭緊蹙。「這是什麼意思？」

新田變得一臉正經，將身體靠在椅背上，像是在慎重思考該怎麼說。

「我試著想過，兇手為什麼要挑這間飯店當作犯案地點。我猜在這裡下手，對兇手或許比較方便。這究竟怎麼回事？我想到兩個可能。」新田豎起兩根手指。「第一個是，下手的目標決定好了，這個人就在這間飯店裡，或是今後會來這間飯店的人。另一個是，兇手有辦法在這間飯店下手。」

尚美側首不解。

「第一個我明白，但第二個我不懂。兇手有辦法下手是什麼意思？」

「簡單地說就是，」新田暫且打住，以窺視尚美表情的眼神繼續說：「突然去敲房客的門也不會被懷疑，不僅如此，還可以在客人熟睡之後，輕易進入客房。」

「啊？」尚美將語尾拉得又高又長，終於明白刑警在說什麼了。此時甚至感到臉頰僵硬。

「你的意思是，兇手在員工裡？」

「我說的是可能性。可能性不是零吧?」

「就是零。我還以為你要說什麼呢……真是難以置信。」

「請妳冷靜思考一下。兇手會挑這間飯店，應該有相當的理由。」

「你才應該冷靜。用這種方式犯案，立刻就會知道是飯店關係者下的手。兇手有這麼笨嗎?」

「我就是認為兇手不笨，才會認為到時候他會用什麼巧妙的手法，讓人不會聯想到是飯店關係人下的手。」

「夠了!我不想聽了!」尚美氣勢驚人地站起來，關掉筆電，夾在腋下。

但她走到門口之前，新田的聲音隨後追到。

「我非常明白妳很不高興。不過，我有必要質疑所有的可能性。畢竟，人命關天。」

尚美回頭瞪著他。

「那你為什麼尋求我的協助?我是兇手的可能性，也不是零吧。」

新田站起身，朝著她走去。

「我就是確信，唯有妳絕對不是兇手，所以才拜託妳。如果妳是兇手，應該不會接下指導刑警的工作。」

「這可說不定喔!或許認為這樣剛好可以掌握警方的動靜。」

「是嗎?那我問妳，妳掌握了警方的動靜嗎?這應該是我第一次跟妳談偵辦情況吧。」

尚美找不到適當話語來反駁新田，只好低下頭去。

「而且我對妳的專業精神有很高的評價。」新田說：「即便妳對對方起疑，也能完美地隱藏，總是能做出最恰當的應對。看到妳對片桐瑤子的應對進退，我確信了這一點。」

「所以，你想說的是，」她瞪著新田：「即便我懷疑我的同事，也能做到不讓對方察覺是嗎？」

新田有點焦躁地搖搖頭。

「我不會要求妳做困難的事。妳只要留意妳周遭的人就好，有什麼不自然的地方，或是有什麼不尋常之處，能不能請妳立刻告訴我？」

「你是叫我監視我的同事？」

「我是拜託妳稍微留意一下。雖然已經說過了我還是要說，這是人命關天的事。」

「我拒絕。我相信我的同事們。我不想用這種眼光看他們，況且事後他們要是知道我用這種眼光看他們，他們再也不會把我當作工作夥伴了。」

失陪了，尚美說完後行了一禮便轉身離去，心想這次再叫我我也不會停下腳步。但是，新田並沒有叫住她。

10

新田比山岸尚美晚了兩、三分鐘來到一樓。之所以沒和山岸尚美一起下樓，是不想讓其他員工察覺兩人的嚴肅密談。況且讓其他臥底的搜查員發現他把數字之謎告訴山岸尚美也不好，因為這是他擅自做的事。

但他沒有後悔。雖然惹得山岸尚美不高興，但他認為這是為了破案必要的過程。儘管她嘴巴上堅定拒絕，但一定會把這件事放在心上。倘若有什麼風吹草動，她應該會有所行動。

返回櫃檯的途中，新田看到有個男人在大廳角落對他輕輕揮手。定睛一看，是能勢。他應該是為了辦理退房手續來的，但卻還沒離開。

新田留意著周遭的眼光，走向能勢。因為必須讓周遭的人覺得是飯店人員走向客人。

「你還在這裡啊？」新田站在能勢旁邊，小聲問。

「我在等您啊，新田先生。坐嘛，坐下來再說。」

能勢旁邊的沙發空著。新田雖然坐了下來，但並沒有將手倚靠在手把上，而是將雙手放在膝蓋上。

「有什麼收穫嗎？」

「哦，這個嘛。」能勢搔搔太陽穴。「那個人妻的調查沒有進展。不過，我昨天才跟您說的，不可能這麼輕易就有成果。」

「那你等我做什麼？」

「哦，這是因為──」能勢的眼珠子快速轉動，壓低嗓門繼續說：「今天早上，我去過總部，課長說了一件很玄的事，感覺好像風向變了。」

「怎麼個變法？」

「呃，這個嘛。」能勢縮起身子，湊近新田的臉。「一言以蔽之，就是偵查方針變成無視和其他案子的關連。那個案子是那個案子，這個案子是這個案子，大概是這樣。」

「不會吧？」

「是真的。比方說，關於手嶋正樹案，包括不在場證明都要重新調查一遍。有些刑警還被命令去查有沒有共犯的可能。」

這件事確實很玄。因為如果不查命案之間的關連，新田就得回去追查手嶋。

「那些數字怎麼辦？這三起命案很明顯有關連。接下來或許會發生的第四起命案也是。」

能勢交抱起他肥短的手臂，用力搖頭。

「就是啊，所以我也問了課長，數字的事怎麼辦？結果課長說，暫時不用去想這件事。」

「這也太扯了吧！」新田不禁拉高嗓門。「不用去想這件事？那我待在這裡就沒有意義了。」

「不不不，所以說是暫時嘛。應該不是完全無關才對。總之課長說，要和其他的案子切割，我們辦我們的案子就好。」

「這到底怎麼回事？這麼做會看不到案情全貌吧。究竟出了什麼事，為什麼這麼急？」

「不，也不是急啦，反倒是改用沉著冷靜的方式來偵辦的感覺。上面指示，不要逮到一點線索就去抓拿嫌犯，而是先蒐集證據再說。」

「為什麼會變成這樣？」新田將手倚在手把上、托著臉頰，但旋即又改回原來的姿勢。「其他兩個特搜總部怎麼樣？」

「不好意思，別的地方我就……」能勢搔了搔稀疏的頭髮。

「不，沒關係。我會去查查看。你要跟我說的就是這個？」

「是的。或許不是什麼大不了的事，但我想基本上還是讓您知道一下。」

「謝謝你。」

新田要起身時，能勢突然又說：「啊，對了。」

「昨天晚上，您在那個房間睡覺吧？感覺如何？」

「是啊。」新田點點頭。「那個房間很棒喔，睡起來也很舒服。住宿費，讓你付真的好嗎？」

「請不要放在心上。倒是，您有沒有收穫？」

「什麼收穫？」

「您一直待在櫃檯吧。這樣或許可以仔細觀察進出的客人，不過想實際了解住宿客人的感覺，我認為最好還是自己去住住看。」

「哦……你說的是這個啊。」

「怎麼樣？您是不是已經能稍微猜出，兇手會用什麼手法犯案？」

新田輕輕搖搖頭。

「哪有這麼簡單啊。很遺憾的，因為我昨天很累，倒頭就睡著了。」新田沒有說出兇手可能是飯店人員一事。

原本以為能勢會露出一臉傻眼的模樣，但他卻開心地笑了。

「這樣子啊，是有可能倒頭就睡啦。」

「不好意思，沒能好好善用你的住宿費。」

「不不不，請別再說住宿費的事。」

那我告辭了，能勢說完便快步離開。他的背影消失後，新田環顧了一下四周情況。本宮坐在裡面的沙發看報紙。正確地說，是假裝在看報紙。

新田一邊假裝調整空沙發的位置，一邊往本宮走去。

「你和轄區刑警在密談啊。」本宮主動跟他說話。

「我聽到一件很奇怪的事喔。」新田依然站著，把能勢說的事告訴本宮。

「這在搞什麼？我可完全沒有聽說這件事喔。」

「昨晚，組長和管理官去本廳做報告吧。或許是那時候有什麼進展吧？」

「有可能。我知道了。等一下組長會來，到時候我來問他吧。」

「那就拜託你了。或許只是單純會錯意，畢竟是轄區的刑警嘛。」

「不，聽說那個姓能勢的刑警，是個相當厲害的角色喔。」

「咦？」之前兩人交談時都沒看彼此的臉，但這時新田不由得凝視本宮。「不會吧？」

「是真的。和那個刑警搭檔過的人，大家都這麼說。以前，聽說本廳還想把他拉來，可是他婉拒了。據說他喜歡在幕後默默調查，對於立功沒什麼興趣。真是個怪人啊。」

新田回想能勢遲鈍笨拙的舉止。那個男人是厲害的角色？

霎時，剛才交談的內容在腦中復甦。能勢說，想實際了解住宿客人的感覺，最好還是自己去住住看。難道他從一開始就打算讓給新田住，才預約了房間？

「你怎麼了？」

「哦，沒什麼。剛才的事，拜託你了。」

新田離開本宮後，返回櫃檯。一如往常，站在山岸尚美的後面。她只是回頭看了看，什麼都沒說。

各種思緒在新田的腦海裡打轉，使得新田難以集中精神。偵查方針真的變了嗎？如果真的變了，理由會是什麼呢？能勢究竟在想什麼？如果是裝出一副無能的樣子在操控新田，就太令人遺憾了——。

時間就在思索之際流逝了，終於提前入住的客人好像也來了。

一位約二十五歲的女子走向櫃檯，站在山岸尚美前面。容貌豔麗，就女性而言身材算是高挑。門房小弟在她的後面提著大行李。

她自稱安野，說已經訂好房間了。確實也是。於是山岸尚美一如往常地開始辦理手續。新田在後面偷看住宿登記表，上面寫著安野繪里子。

山岸尚美把鑰匙卡交給門房小弟。門房小弟已經要帶她去房間了，但安野繪里子沒有跟上去的意思，而是以認真的眼神看著山岸尚美。

「有什麼需要服務的嗎？」山岸尚美問。

安野繪里子從包包取出一張照片，放在櫃檯上。這是一張男人的大頭照。

「絕對不要讓這個男人接近我。如果他來這裡，一定要把他趕走。絕對不能告訴他我在這裡。知道了吧？絕對喔！」

11

霎時，尚美感到不知所措，但立刻便冷靜下來。雖然談不上頻繁，但這種事以前也發生過好幾次了。

再度定睛凝視照片裡的男子後，尚美將目光轉回安野繪里子。並對著一臉兇巴巴的她，展露微笑。

「不好意思，請問一下，這位是？」

但安野繪里子的表情不見緩和之色。

「妳沒有必要知道這麼多吧。總之照我的話去做就對了。要是這個男的來了，小心點，絕對不能讓他靠近我。知道了吧？」安野繪里子以尖銳的嗓門自顧自地說。當她要把照片收回包包時，尚美開口了：

「請等一下。光只是這樣，我們很難達到您的要求。」

尚美打直背脊，收起下顎，繼續說：

「處理櫃檯業務的同仁，除了我以外還有很多人。沒有照片的話，我無法充分把安野小姐的指示傳達給其他同仁知道。況且就我個人而言，只看過一次照片，要是這位先生來了，我也很難判斷是不是本人。」

「妳是專業人士吧。一個人的長相，看一次照片就應該記住喔！」

「真的很抱歉。」尚美低頭致歉。

「櫃檯業務是輪班制的。」背後傳來聲音。是新田。「還是妳要她二十四小時待在這裡？」

尚美回頭看向新田，小聲地斥責他：「不要講話。」

呼，安野繪里子吐了一口氣，從包包拿出照片，宛如拍桌似的放在櫃檯上。

「這照片只有一張，不要搞丟了！」

但尚美只看了一眼，沒有伸手去拿。

「能不能請問為什麼要這麼做？知道原因的話，我們也比較懂得如何應對。」

安野繪里子挑起右眉。

「為什麼我要把我個人的隱私，跟不相干的陌生人說？你們保管貴重物品時，會問裡面是什麼嗎？不會問吧。相同的道理。我叫你們不要讓照片中的男人接近我，照我的話去做就對了。不用知道為什麼。懂了吧？」

尚美研判，看來是無法從這位小姐口中問出原因，但也不能因此就輕易答應。

「我明白了。那麼至少，能不能請您告訴我這位先生的名字？」

「為什麼需要知道他的名字？有照片就很夠了吧。」

「說不定他會打電話來詢問。如果知道他的名字，我們當場就能應對。」

安野繪里子氣急敗壞地搖搖頭。

「要是有人詢問我的事，不管對方是誰，請一律說這個人沒有住在這家飯店。更何況，把這男人的名字告訴你們也沒用，因為他說不定會用假名，妳不認為嗎？」

尚美低下頭去，輕輕嘆了一口氣。看來再說什麼都沒有用，只好死心了。不過既然如此，就必須清楚地讓對方知道飯店的立場。

她拿起照片，遞給安野繪里子。

「我明白了。既然如此，這張照片還給您。」

「什麼意思？你們不聽顧客的話嗎？」安野繪里子瞪著尚美。眼神相當兇狠且氣勢驚人，軟弱的男人看了可能會嚇到縮起身子；但更凸顯出她的美麗，這也是不爭的事實。

「並非如此。我會告訴櫃檯所有同仁，不僅限於這名男性，無論任何人，只要問起安野小姐的事一律不予回答。如此一來就不需要照片，也沒必要問這位先生的名字。」

「不要只是不回答問題，我希望你們不要讓這個男人接近我。VIP 的客人住房時，你們會留意不要讓奇怪的人接近吧。我希望能有這種服務。」

「安野小姐，既然如此，還是請您把詳情告訴我吧。確實在我們飯店的客人裡也有必須特別提供警衛的人。不過這種情況，必須事先確實和我們討論。」

安野繪里子露出一臉嘔氣的模樣，看來是難以接受，但又不知道如何反駁，說了一句「好吧，算了！」就從尚美手中搶過照片。

「請您好好休息。」尚美行了一禮。抬起頭時，安野繪里子已經調頭走向電梯廳。身材矮小的門房小弟連忙追了上去。

尚美輕輕搖搖頭。站在一旁的新田，以詫異的眼神望向電梯廳。

「怎麼了？」尚美問。

「哦，我覺得這件事有點詭異。那位女性客人的態度很不尋常。」

「是嗎？我倒不覺得這是什麼稀奇的事。」

新田大感意外，身體稍微往後仰。

「客人把照片都準備好了，命令櫃檯不要讓這個男人接近她，這種事不稀奇啊？」

「確實很少有客人連照片都準備好了。不過，經常有客人拜託我們把來訪的人趕走。做這種事，也是我們的工作之一。」

「咦？這還真辛苦啊。」

「我說過很多次了，飯店裡有形形色色的客人。」

尚美叫年輕的櫃檯人員川本過來，把安野繪里子交代的事告訴她。

「也跟久我先生他們說一下，交班的時候不要忘了說。」

「好的。」川本說完便從後面的門走出去。

新田再度靠近尚美。

「照片裡的男子，和那位女性客人是什麼關係？」

「不知道。」尚美聳聳肩。「你這麼好奇啊？不過，安野小姐確實非常美豔動人啊。」

「人長得漂亮，遭到糾纏的情況也會比較多吧。照片裡的男子，乍看也長得滿帥的。說不定是前男友，或是前夫淪落成跟蹤狂吧。」

尚美吸了一口氣，盯著新田的臉瞧。

「難道這件事，和你們的案子有關？」

「不，我想應該無關。」新田搖搖頭。「我們在追緝的是動機不明的連續殺人犯，不是單純的跟蹤狂。」

「既然如此，這件事到此為止。正規的入住時間快到了。」尚美說。實際上，有位看似商務人士的外國人正走向櫃檯。

12

和晚班的業務交接結束後，新田走向事務大樓。當然待會兒他也打算回櫃檯，只是現在有幾件事需要報告，也想確認一些事情。

一進到會議室，稻垣早已經坐在裡面，正在和本宮討論事情。一旁的菸灰缸裡，依然堆滿了菸蒂。

「辛苦了。」稻垣抬起手向新田打招呼。「那位老婦人，好像沒什麼問題。就是你說可能假裝眼睛看不見的女性。」

「哦，這樣啊……」

雖然看穿她在演戲，但原因卻出乎意料。不過，現在不是談這件事的時候。

「很抱歉，讓您白忙一場。」

「別在意，過度警戒不是壞事。最後能以笑話結束是最好的。」

「是。」新田點頭後繼續說：「我想請問一件事情。」語畢，看向本宮。他想知道能勢說的是否屬實。

「如果是那件事，我問過了。──就是剛才談的事。」最後一句，本宮是對稻垣說。

「哦。」稻垣點點頭。「聽說品川署的刑事課課長對部下說，不用去考慮和其他兩起命案的關係，是吧？」

「我是這麼聽說的，所以覺得很奇怪。」

「嗯，確實很奇怪。」

聽到組長這麼說，新田凝視著他。「組長也不知道這件事？」

「當然不知道。我打電話問過管理官，他說不曾向品川署下達這種指示。所以，我就直接問了那個刑事課課長。結果他說沒有這回事，只是單純搞錯了。」

「搞錯了？」

「刑事課課長說，他是這樣告訴部下：連續殺人案的整體案情由警視廳在分析，所以就轄區警署而言，把自己負責的案子，當作單獨的案子同樣進行偵查就好。結果能勢刑警會錯意了。」

「原來是這樣啊……」

「因為這樁史無前例的連續殺人案，就設了三處之多的特搜總部。加上為了防止第四起命案發生，還設了這個現場對策總部。會發生一些小差錯也是在所難免吧。」稻垣調解般地說完後，對新田點點頭。「事情就是這樣，你就不要胡思亂想了，照以前的做就好。」

「我明白了。」

新田點點頭，但很難心悅誠服。真的是能勢會錯意嗎？不久前才聽本宮說，那個刑警其實是相當厲害的角色。

「還有什麼事嗎？飯店那邊有沒有不尋常的事？」稻垣問新田。

「到目前為止，沒有特別詭異的事，只不過來了一位有點怪的女客人。」

稻垣皺起眉頭。「怎麼樣的客人？」

「我猜大概是被跟蹤狂糾纏不清。」

新田簡短地說明了安野繪里子的事。心想，反正稻垣他們八成不會當一回事吧。不料結果剛好相反，組長竟然好奇地探出身來。

「這個令人在意啊。」稻垣低聲說。

「會嗎？」

「就你剛才說的，我認為這位女客人覺得自己有危險。既然如此，我們總不能袖手旁觀吧。」

「您說的有道理，不過這很明顯和之前發生的三起命案無關。」

「為什麼你能說得這麼篤定？」

「為什麼……」新田略顯困惑地繼續說：「我認為這只是單純的跟蹤狂之類的事。」

「自以為是是大忌。剛才我也說過了，過度警戒不是壞事。我們到現在還找不到關於兇嫌的任何資料喔。」

「是沒錯……」

「更何況，即使這件事和連續殺人案無關，萬一這傢伙引起什麼騷動也很麻煩。說不定因為這件事，會讓兇手察覺到這間飯店已經在警方的監視下。」

組長的說法也有道理。

「那要怎麼做？」

「先查出這位女客人的背景。把住宿登記表上的資料告訴我。然後，她說她有帶照片吧。把那張照片借來，影印幾張彩色的，發給盯梢中的搜查員們。」

「要不要某個程度把事情告訴那位女客人？這樣或許就能問出為什麼她要躲著那個男的。」

「不行，這個不能說。」稻垣立刻駁回。「案子的事絕對不能外洩。找其他的理由，把事情問出來。要是問不到，至少要拿到照片。」

「關於影印照片，不用取得當事人的同意不要緊嗎？」

「沒關係。萬一她拒絕就麻煩了。那張照片裡的男人，不知道什麼時候會出現吧？快去辦！」

「知道了。」新田語畢走向門口。但下樓梯時，心中蔓延著一股難以釋懷的感覺。稻垣說得沒錯，確實完全掌握不到兇嫌的任何線索。但新田也不認為，真兇會在這種情況下輕易露出狐狸尾巴。即便如此，也只能聽命行事。

新田回到櫃檯，不見山岸尚美的身影。於是他找出安野繪里子的住宿登記表，用電話把上面寫的資料告訴本宮。之後，來到後面的辦公室，看到山岸尚美和櫃檯經理久我正在談話。

新田說了一句「打擾一下」，走向兩人。

「情況有點變化。妳現在可以跟我去那位姓安野的女性客人房間嗎？」新田對山岸尚美說。

「是怎麼樣的變化？她和案情無關吧。」

「這樣妄下定論是禁忌。總之我要見她，必須向她借那張照片。」

山岸尚美一臉遲疑，看著旁邊的久我。

「請讓我和上面討論一下。」

「你要報告就去報告。不過，這已經是決定的事。如果你有不滿，請打電話給事務大樓的現場對策總部，我的上司在那裡。」

久我的臉色一沉，將目光轉回山岸尚美。「我去跟住宿部部長和總經理談一下。」

「拜託你了。」說完目送久我離去後，山岸尚美以冷漠的眼光看向新田。「我該怎麼向安野小姐說呢？」

「不，我來說就好了。妳只要跟我一起去，陪在一旁即可。」

「我知道了。不過請你答應我一件事，和客人接觸的時候，絕對不要忘記自己是飯店人。言談舉止也要小心謹慎。應對進退一定要客氣。」

「我知道啦，沒問題。」

山岸尚美一臉質疑地看看新田後，迅速地操作旁邊的終端機。

「安野繪里子的房間是2510。」

新田如此一說，她眼神銳利地瞪過來。新田清清嗓子重說一次。

「抱歉。安野小姐的房間是2510號房的單人房。」

山岸尚美嘆了一口氣，開始打內線電話。對方立刻接起電話。

「您是安野小姐吧。這裡是櫃檯。打擾您休息，真的十二萬分抱歉。……不是，目前還沒有人來詢問安野小姐。只是關於這件事，我們有個提案，現在方便去您的房間向您說明嗎？」

接著又談了兩三句話後，山岸尚美掛斷電話。

「她說晚餐有約，沒什麼時間。現在去的話，希望五分鐘內把事情談完。」

新田啐了一聲。

「我們是要保護她不受跟蹤者傷害，她在拽什麼拽啊！」

「你這種說話態度，接下來的十分鐘要封印。」

兩人半跑步地，趕往安野繪里子的房間。山岸尚美敲了門以後，沒有回應、門就直接開了。

安野繪里子換上一襲黑色連身洋裝。

「什麼事？」她雙手交叉抱胸，來回看著兩人。

新田開口了。

「就是白天那件事。我們和負責的警衛談了一下，果然還是有那張照片比較好辦事。」

安野繪里子轉動烏黑的大眼睛，看著新田。

「把照片交給你們，你們就會確實幫我應付？」

「要是這名男子出現，問起安野小姐的話，我們絕對什麼都不能告訴他對吧。」

「不只這樣，也不能讓他接近我。」

「有照片的話，我想應該辦得到。」

「可是剛才她說不行。」安野繪里子依然雙臂交抱於胸，以下顎指向山岸尚美。

「因為那時候只能這樣回答。現在和警衛人員談過了，請您儘管放心。」新田擠出笑容。

安野繪里子狀似警戒地沉默了半晌，後來說了一句「等一下」便進房裡去了。

從房裡回來的她手上拿著照片，粗魯地說了「拿去」就把照片遞出來。

「我們的警衛人員，」新田收下照片之後說：「原本是警察出身，在警視廳也有人脈。如果您有需要幫忙的事，請別客氣儘管說。無論任何問題，交給專家來解決比較快。」

安野繪里子霎時露出迷惘之色，輕輕搖頭。

「我不想……跟警察打交道。」

「這樣子啊。」

「拜託了。」她以冷淡的聲音說完就把門關上。關門的聲音聽起來也很冷淡。

新田和山岸尚美面面相覷後，走向電梯。

「照片裡的男子，可能和連續殺人案有關是嗎？」進了電梯後，山岸尚美問。

「這還不知道。為了慎重起見。」

「白天的時候，你很肯定地說無關喔。」

「個人的感想和偵查方針不一致，這是常有的事。」

話一出口，新田就後悔了，覺得自己不該多話。

回到一樓後，看到本宮在大廳，坐在沙發上，輕輕向新田招手。

新田走向他，站在一旁。確認周遭沒有人在注意之後，迅速把安野繪里子給的照片交給他。

「安野繪里子在住宿登記表寫的地址，查過了。」本宮說：「沒有這個地址。電話也是亂寫的。可能連名字也是假名吧。」

新田做了一個深呼吸。

「對了，她付押金也不是用信用卡，是付現金。有可能是假名。組長怎麼說？」

「先觀察看看再說。現階段也不能去盤問她。因為使用假名本身並不犯法。可以趁她不在的時候，讓清掃組進去查她的東西，不過這是最後的手段。但如果她真的想隱瞞身分，外出時應該不會把線索之物放在房裡。」

本宮說的清掃組指的是臥底搜查員。

「安野繪里子，接下來好像要出去用餐。但不知道要去哪裡。」

「了解。要不要派人跟蹤她，我去找組長商量再作決定。」

「拜託你了。」新田小聲說完便離開了。

確認山岸尚美不在櫃檯後，新田走到辦公室一看，她和住宿部部長田倉正在談話。田倉發現新田進來，向山岸尚美說了一句「那就這樣囉」便走了。

「怎麼了？」新田問。

「沒把真相告訴客人，就把客人重要的照片拿來當偵查使用，果然有問題——這是總經理他們的意見。」山岸尚美口氣冷漠地說。

新田雙手扠腰，皺起一張臉。

「妳應該明白這是逼不得已的狀況吧。還是說，妳想告訴那位女客人，連續殺人案的下一個舞台在這裡？不滿的話去事務大樓的——」

尚美直直地推出雙手，阻止他繼續說下去。

「我知道啦。不過最後總經理他們也做出這個結論，說雖然有問題，但這次沒辦法。」

「妳早說嘛。」

「可是有條件。我想照片可能會拿去影印，如果確定與案情無關，請立刻把影印的照片撕毀。還有你們在進行偵查一事，絕對不能對外公佈。這兩件事總經理會向稻垣組長拜託，希望負責現場的新田先生也能夠答應。」

這番話似乎充滿痛切的心情。看來她是打從心底不想背叛客人的信賴吧。就她的立場來說，把喬裝的刑警放在櫃檯，對客人已經是重大的背叛行為。

「我明白了。我答應妳。」新田面對著山岸尚美的雙眼，如此回答。

她好像完成了一件重大任務般地呼了一口氣，在身旁的椅子坐下。

新田也在她的對面坐下。

「妳說過，這不是什麼稀奇的事吧。」

山岸尚美擺出不解的表情。新田繼續說：

「住宿客人叫你們把來訪的人趕走。」

「哦。」山岸尚美點點頭。「因為不是每個來訪的人都是客人想見的人。」

「例如討債的？」

「也有這種案例。」

「做為參考之用，請讓我問一下，告知對方之後，對方就會乖乖的走了嗎？我覺得對方可能會說，不干妳的事，給我滾開。」

「這就要看技巧了。如果直接跟對方說『客人不想見你，請回吧』，只會惹惱對方吧。最快而且最簡單的方式是告訴對方，這位客人沒有住在我們飯店。」

「就是說謊啊。」

「這是為了保護客人。有時也必須用這種手段。」

「如果對方知道他要找的人住在這間飯店，想問房間號碼呢？」

「如果客人有交代不想讓人知道他住在這間飯店，我們無論如何都不會告訴對方。即便客人沒有交代，基本上也會打電話，問能不能把他住在這裡的事告訴訪客。現在大多數人都有手機，如果是熟識的人，應該知道手機號碼，請他打手機問本人就好了。要是不這麼做，或是無法這麼做，那可能就有什麼問題了。當然詢問的事情要小心，不要讓訪客知道。」

「要是不肯跟他說房間號碼，他就不肯走，怎麼辦？」

「只能一直向他鞠躬道歉。要是對方有暴力性的言辭或舉動的話，我們會叫警衛來。」

山岸尚美答得非常流利，這不僅是因為她受過訓練，更是從實際經驗裡學到的心得吧。

「可是如果有人知道飯店一定會這樣回應，說不定會改用其他手段。不會被起疑、巧妙的手段。」

新田這麼一問，山岸尚美稍微將目光望向遠方，緩緩地點頭。

「是啊，有些人真是機關算盡。」

「妳有印象比較深的經驗嗎？」

「是有幾個經驗……」稍微停頓半晌後，她再度開口：「大約一年前，來了一位小姐，詢問某位客人的房間號碼。那位小姐說，她住在紐約，和住在我們飯店的男子在談遠距離戀愛。但是她突然回國，剛剛才抵達成田機場。」

這個故事好像很有趣，新田不禁探出身子。「然後呢？」

「她這麼對我說：可是這次回國的事，還沒跟男友說，想去房間找他，給他一個驚喜。」

「原來如此。」新田沉吟。「她還真的動過腦筋啊。如此一來飯店也不能跟住宿房客說了。結果妳怎麼處理？」

「我請她稍等一下，然後來到這間辦公室，打電話給住宿房客。」山岸尚美說得很乾脆。

「咦？」新田睜大眼睛。「這樣她想給男友的驚喜不就泡湯了？」

「是啊。其實我很不願意這麼做，可是她給我一種非這麼做不可的感覺。」

「怎麼回事？」

「這一行做久了，都會忽然靈光一閃。我和她接觸的瞬間，感覺到一種不尋常的氣息。可以說一種危險的氣場吧。我聽從我的直覺，打了電話給客人。當時我也做了心理準備，如果是我想太多，我會向他們兩人道歉。」

「可是，妳並沒有想太多？」

山岸尚美點點頭。

「我把這位小姐的外型長相告訴客人後，客人說這是瞎掰的，叫我絕對不能把房間號碼告訴她，可以的話把她趕走。」

故事越來越精彩。可以想見這位男性客人驚慌失措的模樣。

「妳要怎麼把她趕走呢？總不能把客人說的話，原封不動告訴她吧？」

「當然不行。我對這位小姐說，我們飯店裡沒有這位客人。可是她還是不肯走。她說怎麼可能，是他本人告訴我在這裡訂了房間。她可能用了什麼方法事先確認過吧。到了這個地步，繼續裝傻會出問題。所以我這樣回答她：確實，他曾經訂過房間，但是臨時取消了。」

「厲害！」新田說：「答得真好啊。這樣她也非死心不可了。」

「可是那位小姐，並不像新田先生這麼容易死心。應該說，她不相信我說的話。她說她男友一定會來這間飯店，叫我幫她準備一個房間。看來她是想住下來，在飯店裡找。」

新田頓時感到背脊發涼。

「好可怕的執念。那個男客人，到底對她做了什麼事？」

「應該是相當不好的事吧。」

「結果，妳怎麼處理？如果她住下來，就也變成重要的客人了。」

山岸尚美搖搖頭。

「這裡有優先順序的問題。我們必須第一優先考慮已經入住飯店的客人。於是我告訴這位小姐：很不巧的，今晚已經客滿了。當然，實際上還有空房間。但這位小姐遲遲不肯離開，我不斷向她鞠躬道歉，後來她用力敲了一下櫃檯終於走了。最後她似乎察覺到，我們有打電話向客人確認。」

新田沉沉地嘆了一口氣。

「終於解決了一件事啊。不過那麼執著的女人，即便沒有房間讓她住，她也會找個地方監視吧。因為那個男人遲早要退房。在飯店外面埋伏的話，逮到那個男人的可能性很大。」

「是有可能。」

「結果這位男客人，有沒有成功甩掉她的跟蹤？」

「不知道。出了飯店以後，就不是我們的事了。」

「換句話說，無論在飯店外發生什麼都無所謂，是這樣嗎？」

聽了新田這句話，山岸尚美的雙眼蒙上一層陰霾。但她立刻壓抑自己的情緒，擺出飯店人特有的表情，以毅然決然的語氣說：

「我們祈願客人平安幸福。不過我們也知道自己無能為力。所以當客人要離開時，我們都會這麼說：請您路上小心，祝您一路順風。」

然而聽在新田耳裡，他的解讀是：只要客人還在飯店裡，我一定會竭盡全力保護他。

即便過了午夜十二點，照片裡的人依舊沒有出現。新田走去事務大樓，看看會議室的情況。正好本宮他們正準備離開，但已經不見稻垣的身影。

「結果，今天也一整天都沒有發生事情啊。」本宮看到新田，如此說。

「真是會找麻煩的女人。她自以為照片裡的男人在纏著她，說不定是她搞錯了。」

「這很有可能是，」本宮撇了撇嘴角繼續說：「自我意識過剩所衍生的被害妄想。」

「算了，也罷。反正那個女的只住一晚，到明天早上退房以前，就陪她玩被害妄想的遊戲吧。」

「你要通宵熬夜啊？」

「怎麼可能。我現在要去躺一下。」新田指向天花板。因為休息室就在樓上。

和很久沒有回家的本宮走出會議室後，新田步上樓梯。

令人吃驚的是，竟然在住宿部的辦公室看到山岸尚美。她坐在電腦前，看似在思索什麼。

「我還以為妳早就回去了。」

新田出聲一說，她的背驚嚇地抖動了一下，然後回頭看著新田說了一句：「辛苦了。」

「妳又一個人在調查案情啊？」

山岸尚美不禁苦笑。

「談不上是調查。因為你把數字的祕密告訴我了，我想知道究竟是哪些案子，所以搜尋新聞稍微看一看而已。」

新田走過來，往她的旁邊坐下。電腦螢幕顯示的是，第一起發生的品川案的新聞報導。

「這起命案發生時，我萬萬沒想到後來會變成這樣，自己居然扮起飯店人員。」

「那時候還不知道是連續殺人案吧。」

「怎麼可能知道。即使看到遺留在現場的數字，也不認為和案情有關。但是，有個極其可疑的嫌犯。老實說，我到現在還在懷疑那個人。不過他有不在場證明，而且查不出他和其他命案的關連。」

「既然有不在場證明，應該就不是那個人吧？」

「確實如此，不過那個不在場證明也很可疑。」

「很可疑？」

「也就是說，說不定是偽裝的——」話一出口，新田又覺得自己說太多了。但另一方面也覺得，讓她知道到某個程度也沒關係。

他鄭重轉身面向山岸尚美，先丟出一句開場白：「這是偵查上的祕密喔。」然後告訴她不在場證明的大致情況：推估犯案時間，嫌犯當時在自己家裡，接到前女友的電話，但住家離命案現場不遠。

「接聽前女友電話的人，會不會是和嫌犯聲音很像的別人？」尚美說。

新田搖搖頭。

「前女友很少打電話來。所以嫌犯無法預測她會打電話來。」

「那，前女友可能是共犯？」

「這我也想過了，可能性很低。前女友和嫌犯分手是在兩年前，現在已經有男朋友。而且這名女子打電話的時候，房間裡還有朋友在。這位朋友也證明了當時她確實有打電話。」

「朋友？」

「對，所以就碰到瓶頸了。不過我還無法接受，懷疑這其中可能有詐。正當我在苦思之際，第二起、第三起命案發生了，就無法只拘泥在第一起命案上——」說到這裡，新田突然打住。因為尚美看起來心不在焉，她的視線望向遠方。於是新田叫了一聲：「山岸小姐。」

她眨眨眼睛，將眼睛的焦點聚在新田臉上。「啊，對不起。」

「怎麼了？」

「哦，沒什麼大不了的事。聽你說話的時候，不知不覺恍神在想別的事。」

「這可真稀奇啊。妳居然會在交談時恍神。」

「對不起，因為覺得有個地方怪怪的。」

「什麼地方？」

新田這麼一問，山岸尚美遲疑了半晌才開口說：

「這位前女友，打電話給嫌犯做什麼？該不會是想要復合吧？」

新田笑了，搖搖頭。

「並不是。好像不是什麼重要的事。」

「既然不是什麼重要的事，」山岸尚美側首不解地說：「為什麼要在朋友在的時候打電話呢？」

「咦？」聽到這個出乎意料的疑問，新田眨眨眼睛。

「我覺得有朋友在的時候，應該不會打電話給這種關係有點微妙的人。會打的話，應該有什麼特別的原因。」

「不過聽起來不像是這樣。」

「那個前女友，或許在說謊。」

「怎麼說？」

「因為有些事情不好跟刑警說。比方說，她現在還喜歡這個嫌犯，想知道他的近況所以打了電話，這就很難老實說了吧。」

「哦。」新田點點頭。「這麼說也對。可是如果是這種事，有朋友在的時候更不好意思打吧？」

新田這麼一問，尚美臉上竟然浮現一抹宛如要隱藏企圖的笑容。她很難得露出這種表情，新田感到有些意外。

「我認為剛好相反。」

「怎麼說？」

「可能是她朋友慫恿的吧，叫她打個電話試試看。剛才聽你說有朋友在房裡，我首先是這麼想像的。」

新田不由得沉吟半晌。之前完全沒有想過這種可能性。

「對不起，這是外行人的想法。請不用理會。」

「不，說不定妳猜得很準喔。果然還是女人比較了解女人啊。」新田交抱雙臂，打從心底佩服不已。

如果山岸尚美的推理正確的話——。

新田的腦海裡，有些思緒開始蠢動了。有種預感，覺得之前關閉的門扉即將開啟了。

但就在此時，猶如要打斷他的思考似的，懷裡的手機響了。他咋了咋舌，掏出手機一看，是關根打來的。關根現在應該是一身門房小弟的裝束，站在飯店大門附近才對。

「是我。怎麼了？」

「我是關根。請盡速到櫃檯來。照片裡的男子出現了。」

「什麼？沒搞錯吧？」

「是他沒錯。他剛剛下了計程車，在外面的吸菸區抽菸。」

「知道了，我這就去。」

新田掛斷手機，迅速將事情告訴山岸尚美。早就一臉嚴肅的她，抓起椅背上的外套，倏地站了起來。

13

尚美第一眼看到這個人，便確定是照片裡的人。頭髮比照片裡長了點，戴著眼鏡，但確實是他沒錯。個子很高，肩膀很寬，黑色西裝裡的襯衫開到第二個鈕釦。

男子筆直地朝櫃檯走來。雖然櫃檯裡有年輕櫃檯人員小野在，但尚美決定自己出面應對。新田站在後面鎮守。

尚美感到心跳加速，但不能露出內心的緊張。雖然知道臉頰僵硬，但告訴自己要擺出一如往常的笑容。

看到男子一臉兇狠地停下腳步，她對男子行了一禮。

「歡迎來到東京柯迪希亞飯店。請問您要住宿是嗎？」

尚美預料他會回答，不是，我有點事想請問一下。然後拿出照片問，這位小姐是不是住在這裡？不消說的，當然是安野繪里子的照片。

結果男子的回答一反尚美的預料，他點點頭說：

「我姓館林。」

「啊？」尚美一愣，不禁反問。男子臉色一沉。

「我姓館林。我已經訂了房間了。」

「哦……對不起。請您稍待片刻。」

尚美連忙操作手邊的終端機，立刻找到確實有「館林光弘」這個名字。預定抵達的時間是午夜十二點，訂了豪華套房要住一晚。

尚美頓時不知所措。既然房間都訂了，總不能把人家趕走。雖然也可以佯稱重複訂房向客人道歉，介紹他去別家飯店，但真的有必要做到這種地步嗎？況且又不是確定這個人會危害安野繪里子。

「怎麼了？找不到名字嗎？」館林出聲問。

「哦……不是。您是館林光弘先生吧。從今天起要在豪華套房住一晚對吧。」

「對啦！」

尚美將住宿登記表遞到他面前。

「那麼，請您在這裡填寫姓名、地址與聯絡電話。」

館林光弘默默地寫著。尚美專注看著他的手。運筆的動作看起來沒什麼不自然，但也有可能是假名寫慣了。

接著尚美快速操作終端機，尋找空房間。現階段能做的，就是盡量把他安排到離安野繪里子遠一點的房間。安野繪里子是 2510 號房，也就是在二十五樓。

1530 號房空著。如此一來應該沒問題。尚美立刻準備鑰匙卡。

「這樣可以嗎？」館林指著住宿登記表。上面寫著他的名字，以及高崎市開頭的住址，還有手機號碼。

「可以。請問，您要付現金嗎？」

「沒錯。我知道啦，要付押金對吧。」

館林從西裝的內袋掏出皮夾，隨意抽出好幾張一萬圓鈔票。以熟練的手勢數了十張，放在櫃檯上。

「這樣夠吧？」

「謝謝您，不好意思。」

尚美開立收據，交給館林。接著拿出 1530 號房的鑰匙卡，向等在一旁的門房小弟使了個眼色。這位門房小弟是關根刑警。現在所有潛入飯店臥底的搜查員，都在注意館林這位客人吧。

關根快步向前，伸手去拿鑰匙卡。不料卻被館林制止。

「不，不用了。我可以自己去。」說著就把鑰匙卡搶了過來。

「可是館林先生，還要看看安全門之類的。」

尚美這麼說，但館林嫌麻煩地搖搖頭。

「這看樓層平面圖就知道了。我不喜歡有人跟著我。」

他都這麼說了，尚美也不能強迫他。

「我知道了。那麼，請您好好休息。」

館林沒聽完尚美的話，便自顧自地走了。關根不死心地想帶他去電梯廳，但卻遭到館林一句「不必」拒絕了。

「住宿登記表借我看一下。」新田在後面說：「我去查一下住址。名字也有可能是假名。」

「你怎麼知道？」

「高崎市在群馬縣，而群馬縣裡還有一個地方叫館林市。」

「啊……」

「住宿登記表給我。」

這時候交給警方處理比較好。於是尚美說：「那就麻煩你了。」將住宿登記表交給了新田。

新田在打電話時，尚美在一旁也拿起話筒。她打給 2510 號房，安野繪里子立刻接起電話。

「非常抱歉，打擾您休息。因為有件事想跟您說。」尚美說了這個開場白後，接著把照片的人物出現的事，而且早就訂了房間、並且辦完住房手續等等告訴了安野繪里子。

不知道是嚇到還是怎樣，安野繪里子沉默了幾秒鐘。接下來聽到吐氣噴在話筒的聲音。

「我有拜託你們，不要讓他接近我吧。」

「真的很抱歉。不過，我們安排了離您很遠的房間給他，我想應該也不可能在走廊碰頭。」

「真的沒問題吧。他住幾樓的幾號房？」

「十五樓的 1530 號房。」

安野繪里子再度用力吐了一口氣。

「我知道了。算了。」

叩一聲，電話掛斷了。尚美凝視話筒半晌之後，掛回電話機。

這時旁邊的新田也剛好講完電話。

「確實有這個地址，但這裡是一間染布工廠，而且沒有住人。」

「這麼說，果然是假名……」

「這麼想應該是妥當的。安野是假名，館林也是假名，到底怎麼回事？」

「剛才他也沒有問安野小姐任何事情。怎麼會這樣呢？」

「或許他知道就算問了妳也不會跟他說，所以乾脆自己也住進來，想靠自己的力量找吧。」

新田說完後，原本在旁邊一直默不吭聲的小野開口插嘴：

「抱歉，插一下嘴。剛才那位客人，以前有來我們飯店住過喔。」

「啊？」尚美凝視後進的臉。「真的？」

小野偏著頭想了一下點點頭。

「看到照片時我沒注意到，不過看到本人我就想起來了。應該沒錯。他以前也是這個時段來，那時我也站櫃檯。訂的房間也一樣是豪華套房。」

「你記不記得那時候的名字？」新田問。

「呃，這就有點記不得了……。不過好像不是館林這個名字。」

「應該不會用同樣的名字。」尚美說：「只要來住過一次，飯店紀錄裡都會留下客人的名字。這樣受理訂房的時候，我們就會知道。」

「原來如此。」新田摸摸下巴。「妳把他住進來的事向安野小姐說了吧。她有什麼反應？很害怕的樣子嗎？」

「她好像嚇了一大跳。但不覺得她有害怕，不過也有可能只是裝出堅強的樣子。」

「那個人確實看起來很強勢，所以不想露出軟弱的一面吧。不過，既然她對館林如此警戒，現在自己立刻退房不就結了。」

「大半夜的這種時間？退房之後要去住哪裡？」

「說得也是哦。」新田皺起眉頭。「總之有必要警戒。我去一趟警衛室。館林的房間在十五樓吧。我去叫監看監視器的刑警特別留意一下。」

新田從後面的門出去了。目送他離開後，尚美思索自己該怎麼辦才好。照那樣子看來，新田大概還不會收工吧。豈止不會收工，或許還會說要通宵監視。

「山岸小姐，不要緊啦，妳就回家休息吧。這裡有我們在沒問題。更何況要是有什麼事，也只能交給警方處理不是嗎？」小野看出她的猶豫，如此對她說。

「可是新田先生，可能還會待在這裡喔。」

「都這個時間了，他不用接待客人吧。我比較擔心山岸小姐，要是硬撐搞壞身子就不好了。」

後進說的話也有道理。

「哦？那我就回去休息吧。我去跟新田先生說一聲。」

尚美繞到後面去，搭上員工專用電梯。警衛室在地下一樓。

警衛室的門開著，看得見新田站立的背影，好像在和裡面的人說話。

尚美走過去，探頭看看裡面的情況。裡面放了整排監視器螢幕，前面坐著警衛和一位穿襯衫的男子。這位大概是刑警吧。

刑警看向尚美，然後新田也跟著回頭看過來。

「山岸小姐……妳怎麼到這裡來了？」

「哦，因為我想下班了……」

「嗯。」新田用力點頭。「這樣比較好，妳沒必要跟著我們熬夜。一直陪著我們，妳的身體會撐不住喔。我把事情交給他們以後，待會兒也要去躺一下。」

「不好意思，那我這就——」

尚美正要說「失陪了」之際，穿著襯衫的刑警突然叫了一聲「新田先生」。

「有人進入1530號房！」

「什麼？」新田湊向螢幕。「確定嗎？」

「錯不了。剛才十五樓的走廊出現人影，我一直盯著她。」

「好，調出來看看！」

尚美也在後面看。螢幕上出現走廊，以及走廊兩旁一整排的房門。走廊的前方有個轉角。刑警操作手邊的機器。然後從轉角出現一名年輕女人，穿著偏白的大衣。新田低聲呢喃：女人啊。

女子看著門房號碼前進。終於停下腳步，敲門。不久門開了，她走進房裡。

「那扇門應該是1530號房。」穿著襯衫的刑警說。

「這是怎麼回事？如果館林在跟蹤安野繪里子，應該不會帶女人進房間吧。」新田自言自語般地低喃。「總之，先觀察一下情況。」說完，他轉頭看向尚美。「這裡交給我們，妳趕快回家休息吧。」

尚美點點頭，內心想著：雖然不放心，但留下也沒用。現在發生的事與飯店服務無關，而是應該交給警方偵查的事。

「那我先失陪了。」

「辛苦了。」

尚美向新田點頭致意，隨即離開警衛室。走到員工專用電梯前，按下按鍵。

雖然不放心安野繪里子和館林光弘的事，但也未必一定會發生事情。他們兩人的房間離得很遠，而且館林入住的事也已經跟安野繪里子說了，她應該不會離開房間吧，更何況館林並不知道她的房號。

電梯門開了，尚美走了進去。

門緩緩地關上。此時，尚美腦海裡靈光一閃，猛地按下「開」的按鍵。

走出電梯，小跑步奔向警衛室。

新田看到她又回來了，瞪大了眼睛。「怎麼了？」

「二十五樓呢？」尚美問：「2510 號房的畫面怎麼樣？」

「呃，我看看哦。」一穿襯衫的刑警操作手邊機器，切換螢幕的畫面。

尚美湊上前來，盯著螢幕看。這個角度和剛才看到 1530 號房的角度不同，房間的位置是隔著電梯廳的另一邊。

新田來到旁邊。「山岸小姐，妳到底發現了什麼？」

「新田先生，我可以在這裡待一會兒嗎？」

「啊？」

「我說不定犯了很要命的失誤。」

新田聽到尚美這句話皺起眉頭時，穿襯衫的刑警輕聲驚呼「啊」，尚美反射性看向螢幕。一名女子正從某個房間走出來。不用調查房號也知道，這名女子是安野繪里子。

「那個女的，這麼晚了要去哪裡啊！」

尚美無暇糾正新田粗魯的談吐，只是大叫：「電梯廳！請調出二十五樓電梯廳的畫面。」

螢幕切換畫面，出現了電梯廳。不久安野繪里子從右邊緩緩出現了。她按下電梯鈕，等候電梯。表情相當嚴肅，緊緊抱著手提包。

電梯來了，她走了進去。這是六台電梯的其中一台，三號電梯。

旁邊的螢幕已經映出裝設在電梯裡的監視器畫面。安野繪里子表情僵硬，朝向這邊站著。不知道她按下了幾樓的按鍵。

「請轉到十五樓的畫面。」尚美說。

畫面轉過去了，是十五樓的電梯廳。不久，安野繪里子從三號電梯出來。

錯不了了——尚美衝出警衛室。新田喊著「山岸小姐！」隨後追了出去，但尚美沒有停下腳步，直接跑到電梯前。

所幸，電梯一直停在地下一樓。電梯鈕一按，門就開了，尚美立刻進入。新田趕在關門前衝了進來。

「究竟怎麼回事？請妳解釋清楚。」

「我犯了重大失誤。這是飯店人不該有的失誤。」尚美看著一頭霧水的新田，繼續說：「客人的房間號碼，無論如何都不能告訴其他人。但我卻說了。我把館林先生的房間號碼告訴安野小姐了。」

新田睜大眼睛。「不是館林盯上安野，而是相反嗎？」

「就目前情況看來只能這麼想。」

電梯抵達一樓。兩人搶著走出電梯，跑過走廊，經過辦公室，又從櫃檯跑出去。小野等人看傻了眼，但尚美沒空向他們說明。

要比賽跑的話，男人比較快。新田捷足先登抵達電梯，開著門等尚美。不久尚美也進來了，拚命調整氣息，心跳加速不只是跑得太喘的緣故。

「安野繪里子到底要幹什麼？」新田一邊輕輕轉動右腳踝，一邊說：「那個手提包很詭異，好像緊緊抱著什麼重要的東西。」

「手提包裡放著兇器……之類的？」

新田定定地凝視尚美的雙眼，取代回答。

電梯停了。門開到一半，新田便側身鑽了出去。尚美也隨後追來。

豪華套房在走廊的深處。不見安野繪里子的身影。也就是說，她已經進入 1530 號房了。

兩人站在房門前，面面相覷。新田比出要敲門的手勢，尚美默默點頭。

新田靠近房門，稍稍抬起拳頭。

就在此時，門突然氣勢驚人地開了。差點就直接撞上新田的臉。

從房間裡衝出來的，不是安野繪里子。而是最先進入這個房間的女人。她穿著輕薄的連身洋裝，手上抱著皮包與大衣。仔細一看，還抓著絲襪。女子看到尚美他們時大吃一驚，但也什麼都沒說、快步跑掉了。

新田用手按住即將關起的門。尚美跟在他身後窺探房裡。

安野繪里子站在房間的中央。隨著她凝望的目光看去，看到穿著浴袍的館林，垂著頭坐在沙發上。

「妳在做什麼？」

聽到新田的詢問，安野繪里子嚇了一大跳看過來。館林也慌張地抬起頭。看來之前兩人都沒有發現尚美他們在這裡。

「這是幹麼？你們怎麼會在這裡？」安野繪里子尖聲質問。

尚美推開新田，跨一步走到新田前面。

「因為我們看到安野小姐來到這個房間，很擔心會不會發生什麼事。」

安野繪里子不耐煩地搖搖頭。「不用了。不用管我的事。」

「可是——」

結果安野繪里子粗魯地走過來。頭有點低低的，但到了尚美他們面前便抬起頭來。尚美一看，大吃一驚。她的眼睛很紅。

「我們兩個是夫妻。」

「咦？不會吧……」

安野繪里子打開手上的包包，拿出一份文件，亮給尚美看。是離婚協議書。丈夫是村上光弘，妻子是村上繪里子。

「我只是拿離婚協議書來給他。所以，別再擔心了。」

她把聲音壓得很低。尚美明白，因為她在壓抑自己的感情。

「請問……剛才出去的那位小姐是？」

尚美如此一問，安野繪里子，不，村上繪里子撇了撇嘴角。

「應該是六本木的酒店小姐。因為我老公很喜歡去六本木。」

尚美不知如何回應，舔舔嘴唇。

「沒關係啦。」村上繪里子說。但聲音，比她之前說過的任何話都來得虛弱。

「求求妳，不要管我了。別擔心，我不會搞殉情。」

尚美倒抽一口氣，凝望她沉鬱的臉。雖然嘴角在微笑，但眼神溢滿悲傷。

新田拍拍尚美的肩。「我們走吧。」

尚美點點頭，退到後面去，差點說出「請好好休息」，趕緊又把話吞了回去。走到走廊後，新田輕輕地關上門。

尚美沉沉地嘆了一口氣。一旁的新田對著監視器，比出投降的手勢。

搭上電梯後，兩人對望一眼，彼此都露出苦笑。

新田說，真是輸給她了。尚美回應，完全沒轍啊。

電梯下到一樓後，尚美返回櫃檯辦公室。新田說要去警衛室。尚美把事情的來龍去脈，告訴惴惴不安的小野。小野從頭到尾都浮現驚愕的表情。

「原來是這樣子啊。不過幸好沒有造成什麼問題。」

「就飯店而言是沒問題……」

尚美走出櫃檯，坐在大廳的沙發上。身體沉沉地跌進沙發裡，可能是緊張解除了，疲憊一口氣蜂擁而至。

不行，這樣會睡著——尚美如此想著，撐起身子，左右轉動脖子。此時，看到村上繪里子從電梯廳走來，手上拿著行李。尚美連忙站起身來。

村上繪里子走到櫃檯便遞出鑰匙卡。小野問她，您要離開了啊？她回答，對啊。

辦完手續後，她把收據留在櫃檯上，轉身邁開步伐。看了尚美一眼，也只是默默地走過去。但走沒幾步又停了下來，回頭說：

「對不起，給妳帶來很多麻煩。」

尚美從口袋掏出照片，走向她。

「這個要怎麼辦呢？」

村上繪里子的視線落在照片上，顯得有些迷惘。

「這就請你們適當地處理掉——」說到這裡搖搖頭，繼而伸出手。「不，還是我自己處理吧。」

從尚美手中接過照片後，村上繪里子凝望了片刻，然後將它收進包包裡。

「我知道他每次因為工作來東京都會去玩女人，可是一直苦無證據。能夠逮到現場是最好的，可是飯店的人沒有當事者同意，不會把住宿客人的房號告訴別人吧。」

「保護客人的隱私是我們的職責。」

「我想也是。所以我只能用這手法試試看。」

「我們完全被騙了啊。」

「真的很對不起。不過託妳的福，事情進行得很順利。我也已經看開了。」

「您早就知道您先生和那位小姐分別入住不同的房間？」

「當然知道。因為——」村上繪里子深深吸了一口氣，挺起胸膛。「因為他以前也是這樣對我。和前任老婆離婚之前就是……」

「啊……」尚美把「原來如此」吞回去。

村上繪里子微微一笑，聳聳肩。

「有一句俗話說：搶了別人的男人，有一天這個男人也會被搶。我原本以為我不會碰到這種事。人生果然不能小覷啊。」

這句話不能隨便反駁，於是尚美默默地點點頭。

「那我走了。我得早點回去，準備離家出走。」

「我陪您去計程車招呼站。」

兩人走過無人的大廳。走出大門後，旁邊就有計程車招呼站。一輛黑色計程車停在那裡。村上繪里子一走到車旁，後座的門便靜靜打開。她坐進車裡。

「期待您再度光臨。」尚美深深行了一禮。

車門關上，車子發動。尚美抬起頭來。計程車迴轉的時候，看到村上繪里子用手帕按著眼角。

14

大門外天色逐漸轉暗之際，體型矮胖的能勢出現在櫃檯前面的大廳，一如往常穿著皺巴巴的西裝。發現新田站在櫃檯內，開心地向他點頭致意後，便找了一個空沙發坐下。

「我出去一下。」新田向一旁的尚美說，然後指向能勢。

她記得這個有點土裡土氣的刑警，隨即浮現一抹意味深長的微笑，小聲地說：「我知道了。」

新田邊走邊留意周遭的情況，走向能勢。大廳裡依然配置了幾位搜查員在監視，但似乎沒有人以目光跟著新田。看來新田以飯店人的身分在這裡走動，對他們來說已經不是稀奇的事。

新田往能勢的旁邊坐下去。

「對不起哦，突然把你叫來。」新田說：「那時候你正在偵訊吧？」

「沒關係沒關係，聽到您那麼說，我怎麼坐得住呢。」能勢做出以舌尖舔嘴唇的表情。

「我只是突然想到而已。」

「不，我覺得您的著眼點很棒耶。我聽了佩服不已呢。確實，照一般的情況來說，應該會排斥在朋友面前打電話給前男友才對。不過，如果是那個朋友慫恿的，倒是可以理解。新田先生果然厲害，居然能想到這個。很了解女人的心理啊。」

聽了能勢的讚辭，新田不禁在內心苦笑。其實這不是他想到的，而是山岸尚美的看法。但沒必要特地把幕後的情況說出來。

「所以，我想請能勢先生調查的是——」

新田說到這裡，將右手手掌張開推到能勢面前，示意他別跟大家說。

「我不會說啦。是調查井上浩代吧？」他從西裝內袋掏出小記事本，攤開以後接著說：「打電話給手嶋正樹的是前女友本多千鶴小姐。在場的是本多小姐的朋友井上浩代。啊糟糕，我又忘記加小姐了。是井上浩代小姐吧。」

新田將身體稍微湊近能勢。

「我們之間就不用加先生小姐了啦。如果井上浩代和手嶋是共犯，說不定是故意用打電話這一招做出不在場證明。因為我之前踢到的大鐵板是，手嶋無法預料本多小姐會打電話給他。」新田留意著四周，壓低嗓門說。這件事當然不想給周遭的客人聽到，也不想給其他搜查員聽到。

能勢用力點點頭。

「我也有同感。根據您寫的報告，井上浩代是本多千鶴小姐大學時期的朋友吧。年齡二十八歲，已婚，住在大森……」能勢看著記事本說。

新田抿著嘴唇，想起去詢問井上浩代時的事。她是個長相平凡，靠化妝塗得濃妝艷抹的女子，身上穿戴的都是高級品，看得出來老公是成功人士。話很少，除了回答被問到的事，其他一概都不多說。可能和殺人案有關，所以說話比較謹慎吧。當時新田是這麼想的，但說不定她有別的考量。

「因為那時候，我們只把井上浩代當作佐證本多小姐說法的證人。能夠調查到這裡，我認為就報告而言算是很充分了。」

「哦，這是當然的囉，因為那時候怎麼看都是不相干的人。」

能勢想出言安慰，但新田卻聳聳肩。「可是又還沒確定一定有關。」

不料能勢說了一聲「不」，一副蓄勢待發的模樣，眼神也突然變得很銳利，使得新田有點被嚇到。

「這應該就對了吧。剛才您打電話給我的時候，我就有這個直覺。問我為什麼，我也說不上來，就覺得心裡騷動了起來。當然是好的方面的騷動。新田先生，我覺得這條線沒問題。」

「但願如此。」

「我會盡快把井上浩代調查清楚，要是她和手嶋有所關連，那就有意思了。此外本多小姐，也有必要再調查一次啊。她打電話給手嶋是不是在井上浩代的慫恿下打的？這也搞清楚比較好。關於打電話的理由，我也會再詳細問問看。」能勢說完開始寫筆記。

「關於本多小姐打電話給手嶋的理由，如果她以前說的是謊話，想必真正的理由很難向別人啟齒。你能順利問出來嗎？」

新田這麼一問，能勢停止寫筆記，露出尋思的表情。但不久就以肥胖的脖子點點頭。

「應該有辦法吧。查出來的話，我會立刻跟您聯絡。」能勢語畢，氣勢驚人地站起來。

「對了，能勢先生。」新田也跟著起身。「這件事，你還沒有跟別人說吧？」

能勢睜大眼睛，卻只能看到黑眼珠的部分朝著新田轉了轉。

「連上司也不要說比較好嗎？」

「盡可能別說。」

圓臉的刑警，突出下嘴唇，上下擺動雙下巴。

「我明白了。所幸，目前我的狀況可以自由行動。我不會跟上司說。」

「非常感謝。你幫了我一個大忙。」

「不用謝啦。那我走了。」

能勢離去時的腳步比來的時候輕盈許多，新田目送他離開後，返回櫃檯。山岸尚美看他回來，說了一聲「你回來了」，然後壓低嗓門問新田：

「你們好像談得很投入的樣子啊。有什麼進展嗎？」

「我不方便說偵查內容的事。」新田繼續說：「不過妳的建議或許很有用喔。如果有好消息出來，我再鄭重向妳答謝。」

山岸尚美一臉意外地抬頭說：「我幾時給過什麼建議？」

新田以食指按住嘴唇。意思是，現在不能說。山岸尚美嘆了一口氣，微微苦笑，但看起來似乎沒有不高興。

到了傍晚，辦理住房手續的客人增加了。新田照常站在櫃檯假裝櫃檯人員，但心裡一直反覆思量和能勢的談話。

他完全不相信，那個遲鈍笨重的人其實是個優秀的刑警。但目前也只能仰賴這個轄區刑警。當然，照理說應該和稻垣或本宮談。可是就算談了，他們也不會讓新田去查這個案子。八成會派其他刑警去查吧。而且如果查出什麼成果，獲得好評的也是那個刑警而不是新田。

於是他決定，等案情更有把握再告訴稻垣他們。也因此，希望能勢一定要賣力查清楚。

基本上——。

即便井上浩代和手嶋正樹之間有什麼關連，若無法證明他們是共犯關係就沒意義了。具體來說，必須找出他們用的是什麼詭計。即便井上浩代有慫恿，但實際打電話給手嶋的是本多千鶴。她也說過她打的是室內電話，而接電話的確實是手嶋的聲音。

而且即使這個謎解開了，還有其他事情必須思考。不消說的，就是和案子的關連。就目前來看，還看不出有任何關連。

正當新田如此思索之際，聽到有人在喊：「喂！你！」但新田不認為是在叫他，因為還有其他櫃檯人員在，更何況自己是站在大家的後面。

「就是你啦！沒聽到啊？」

聽到這個叫聲，新田終於注意到了：一名身材微胖的男子，從櫃檯的側面叫他。以身體的比例來說，頭算是很大，烏黑的頭髮剪得短而整齊，可能是單眼皮微腫的關係，看不太出來表情，也猜不出年齡，但皮膚倒是很有光澤，看起來像娃娃臉。

山岸尚美立即走了過來。「請問您要住宿是嗎？」

但男子看都不看她一眼，伸手指向新田。

「為什麼你不回答我？」

山岸尚美一臉困惑地回頭。新田和她對望一眼之後，走了出來。

「您找我有什麼事？」

「你還問我什麼事？客人叫你，你為什麼不理！」

「我沒有這個意思……。真的很抱歉。」新田行了一禮。

微胖男皺起眉頭，目不轉睛瞪著新田。看到這張臉，新田心中騷動了起來。因為他覺得，好像在哪裡見過這個人。

「栗原。」男子粗魯地說。

「啊？」

「我姓栗原。我訂了房間。」

「哦，是。請您稍待一會兒。」

住房手續，山岸尚美大致都教過了，但新田本身還沒實際做過。在倉皇失措下，首先把住宿登記表遞給男子。

「請先填寫住宿登記表。」

男子一臉不爽地開始寫。在新田旁邊快速操作終端機的山岸尚美，指著螢幕給新田看。確認栗原健治先生已經預約房間了，今天起要在單人房住一晚，希望住禁菸房。

栗原、栗原、栗原健治、栗原健治——新田在腦海裡反覆唸這個男人的名字。總覺得好像在哪裡聽過，可是又遲遲想不起來。

「寫好了啦！」栗原說。

新田拿起住宿登記表一看，住址是在山形縣。

「栗原先生，您要用信用卡支付？還是現金？」

「信用卡。」

「那麼押金也用信用卡支付是吧。」

栗原臭著一張臉，從皮夾抽出信用卡。新田列印出這張信用卡的預刷刷卡單，上面確實刻著「KENJI KURIHARA」（健治 栗原）。

山岸尚美從旁遞來鑰匙卡。房間號碼是2210。

新田將信用卡放在栗原前面。

「讓您久等了。為您準備了二十二樓的房間。」新田說著，將鑰匙卡交給已經在一旁等候的門房小弟。

栗原耐人尋味地瞥了新田一眼後，旋即轉過身去，緩緩地邁開腳步。

「那位客人有什麼問題嗎？」因為新田一直看著他，山岸尚美不禁開口問。

「呃……我只是在想他為什麼故意叫我？」

「可能是剛好看到你吧？」

「會是這樣嗎？」

「其他還可能有什麼理由呢？」

「理由啊，我覺得在哪裡見過他。」

山岸尚美睜大眼睛，臉頰看起來相當緊繃。

「你認識的人？」

「我也不知道。」新田搖搖頭。「我只是覺得而已。說不定搞錯了。」

「可是如果不是搞錯的話，」山岸尚美用舌尖舔舔嘴唇。「這就很有問題了。說不定會發生很糟糕的事。」

「妳說得沒錯。」

新田環視了一下周遭，看到穿著門房制服的關根，招手叫他過來。

「怎麼了？」關根有點緊張地跑過來。

新田簡短地說明事情後，把栗原的住宿登記表給他看。

「說不定，那個客人認識我。」

關根大吃一驚，倒抽了一口氣。

「我想起來了，剛才那個客人在離櫃檯有點距離的地方，一直窺看裡面的情形，會不會是在看你？」

「有可能。」

「會不會是在什麼案子和你交過手？」

「說不定喔。看起來不像有前科，不過我想請警視廳查一下資料。」

「我知道了。我會跟組長或本宮前輩談談看。」

「拜託你了。」

關根拿著住宿登記表小跑步離開。新田目送他的背影，雙手並輕輕握拳。兩隻手都已經滲出了汗水。

此時，內線電話響起。山岸尚美接起話筒，說沒幾句臉色就變得很難看，目光看著新田。

「出了什麼事？」新田問。

她對著話筒說：「我知道了，現在立刻過去。」說完便掛斷電話。

「怎麼了？」新田再問一次。

「門房人員打來的，說栗原先生在抱怨。」

不祥的預感在新田心中擴散。「他對什麼地方不滿？」

山岸尚美搖搖頭。

「不知道。總之他說這個房間不行，叫剛才的櫃檯人員過去。」

「剛才的櫃檯人員，那是在說我嗎？」

「應該是。」

新田咬著嘴唇，側首尋思。「那傢伙到底是誰？」

「總之我們先去看看吧。太晚去的話，會惹得客人更不高興。」

「不，我一個人去。關於變更房間的手續，妳以前做給我看過，大概都知道了。等我掌握情況之後會打電話來這裡，妳能不能先幫忙準備更換的房間？」

「這交給我來辦。可是你真的沒問題嗎？」

「沒問題。更何況，要是對方知道我的真實身分，說不定也希望單獨向我發牢騷。」

「確實……這也有可能。」

「那我走了。2210號房沒錯吧。」新田確認房號後，離開櫃檯。

等電梯的時候，他再度回想栗原的臉。總覺得一定在哪裡見過，可是偏偏就是想不起來。他的長相很特別，如果在偵訊室對峙過應該有印象才對。

當初新田決定喬裝成飯店人員，就和稻垣等人談過，萬一遇到熟人知道他是刑警的危險性。但當時得出的結論是，這個機率可能性很低。畢竟一兩次的查訪就記得刑警長相的人並不多。因為一般民眾一旦知道對方是刑警，通常不敢直視。就算記得，以新田現在一身飯店人員的裝扮，應該很難認出是同一個人。要是有清楚記得新田長相的人，應該是以嫌犯身分被他偵訊過的人，但這樣新田應該也會記得才對。更何況，他總是注視著前來飯店的客人，如果真的有被偵訊過的嫌犯來了，他也應該比對方更早注意到——從稻垣開始，幾乎所有的人都同意這個意見。新田也是一樣。

但是，他在焦躁的情緒中繼續思索。人的記憶並非絕對可靠。倘若問自己是否記得以前所有查訪過的人，實在也沒自信。

電梯上到二十二樓，新田往走廊走去。2210 號房的門關著。新田握起拳頭，敲門。聽到回應後不久，門開了。開門的是年輕門房小弟，臉上帶著困惑之色。

「打擾了。」新田語畢走進房間。栗原依然穿著西裝，背著門站在窗邊。

新田低聲對門房小弟說：「這裡我來就好，你回工作崗位吧。」

門房小弟眨眨眼睛，彷彿在問這樣好嗎？新田點點頭之後，長相稚嫩的門房小弟露出在意栗原的表情，連忙行了一禮走出房間。

新田再度轉向栗原。

「請問，這個房間有什麼問題嗎？」

栗原默不吭聲，只見和大頭相比顯得狹窄的肩膀些微上下動著。

「先生……」當新田想再度開口時，娃娃臉轉過頭來，但眼神浮現的是帶有中年男子特有狡猾的光芒。

「你在這家飯店做幾年了？」

唐突的問題使得新田有些倉皇失措。或許現在只有兩個人，所以他擺出想探出新田真面目的架式。

「大概有……五年了吧。」新田姑且隨便回答。

「五年啊。那之前呢？也在飯店工作嗎？」

「不是，之前做了很多工作。」新田不知他的意圖為何，先將就著回答。

栗原哼了一聲，嗤之以鼻。

「你是一份工作做不久的那一型啊。也難怪做了五年還不能成為像樣的飯店人。」

即便不是真的飯店人，新田還是很火。同時也研判，這個男的似乎不知道他是個刑警。

「是有什麼疏失嗎？」

栗原撇了撇嘴角，抬頭看著新田。

「有什麼疏失嗎？你都進來這個房間了，還敢說這種話？」

「所以這個房間有什麼問題──」新田之所以在此打住，是因為栗原突然指向窗外。「外面有什麼問題嗎？」

「我訂房的時候，櫃檯問我想要怎麼樣的房間，我說要有美麗夜景的房間。你們飯店以夜景自豪，我想要能眺望夜景的房間。」

「這完全沒有問題。我們飯店的每個房間都能眺望夜景。」

「聽你在鬼扯！」栗原粗暴地拉開蕾絲窗簾。「這是什麼美麗的夜景？你把我當傻瓜嗎！」

新田走到窗邊，眺望外面。下方是高速公路，車燈猶如河川般川流不息。

「這個夜景不符合您的要求嗎？」

「當然不符合。我再跟你說一次，我要的是能看到美麗夜景的房間。這簡直是詐欺嘛！」

新田很想嘆氣，但還是忍住了。他沒有忘記山岸尚美說的顧客就是最高規則，但這實在太離譜了。

「先生，美麗是很主觀的感受。您不喜歡這裡的夜景，我們深感遺憾。但就我而言，我不認為從這裡看到的夜景不美麗。」

栗原狠狠地瞪了過來。

「你這是幹麼！在跟客人頂嘴嗎？你的意思是我錯了？」

新田連忙搖頭。

「我絕對沒有這個意思。因為您說我們詐欺，我只是說明我的想法而已。總之，我們會立刻為您更換房間，請您稍待片刻。」

新田走近電話時，栗原叫住他：「等一下！」然後從旁邊的包包裡拿出筆電。

「怎麼了嗎？」

「少廢話，你在那裡等著。」

栗原開始操作電腦，看來是想上網的樣子。新田望著他、心想他要做什麼。不久栗原把筆電的螢幕轉給新田看。

「你看這個。」

螢幕上出現的是飯店的官網。

「這怎麼了嗎？」

「你還問我怎麼了？這上面貼著夜景的照片，你懂了吧！」

栗原用指頭敲著螢幕。官網的首頁確實有東京夜景，正中央是東京鐵塔。

「你們的官網貼了這種照片，我當然會認為每個房間都能看到這種景色吧。你要幫我換房間很好，不過不要忘記這件事。」

新田覺得真是夠了，來回看著筆電和栗原的臉。

「幹麼，你有什麼不滿嗎？」栗原嘛嘴嗆聲。

「沒有，只是這張照片是單純宣傳用的形象照片……」說到這裡，新田打住了。因為他發現解釋這個沒有用。這個男的很清楚的知道這件事，他是故意來找碴的。

「那又怎樣？意思是搞錯狀況的人自己有錯嗎？」

「不，對不起。那麼，我可以失陪一下嗎？我要去樓下商量一下。」

「商量什麼？我把話說在前頭，我命令的人是你喔！不要給我派別人來。你要給我想辦法，知道吧！」

「……知道了。」

新田行了一禮，走出房間。關門時很想用力甩門，但最後還是忍住了。取而代之的，他踢了旁邊的牆壁。

回到一樓的櫃檯後，他把事情告訴山岸尚美。她蹙起眉頭，盯著終端機。

「用這一招抱怨啊。偶爾會有客人抱怨飯店的實景和簡介的內容不同，但拿官網照片來說嘴，這大概是頭一遭。」

「怎麼辦？去跟他說不爽就不要住吧？」

山岸尚美瞪大眼睛。「怎麼可以這麼說。」

「可是那傢伙是典型的奧客喔。他之所以挑上我，也是因為我看起來是最菜鳥的飯店人。雖然我很不甘心就是。」

「既然知道他是故意的，跟他硬碰硬就中了他的計了。一定要好好應對，給他一點顏色瞧瞧。」山岸尚美說完開始操作終端機。「看得見東京鐵塔的房間在西邊。盡可能選樓層高一點的房間吧。」

此時，年輕的櫃檯人員川本來了，手上拿著文件檔案。

「其他飯店傳來的黑名單裡，並沒有記載這號人物。他用的是信用卡，應該不是假名。」

「所以是奧客的處女戰嘍。」新田說：「而我，看起來比較好玩弄嗎？」

「不管怎樣，新田先生的真實身分沒被看穿吧？」尚美問。

「應該沒有。」新田答道：「雖然我覺得好像在哪裡見過他，不過可能搞錯了。」

山岸尚美點點頭，開始在手邊的便條紙寫字，寫完之後交給新田。

「三十四樓，有適合的房間。不只單人房，連雙人房和豪華雙人房也先保留下來了。如果這樣還有問題，請跟我聯絡。」

這張紙條寫了幾個房間號碼。

「我裝扮成飯店人員的模樣，不是為了做這種事。」

「就客人來看，你除了飯店人員這個身分以外其他什麼都不是。請忍耐。」山岸尚美將通用鑰匙卡遞給他。

新田默默地收下後，嘆了一口氣。

回到 2210 號房後，栗原的脾氣變得更大，劈頭就罵：「太慢了！」

「我可是有預定行程喔！光弄個房間就要花這麼久時間啊。要是我的工作出了什麼差錯，都是你害的！」

「真的很抱歉。因為我去找您可能會滿意的房間。」

「這次真的是像樣的房間吧？」

「應該沒問題。」新田打開房門，先走到走廊上。

「等一下。你是叫我自己提行李啊？」栗原指著包包。

「失禮了。」新田說完提起行李。可能是裝了筆電，提起來沉甸甸的。

首先新田帶他去的 3415 號房是一間雙人房。窗戶面西，可以眺望東京鐵塔。窗外一整片的夜景，和官網首頁貼的照片很像。

「您覺得如何？」新田拉開窗簾。

但是栗原看都不看最重要的夜景。他仔細環顧室內後，面無表情地對新田說：「其他的房間呢？」

「您不滿意這個房間嗎？」

「反正你們一定有準備幾個房間吧。既然這樣，我全部都要看。我要從裡面選出一間，才不要讓你們決定呢！」栗原有點斜眼地看著他。

新田氣得牙癢癢的，很想動手揍這個年齡不詳的娃娃臉，但拚命忍了下來。

「好的。那我帶您去看。」怒氣與焦躁，使得聲音有點發抖。

新田看著山岸尚美交給他的紙條，帶栗原看了雙人房和豪華雙人房。兩個房間的夜景都毫不遜色。但新田明白他根本不在意這種東西，因為他連看都不看一眼。

「別的房間呢？」栗原不耐煩地問。

「今晚能準備的就這些房間了。」

「真的？我可以跟我的朋友說，他可是可以去確認今晚的空房喔。」栗原以低沉的嗓音說。

「請您稍等一下。」

新田用房裡的電話，打給櫃檯。山岸尚美接的。

「我是新田。」

「怎麼樣？」

「有點麻煩……」

「客人無法接受是嗎？」

雖然完全沒有氣勢，但他本人似乎覺得很酷。

「嗯，是啊。」

停頓了一下之後，她說：

「我知道了。請帶他去 3430 號房，是豪華套房。」

「這樣好嗎？」

「這種時候也沒辦法了。況且你想趕快回來做你原本的工作吧。」

「我知道了。」

新田掛斷電話，轉身面對栗原。

「先生，新的房間準備好了，您要過去看看嗎？」

「什麼嘛，果然還有房間嘛。」

「因為剛才來不及準備。現在好像準備好了，我帶您去看。」新田提起栗原的包包。

進入 3430 號房後，栗原單手插在口袋裡到處走走看看，最後停在房間的正中央。果然還是看都不看夜景一眼。

「您覺得如何？」新田問。

「我問你，你認為我處心積慮想升等房間對吧？」

「沒有，我沒這麼想。」

「少跟我裝蒜。你的臉上寫得很清楚。」栗原臭著一張臉經過新田前面，走向房門。

「您要去哪裡？」

栗原不耐煩地回頭說：

「我要第一間單人房就好。帶我去。」

「是 3415 號房嗎？」

「不是。我剛才說第一間吧。是二十二樓那間，2210 號房啦！」

「啊？」

「我在趕時間，快點！」栗原粗暴地打開房門。

15

「搞什麼，真是莫名其妙。幹麼那樣整人！既然喜歡第一間房間就不要發牢騷嘛。什麼和官網的夜景不同？根本就是想找碴而已。」

新田邊發牢騷邊操作筆電，巡視著液晶螢幕。螢幕上顯示的是，他們這一組過去負責偵查的案件資料。

「那個人確實很奇怪。既然目的不在貪圖房間升等，那在雙人房或豪華雙人房打住不就好了。沒想到結果居然是回去原來的房間。搞不懂他找碴的目的為何。」本宮在一旁也側首不解。

新田為了報告狀況來到事務大樓的會議室，當然劈頭先講栗原的事。稻垣組長還沒來。

「我猜他果然知道新田先生的真實身分喔。為了讓你露出馬腳，才故意刁難你。」一身門房小弟裝束的關根說：「我聽你這麼說，覺得他完全盯上你了。」

新田沉吟半晌，靠在椅背上。「不行，完全想不起來。果然是我搞錯了嗎？」

「不是我們組裡負責的案件的關係人吧？」

本宮向新田確認，但新田卻無法堅定地點頭。

「我覺得應該不是啊……」

本宮繃著臉嘖了一聲。

「真是傷腦筋。起碼這一點要弄清楚才行啊。」

「前科犯的資料檔案裡，好像沒有這號人物。」關根說。

新田搖搖手。

「有前科的話，表示被逮捕過吧。既然被逮捕過，再怎麼樣我也會記得。不管是被害人、加害人以及和加害人有關的人，我有自信不會忘記。問題在於，只是稍微查訪過的人就很難說了。」

「既然這樣，對方應該也不記得吧。就算記得，也沒有理由惡搞新田。」本宮所言甚是。

新田搔搔頭，想再度看看電腦。此時，他的背後傳來開門聲。看向門口的本宮和關根都突然正襟危坐。新田回頭一看，是尾崎管理官走進來，後面跟著稻垣。

新田也趕緊站起來。尾崎見狀做出「放輕鬆放輕鬆」的手勢。

「不用慌張，我只是來看看情況。」尾崎往椅子坐下，對稻垣使了個眼色。

「案情部分有沒有什麼進展？」稻垣問新田等人。關於安野繪里子一事，今天上午也已經報告過了。

「餐會、宴會部門，沒什麼問題。」本宮答道。

「住宿部門呢？」稻垣看向新田。

「有件事，或許不是什麼大不了的事……」新田儘管猶豫，還是報告了栗原健治的事。

稻垣聽了臉色一沉。尾崎也露出不可置若罔聞的表情。

「他抱怨的只有房間嗎？其他還有沒有說什麼？」

「目前為止只有房間。」

「這樣啊。」稻垣點點頭。「這個姓栗原的男人，如果知道新田的真實身分，不管他和這個案子有關無關，都不能放著不管啊。萬一他在有其他客人的地方，突然爆出新田的真實身分就糟了。這樣真兇或許會察覺到，也會給飯店帶來麻煩。」

「我就盡量不要接近栗原吧。」

新田如此提議，但稻垣卻搖搖頭。

「不。當然不要刺激他，但也不要做出不自然的舉動。如果他有什麼計謀，卻發現你在躲著他，說不定反而會做出激烈行動。反倒是，你要做好隨時都能應付的準備。」

「惡搞的傢伙被忽略的話很容易惱羞成怒，稍微理他一下比較好。您的意思是這樣吧？」

本宮詮釋得很好，稻垣聽了露出滿意的微笑說：「對，就是這樣。」

「我明白了。總之我會留意那個客人。」新田答道。

「不過話說回來，飯店裡有各式各樣的客人。」之前一直默默聽著的尾崎開口說：「稻垣有跟我說你們這陣子的行動。就應付怪人這一點來說，跟警察沒啥兩樣啊。」

「哦，是啊。」

新田很想說「超乎警察以上喔」，但還是忍住了。

「但是，既然還揪不出兇手的真面目，也無法預測被害人是誰，只能照目前的作法做下去。我想很多不熟悉的事情讓你們吃了不少苦，但還是繼續努力偵查吧。」尾崎以嚴厲的目光注視新田與關根。看來他此行的目的並非來下達具體指示，而是來給臥底刑警們打氣。

「其他的偵查情況如何？有沒有什麼進展？」新田問，來回看著上司們的臉。

「當然，每個現場都很拚命在偵查喔。」稻垣看了一下尾崎之後說：「不過很遺憾的，目前還沒有什麼成果，可是遲早會有水落石出的一天。我知道你們很想知道應該出現在這裡的殺人犯的相關線索，即便只有一點點也好，可是現在只能請你們暫時忍耐。」

聽到這種過於抽象的說法，新田有些焦躁。

「不能把其他現場的調查情況跟我們說嗎？例如千住新橋的案子，被害人投保了巨額壽險吧。關於這一點，後續的調查情況——」

稻垣出手制止新田的發言，臉上浮現不愉快的表情。

「你們只要專心在這間飯店臥底調查就好，查到有用的情報立刻通知我們。不用去想其他現場的事。思考這些事情是我們的工作，知道了吧。」

新田想說「可是」，但還是閉嘴了。坐在稻垣旁邊的尾崎，將嘴唇抿成一條線瞪著半空中。

「知道了。」於是新田如此回答。

走出會議室，和關根一起返回工作崗位時，新田依然鬱鬱寡歡，難以釋懷。

「照那個樣子看來，恐怕是毫無進展啊。」關根壓低聲音說：「如果有查出什麼，應該會跟我們說更多才對。」

「不，我不這麼認為。」

「哦？怎麼說？」

「我覺得，他們有什麼不能跟我們小兵說的事。」

「又在演表裡不一的戲啊？他們還真愛演啊。」關根苦笑地說。

確實上司在指揮辦案時，很多事會瞞著部下。有的只是單純避免洩漏機密，有的是想到日後的升官仕途，各種原因都有。但新田覺得，這次的情況有點詭異。

走出事務大樓後，手機的來電響起，是山岸尚美打來的。

「喂，我是新田。」

「我是山岸。不好意思，你在開會吧？」

「開完了，現在正要回去。有什麼事嗎？」

「那等你回來再跟你說。我在櫃檯。」

「好的。」新田掛斷手機，側首尋思。

「山岸小姐打來的？」關根問。

「嗯。她認為我還在開會，居然還打電話給我。想必有什麼重大事情。」

「會是那個客人的事嗎？」

「我祈禱最好不是。」新田加快步伐走向飯店本館。

但他的祈禱沒有如願。在櫃檯等待的山岸尚美，見到他立刻遞出一張紙條，上面寫著「2210」。這是栗原健治的房間號碼。

「那位客人又怎麼了嗎？」

山岸尚美嘆了一口氣，點點頭。

「他要我們立刻去他的房間，當然指名新田先生。我跟他說你不在，我代替你去，但是他說不行。」

新田皺起眉頭，嘖了一聲。

「這回又是怎樣？難道要說馬桶很難用？」

「新田先生，你這種表情在這裡是NG的喔。」山岸尚美低聲說，搖搖食指。「你有沒有想起關於栗原先生的記憶？」

新田搖搖頭。

「想不起來。我試著回想過去經手的案子，但想不出有這個人。說不定是在與案件無關的地方見過面。」

「這麼說的話，栗原先生很有可能把你當作真正的飯店人囉？」

「嗯，應該是的。」

「既然這樣，」山岸尚美稍微挺起胸膛凝視新田。「事情就很簡單了。你只要做好身為東京柯迪希亞飯店員工的工作即可，沒有必要想東想西。」

「可是那傢伙確實居心叵測喔。」

「即便如此，身為飯店人也必須做到一件事。」

「不可違抗那傢伙，客人就是規則，對吧？」

「不是那傢伙，是顧客。」山岸尚美說完，對他行了一禮。「請你趕快去，栗原先生在等你。」

新田瞪了她一眼後，轉身走向電梯廳。

來到2210號房前，站定做了一個呼吸後，敲門。因為沒聽到回應，握起拳頭想再敲一次時，門突然開了。栗原抬起他渾濁的眼睛向上看，嘴角不爽地撇向一邊。

「這麼慢！你在幹什麼？」

「對不起，因為我剛好有點工作無法抽身。如果您叫其他的人，應該早就來了。」

「叫其他的人就沒有意義了。一定要你才行。因為這是你的責任吧。」栗原說得很快，唯獨在「你」這個字眼加強語氣。

「是不是這個房間又有什麼問題？」新田問。因為倘若是自己非負責不可的事，應該只有這個房間。

但栗原卻氣呼呼地猛搖頭。

「才不是什麼房間的事！你過來這裡看！」

在栗原的命令下，新田走進房裡。寫字桌上擺著之前看過的筆電。

「你給我睜大眼睛看好！」栗原按下開機鍵。

但電腦沒有任何反應。沒有聲音，液晶螢幕依然是暗的。

「請問……」新田以眼角餘光窺看栗原。「這有什麼問題嗎？」

「你還問有什麼問題？電腦完全不能動！你給我賠來！」

「啊？」新田瞠目結舌，從正面俯瞰栗原。「是電腦壞掉了嗎？」

「沒錯！剛才還好好的！你應該也知道吧，按下這個開機鍵，照理說應該會動才對！」栗原歇斯底里地嚷嚷，一邊猛按開機鍵。「可是我現在按下去卻是這個樣子。這樣我根本沒辦法工作嘛！裡面放了很多重要資料耶！你到底要怎麼賠我？」

這是栗原第二次說要新田賠。新田也終於察覺到，看來栗原是硬要把這件事賴到飯店頭上。

「請等一下。您這麼說，聽起來好像電腦壞掉是我們造成的？」

「本來就是啊，是你們。就是你！是你把我的電腦弄壞了！」栗原氣得滿臉通紅。

「我……我？我做了什麼嗎？我沒有碰過您的電腦。」

「少跟我睜眼說瞎話！你明明碰過！」

「我什麼時候……」說到這裡，新田想起來了。「難道您說的是，幫您提電腦的時候？」

「沒錯！看吧，你還敢說你沒碰過。」

「不，可是，我並沒有直接碰觸電腦，也沒有從包包裡把電腦拿出來。」

「這不相干吧。你要知道，電腦可是相當細膩精密的機械喔！就算裝在包包裡，只要稍微撞到就有可能壞掉。你要怎麼賠我？喂！你到底要怎麼賠我？說啊你！」

由於他怒氣沖天說得滔滔不絕，新田霎時也愣住了。幫他拿包包是事實，但不記得有粗暴地對待包包，但如果被問有沒有小心謹慎地搬運，這就沒把握了，因為那時滿腦子想的都是要帶栗原去看房間。

「你幹麼不說話？你倒是說說話呀你！喂！」

「哦，是這樣的，我明白您的意思，不過也不見得是我造成的吧？」

「你還想裝蒜啊。如果不是你造成的，那是什麼原因？」

「這我就不知道了……。或許是您操作不當。」

「你說什麼！」栗原氣紅了眼。「你的意思是我造成的？」

「不，我只是說有這種可能性。」

「本來就是你！不要狡辯了，你就乾脆承認吧。是你弄壞的。」栗原伸出右手，將食指伸向新田的鼻子。

霎時，新田用手背飛快揮開他的手指。完全無意識的反射動作。這一揮才想到：啊，糟糕。

「你幹什麼！這是什麼態度！居然敢動手揮開客人的手。」栗原的單眼皮眼睛睜得很大。

「真的很抱歉。我不是故意揮開，是不小心碰到。」

「少廢話！你給我待在這裡別動。不准動喔！」栗原說完，伸手去拿桌上的電話。

16

「總之，今天晚上借了一台電腦給他用。至於故障的電腦，原本應該報請業者送修，但他認識一間信得過的店家，想帶去那裡修。」山岸尚美以直立不動的姿勢報告。

「那修理費出來以後，再跟我們請款吧。」回答的是藤木。他坐在總經理辦公桌。

「這我也和客人談過了。客人說，沒有這個必要。」

藤木側首不解。「這是怎麼回事？」

「客人說，他並不是想叫我們賠，也不是為了這件事在生氣。」

「那他在氣什麼呢？」

「他在氣——」山岸尚美說到這裡打住了。瞬間，站在一旁的新田感受到她盯著自己看。

「他對新田先生的態度不滿，是嗎？」藤木問。

「栗原先生是這麼說的。」

「嗯。」藤木以沉穩的眼神看向新田。「關於這位客人可能和新田先生認識一事，你還是想不起來嗎？」

「很抱歉，想不起來。不過，我猜應該在哪裡見過吧。否則，他應該不會做那種事。」

「應該不會……也就是說，你認為這一切都是客人故意的？」

新田堅定地點頭。

「我認為他抱怨房間，只能說是故意找碴。他把筆電放在包包裡要我拿，是為了要讓我看筆電的伏筆。」

「這麼說，筆電壞掉是……」

「我認為是他自己弄壞的。」新田篤定地說：「筆電還放在包包裡的時候，我不記得有特別撞到哪裡，現在突然說壞掉實在太詭異了。」

藤木將視線轉回山岸尚美。「妳覺得呢？」

她輕輕乾咳兩聲之後說：

「我不太懂電腦的事，不過以前曾經聽過，在電源打開的狀態下，稍微撞到硬碟是有可能出問題，但如果電源沒開，稍微撞到應該沒問題。不過，我們又沒有證據，這樣就認定是栗原先生自己弄壞的也未免太輕率了。」

「不，要證據的話有的喔。」新田說：「只要查一下那台筆電就知道了。看是偶然撞壞的，還是故意弄壞的，馬上可以查得出來。」

「可是我們沒有藉口查那台筆電。栗原先生說他會自己把筆電送修。」

新田「哼」地用力吐了一口氣，看向藤木。

「這一切一定是他早就算計好的。他的目的不是錢，而是要攻擊我個人。只是不知道他為什麼要這麼做。」

「倘若果真如此，中了他的挑釁就不好了啊。無論原因為何，絕對不能對客人動手。」

「……這確實是我太糊塗了。」新田低下頭去，咬緊牙根。

此時藤木叫了一聲「稻垣先生」。稻垣和住宿部部長田倉一起坐在沙發上。

「您覺得怎麼樣？或許栗原先生隱隱約約察覺到新田先生的真實身分也說不定。所以想拆穿他的面具……不，恕我失言，為了揭露他的真實身分才故意做這種事。這也是有可能的。」

稻垣思索片刻後，緩緩地搖搖頭。

「現階段我不打算改變偵查方針。只能照目前的情況做下去。倘若這位姓栗原的人，目的在揭露新田的真實身分，那麼新田不見了，說不定反而會引起不必要的騷動。」

「原來如此，這也有可能啊。」藤木將雙手放在桌上，十指交握。眉頭輕蹙的表情，似乎在深思什麼。不久，他終於抬起頭說：「好吧。那就看看情況再說。但是新田先生，請你千萬要謹言慎行，絕對不能露出破綻。」

「我會小心。」

新田如此回答時，後面傳來敲門聲。藤木應了一聲，請進。

開門進來的是久我，一臉困惑地環視室內。

「栗原先生剛才打電話來櫃檯，要新田先生現在立刻去他的房間。」

眾人異口同聲地嘆了一口氣。

「要立刻去啊？」藤木說：「新田先生，沒問題吧。無論栗原先生再怎麼無理刁難，你都要忍下來喔。」

「我會的。」新田行了一禮，走出總經理辦公室。

2210號房裡，栗原臭著一張臉在等著。寫字桌上放著飯店借給他的電腦。

「電腦的情況如何？」新田問。

「難用死了！因為機型不同吧。」栗原粗魯地說：「你看你給我惹出這麼大的麻煩。」

看來在他心裡，新田弄壞電腦已是既成事實。不，或許他只是故意裝出這種模樣。

「或許是我的處理方式不好。」

「你願意承認是你的責任了？」

「我不知道電腦為什麼壞掉，但為了不影響您的工作，我想盡可能幫忙。關於這一點，我有責任。」這段台詞是山岸尚美教他的。

「很好，你不要忘了這句話喔。」

栗原將一旁的包包拉過來，從裡面取出一本書。令人意外的，這是一本英語參考書。

「這是英文參考書，裡面詳載了很多例子。」栗原把這本書放在桌上。「你把這本書的內容，全部打進這台電腦裡。」

「啊？全部？」

「沒錯，就是全部。這本書原本已經全部打在你弄壞的電腦裡。沒有這些資料，我會非常傷腦筋喔！明天就要用到。」

新田拿起參考書，大致翻閱一下，幾乎每一頁都寫著落落長的英文。

「這個要在今天晚上打完嗎？」

「沒錯。你可不能說不願意喔！你剛剛說你有責任吧。」

新田在心裡暗忖：這下可慘了，全部打完要花多少時間啊。可是又不能拒絕。不過他又想了一下，不用他自己來也沒關係。

「好吧，我會盡力試試看。完成之後，我會送到您的房間來。」

「你要帶走？開什麼玩笑，在這個房間打。」

「可是——」

「我是在對你下命令。不是你打就沒意義了。如果你叫別人幫忙打，我可饒不了你。」

「可是，這種事情找幾個人分攤比較有效率——」

「少廢話！」栗原拍桌站起來。「我叫你一個人做！如果你覺得自己有責任，就照我的話做！知道了吧？」

完全是個人攻擊。他不是衝著飯店而來，而是想惡整我。為什麼要這麼做呢？這個男人究竟是誰？

「哦，沒有。」新田垂下視線。看來剛才不由得目露兇光了。

「你這是什麼眼神！」栗原怒目瞪視。「你不服嗎？」

栗原看看手錶。

「現在是九點半。我要出去一下，你趁這時候趕快打。我再跟你說一次，你要一個人打完，不可以找人幫忙喔！」

「哦……知道了。」

「你有帶手機吧？」

「手機？有啊。」

栗原從桌上拿起自己的手機，遞給新田。

「用這支手機，撥電話給你的手機。」

新田迫於無奈，只好照辦。外套內袋立刻傳出手機的來電鈴聲。栗原說了一聲「很好」，拿回自己的手機。

「確認一下我的號碼。我會不定時從外面打你的手機，但是我會立刻掛斷，所以你不用接。然後在三十秒內，用這個房間的室內電話打給我。不要搞錯喔，用飯店的電話打。」

新田眨眨眼睛。「這到底是為什麼？」

「這還用問嗎？當然是為了監視你呀！不讓你去別的房間，也不讓別人代替你打電腦。你不知道我什麼時候會打電話來，就不敢離開這個房間吧。」

「哦，原來如此……」

「別想跟我打馬虎眼，沒有用的。你就乖乖的打字吧！」栗原激動地說完後，拿起鑰匙卡便走了。

聽到「砰」的一聲關門巨響後，新田愣在原地傻住了。但不久便怒氣沖天。為什麼我要受這種對待？我只是為了查案潛入這裡。

此時，手機震動了。原本以為栗原這麼快就打來了，結果是山岸尚美。因為花了很多時間，她可能很擔心吧。

「情況如何？」她問。

「糟透了。」新田說明情況，口氣不由得粗暴起來。「那傢伙根本故意找我麻煩。既然這樣，我想乾脆跟他表明我是刑警算了。」

「這可不行。你千萬不要衝動。栗原先生不見得知道你的真實身分。讓他知道的話，會引來不必要的麻煩。」

「也對啦，是這樣沒錯……」新田覺得她說的很有道理。

「你在那裡等一下，我馬上過去。」山岸尚美說完，不等新田回應就掛斷電話了。

五分鐘後，她出現了。穿著櫃檯人員的制服。看來今晚她也不打算下班回家。想到這個，新田就覺得於心不忍。

「這是高中的英語吧。」看了參考書，尚美說：「他或許是學校的老師，或是補習班的老師吧？」

「不管是哪一種老師，我都沒印象。也不記得曾經被刁難過。」

「可是我剛剛聽你那麼說，總覺得栗原先生應該從以前就認識你了。」

「不僅認識我，而且還恨我？不過刑警這一行，本來就是不知道會在哪裡招人怨恨的工作啊。」

新田這麼說時，放在桌上的手機開始震動了。這次似乎真的是栗原打來的，因為響了三聲就停了。

新田拿起桌上的室內電話，打給栗原的手機。接通後，聽到一聲愛理不理的「是我。」

「我是新田。」

「哼，好像在房間的樣子嘛。開始工作了沒？」

「現在剛剛開始。」

「你這樣來得及嗎?我會再打電話給你,不要偷懶好好做!」

叩一聲,電話掛斷了。新田凝視著電話,搖搖頭:「真是傷腦筋啊。」

山岸尚美脫掉外套,捲起袖子,坐在電腦前。

「妳要幫我打啊?」新田驚訝地問。

「對。你別看我這樣,我對打字很有自信。」

「總覺得過意不去……」

「請不用在意。即使不能離開這個房間,身為一名刑警你必須做好隨時都能出動的準備。這就交給我吧。」她的語氣沉著而低沉,讓人感受到身為專業飯店人的骨氣。

「感激不盡。」新田行了一禮。

山岸尚美打字的速度確實驚人,難怪她說對打字很有自信。完全不用看鍵盤,而且幾乎沒有失誤,快速且準確地打著英文長篇文章。

「妳真的很厲害耶。」新田在後面凝望她打字,如此說:「像我只是打個日文的報告就錯誤百出。」

「打英文比打日文輕鬆多了,因為不用變換找字。」她回答的時候手也沒停下來。

「是因為這樣嗎?不過話說回來,這文章還真難懂啊。」新田看著文章說。「好像是從哲學書裡挑出來的摘要。」

山岸尚美停下手來,回頭看向新田。

「你看得懂內容啊？真厲害。」

「只是知道個大概啦。」

「看來你拿手的不只是英語會話啊。」她之所以這麼說，是因為在教育新田成為一名飯店人員的時候，已經測試過他的英語會話等級。新田在國中時代，因為父親的工作關係在洛杉磯住了兩年。

「學校教的還是食古不化的英文嗎？我記得我回國的時候，看到教科書後也嚇了一跳。」

「這不只是學校的關係，老師也有關。」

「對，這確實也有關係。」

「像你這樣的人，看到拚命在教考試用的英文的老師，會覺得很滑稽吧？」

「不，滑稽倒是不至於啦……」說到這裡，新田的腦中起了變化。感覺像是過去認為無關的一片拼圖，突然不預期地吻合拼上了。驚愕之餘，也對自己的愚蠢感到失望。

「怎麼了嗎？」山岸尚美問。

「我想起來了。」新田說：「我和那個男的，在高中時代見過。」

17

「教育實習？」山岸尚美側首不解地問，眨了眨眼睛。因為聽到太過意想不到的事。然而新田本人也沒料到會談起這件事。居然是高中時代啊。

「英文的教育實習課，我們班來了一個男的老師。好像叫栗原健治吧？我覺得是這個名字，但實際也記不太清楚。時間大概是兩星期左右。」新田雙臂交抱，試著搜尋古老的記憶。班上同學的名字，大概都想出來了。現在也有幾個人還保持聯絡。那是怎樣的教室？從窗戶可以看到什麼景色？這些事情某個程度還能詳細說給別人聽。

但說到教育實習就沒什麼印象了。因為期間很短，只要來的不是美女，對實習老師都沒什麼興趣。畢竟實習老師也還是大學生，在早熟老成的高中生眼裡，不會把立志想當教師的大學生當大人看。

即便如此，新田稍微記得當時發生了一些事。那是高二的時候，來了一位英文實習的男老師，以身材比例來說頭顯得很大，短髮梳成三七分，眼鏡的鏡腳幾乎陷入太陽穴附近的肉裡。這樣的他，從踏上講台的那一刻起就被同學看扁了。只要同學稍微指出他一點錯誤，他就激動得雙眼通紅，這一點也成為同學們嘲弄他的梗。

新田就讀的高中升學率很高，幾乎沒有會引起暴力事件的學生。所以也沒有人會想給這個有點怪的實習老師顏色瞧瞧。但是從講台往下看，有些同學的態度讓他感到不愉快這也是事實。

和新田感情很好的同學裡，有一位姓西脇的男生，他就是惹得這個實習老師不高興的學生之一。當時實習老師命令西脇在大家面前朗讀英文，卻遭到實習老師糾正了好幾處發音而心生不滿，氣沖沖地槓上實習老師。

「喂，朗讀這種英文有什麼意義嗎？這種文章的重點在如何解讀吧。既然如此，默念就已經很夠了。」

這位被同學私下取了「娃娃臉」綽號的實習老師，聽到西脇這麼說立刻滿臉通紅。

「發出聲音唸出來是很重要的事喔。畢竟是在學習語言。」

「就算是語言，這種英文平常也用不到吧。如果對英語會話有幫助，我還能理解。」

「當然有幫助，可以練習發音。」

「發音？你說真的還是假的？」不知為何，西脇竟然看向新田，莞爾一笑。

「怎樣？你有什麼不滿嗎？」實習老師問。

「那麼老師，你再唸一次看看吧。讓我們聽聽正確的發音範本。」

「要我唸？」

「對啊。你不是專家嗎？」西脇說完，比出「快啊快啊」的手勢。

實習老師蹙起眉頭，將視線落在教科書上。只見他深深吸了一口氣之後，滑順的英文就從口中出來了。聽得出來他平常勤於練習，唸起來確實相當流暢，但是——外國人可能聽不懂。

「OK！OK！唸到這裡就好。」西脇說完再度看向新田。「怎麼樣？新田，剛才的英文，你聽得懂嗎？」

新田心想「原來如此」，這才理解朋友的企圖，但他覺得很麻煩。

「咦？這是怎麼回事？」實習老師來回看著新田與西脇。

「這小子是從美國回來的喲！英文說得呱呱叫。」

原本滿臉通紅的實習老師，霎時臉色轉白，同時吊起了眼珠子。

「說啦，到底怎樣？你認為美國人聽得懂剛才的英文嗎？」西脇追問新田。

新田轉頭看了一下後方，指導老師似乎全部看在眼裡，但依然默不作聲。

新田嘆了一口氣暗忖：西脇，你做得太超過了啦。可是又不能在這裡辜負朋友的期待。實習老師幾個星期就走了，但高中生活還要持續下去。

「哦，我覺得聽不太懂吧。」新田說：「而且會話上不會說這種老派的英文。」

「發音呢？」西脇繼續逼問，打算徹底幹到底。

「叫我說啊？」

新田沒有開玩笑的意思，但這句話卻引來同學們哄堂大笑。

「新田，你也來唸唸看吧。」西脇說。

「叫我唸？為什麼？」

「有什麼關係，唸幾句就好。我想聽聽兩者的不同。」

周遭的同學也開始鼓譟，紛紛叫新田趕快唸。如果在這裡頑固拒絕，一定會被同學奚落說是沒意思的傢伙。

迫於無奈，新田就坐著唸了前面兩行左右。

西脇聽完立刻吹口哨。「果然，道地的就是不一樣啊。」

此話一出，同學們也跟著響起如雷掌聲。

新田看向實習老師。娃娃臉感覺全身都飆出了油汗，猶如池塘裡的鯉魚，嘴巴一張一合的。

新田的記憶到此為止。後來變成怎麼樣？那個實習老師又怎麼了？完全記不得了。指導老師好像有插嘴干涉，但也有可能是記錯了。雖然現在和西脇也有來往，但從沒談過這件事。因為如果要回顧高中時代的往事，比這個有趣的多的是。

新田把這件事告訴山岸尚美。她興致盎然地側耳傾聽。

「那時候的實習老師就是栗原健治。」新田說。

「原來新田先生也有那種時期啊。那種像小孩惡作劇的時期。」

山岸尚美一臉傻眼地回看新田。

「那可不是我帶頭做的喔。在朋友面前，我總不能退縮吧。這妳應該也懂吧？不可以只有自己一個人當乖寶寶。」

「可是受到這樣羞辱，實習老師一定很受傷吧。說不定有人會無法再重新站起來。也有可能會一輩子忘不了那些學生，會恨他們一輩子吧。」

新田知道她想說什麼，故意踉蹌退了一步。

「等一下。妳的意思是，栗原健治找我麻煩是在報當時的仇？開什麼玩笑。那是朋友設計的，我是逼不得已才做的。」

「或許是如此，可是栗原先生怎麼想的就不知道了。說不定他認為你和朋友兩人聯手要給他難看。」

「開什麼玩笑。」新田又說了一次，開始抖起腳來。因為配合朋友的惡搞，結果被當成壞人？不過既然原因水落石出，也就沒必要再瞎操心了。

「總之，他不知道我是刑警就可以安心了。我不會再讓這傢伙為所欲為。」

「你打算怎麼做？」

「我不會對他怎樣，只是要叫他停止做這種事。」

就在此時，新田的手機又傳出來電鈴聲。是栗原打來的。跟剛才一樣響了三聲就掛斷了。

「剛剛好。」新田拿起桌上的室內電話。

正當他要按下號碼時，山岸尚美的手卻從上面蓋住電話。

「妳這是幹麼？」

「難道你想跟栗原先生說，你想起他當實習老師的事？」

「當然。如果他要報仇的話，我要叫他光明正大地來。用這種手段太卑劣了。」

山岸尚美目光凌厲地搖搖頭。「不可以這麼做。」

「為什麼？」

「因為你是飯店人。身為一個飯店人，即便客人是自己的知己朋友，只要對方沒有說出口，我們就不能主動去相認。因為客人有他自己的考量。」

「等一下。這樣我就不能抗議了呀？」

「沒錯。不可以抗議。」山岸尚美瞪著新田說。

新田默默挪開她的手，開始按電話號碼。此時已經超過三十秒了。

電話一通，栗原劈頭就罵：「太慢了！」

「真的很抱歉，因為我剛才在上廁所。從下次開始如果可以改為一分鐘，我會很感激。」

「少囉唆。倒是你打得怎麼樣？打多少了？」

「大概……兩成多一點吧。」

「動作快一點！要是來不及，我可不饒你喔！」說完就掛斷電話了。

新田搖搖頭將話筒放回去，看向山岸尚美。

「感謝你忍下來了。」她行了一禮。

「不管任何時候都要照客人的吩咐做嗎？對方明明對我有敵意，這有必要對抗吧。更何況也給妳造成困擾不是嗎？」

「不是對抗，是要應對。絕對不能感情用事。我的事，你就不用擔心了。打字對我來說不算什麼。」

能幹的女性櫃檯人員，始終保持冷靜。新田搔著頭在房裡來回踱步，最後又坐回椅子上。

「妳有過這種經驗嗎？以前認識的人以客人身分來到這裡，而且對方還很恨妳，有過這種事嗎？」

山岸尚美邊打字邊搖頭。

「我有朋友來過，但我認為我不曾招人怨恨。至少，我沒有被惡搞過。不過，這個社會上的人千奇百怪，我想這也是有可能的。剛才你說，刑警是一種不知道會在哪裡招人怨恨的工作，其實飯店人也一樣。我們自認提供了很好的服務，但說不定反而讓客人感到不愉快，這種事也不是沒有。」

面對不特定的多數人，這是很有可能的事。

「這麼說，飯店人員也有可能成為目標囉。」

「目標？」

「我是說連續殺人案。看來栗原和案情無關，但兇手鎖定的目標不見得是客人，也有可能盯上了這裡的員工。」

山岸尚美停下打字的手，回頭看向新田。「為什麼會故意盯上員工？」

「這我就不知道了。我只是說有這個可能性。」

山岸尚美沉思半晌後，緩緩地開口說：

「如此一來，犯案現場就不是客房了吧。」

「怎麼說？」

「因為員工在客房被殺的話，就能鎖定兇手是住在這個房間的人。兇手和被害人，不可能在毫無關係的客人房間裡兩人獨處。這一點，兇手應該也想得到吧。」

「原來如此。」新田也贊同。經她這麼一說，確實如此。

「比方說這一次，你和栗原先生好幾次都兩人獨處吧。如果在這之中你被殺了，栗原先生當然會被懷疑。」

「妳說得對。」新田撇了撇嘴角，凝望筆電螢幕。「因為我沒有被殺，所以還能在這裡忍耐他的惡整啊。」

「這麼想的話，只是這樣就能解決一件事情不是很好嗎？」山岸尚美微微一笑，繼續打字。

可是看著她努力打字的背影，新田越想越氣。栗原要對以前的事懷恨在心是他的自由，可是用這種方法報復，到頭來把不相干的人也牽累進來，這實在無法原諒。有什麼不滿就光明正大找我幹架嘛。

栗原的包包放在床的旁邊，新田把它拉了過來。

「你想做什麼？」山岸尚美察覺到，立刻厲聲質問。

「我想調查一下他的事，說不定能逮到什麼把柄。」

「不行！」她從椅子起身，恍如滑壘似的將雙手插進新田和包包之間。「絕對不能做這種事。」

「我只是看一下裡面而已，又不是要偷東西。」

「不行就是不行。絕對不能擅自打開客人的行李。我不了解警方的辦案規則，但即便是為了偵查，這種事應該也是不允許的吧。需要當事者同意才行。如果要強行搜索，也需要有搜索票吧？」山岸尚美幾乎是以抵死的口氣說。

新田嘆了一口氣，鬆手放開包包。她立刻把包包放回原處。

「妳真是飯店人的典範。我不是在挖苦妳，這是真心話。」

「我才不是什麼典範。這是應該做的事。」她坐回椅子上。參考書掉在地上，她彎下腰去撿。此時，新田注意到一個地方。

「等一下，這本書借我看看。」他翻開參考書的封底，上面貼著一張貼紙，貼紙上印著「今井補習班池袋分校」。

「果然是補習班的老師啊。」山岸尚美在一旁說。

新田抓起手機，打給本宮。他應該還在事務大樓。

「怎麼了？」本宮問。

「查到栗原的工作地方了。那傢伙應該是補習班的老師。」

新田說了栗原命令他打字的事，但隱藏了栗原是高中時期實習老師的事。

「你有沒有想起什麼？」本宮問。

「不好意思，實在想不起來。」

「好吧。我會跟組長說，要火速調查栗原的背景。」本宮說出新田期待的回應之後，便掛斷電話。

「為什麼，你不跟他說你想起來了？」山岸尚美不解地抬頭問。

新田將雙手插進褲袋裡，聳聳肩。

「這要是說出來了。上司們會對栗原失去興趣，就不會特地去幫我調查了。」

山岸尚美睜大眼睛。「連夥伴都騙啊？真是個恐怖的世界。」

「說謊也是一種權宜之計。更何況，並非已經確定栗原沒有危險成分。」

女性櫃檯人員似乎不想反駁了，繼續打字。

之後大約每隔三十分鐘，栗原就會來電。而新田也每次都回電給他。雖然每次也都只是短短地說幾句話，但明顯聽得出栗原有點醉了。

「為什麼要做這麼麻煩的事呢？」新田側首不解地說：「想確認我是否乖乖地待在這裡，直接打房內的電話不就結了。」

山岸尚美埋頭在打字，只低喃了一聲「天曉得」。

當日期快要變成明天時，山岸尚美終於完成所有的英文內容的輸入。兩人確認沒錯之後，她緩緩轉動脖子與手腕。

「真的辛苦妳了。」新田站起身，非常真誠地行了一禮。「如果由我來打，大概連一半都打不完。我真的由衷地感謝妳。」

山岸尚美穿上外套，露出笑容。

「如果這樣能讓栗原先生消氣就好了。」

新田不知如何應答，鼻梁皺起皺紋時，手機的來電鈴聲響了。是栗原打來的。看了一下手錶，剛好十二點整。

「情況如何？」栗原問。

「正好剛剛打完。」

「很好，那我立刻回去。你給我在那裡等著喔！」說話有些含糊不清，腔調也怪怪的，說完便粗暴地掛斷電話。

「他要回來了。妳回辦公室去吧。要是他知道不是我打的，八成又會大發雷霆。」新田對山岸尚美說：「當然，妳要直接回家也可以。」

「新田先生，你要答應我喔。不論他怎麼說，你都不可以——」

「我知道啦。」新田伸出右手，制止她再說下去。「我什麼都不會說。我會遵守飯店人的規矩。」

山岸尚美露出質疑的眼神。就在此時，手機又震動了。這次是本宮打來的。

「栗原的事，查出來了喔。就如你所說的，他是補習班老師。但只到上星期為止。」

「到上星期為止？這是怎麼回事？」

「他被開除了啦。四月才剛錄用的，可是學生的反應很差，所以被停掉了。之前他好像也輾轉待過很多一般補習班和升學補習班。」

新田想起，栗原曾經對他說：「你是一份工作做不久的那一型啊。」那也是在說他自己吧？

「不過，沒有什麼可疑之處，也找不到他和你的關連。你說好像在哪裡見過他，可能是你的錯覺吧。」

看來現階段，還沒查到栗原當實習老師那時候的事。

「當補習班老師以前，他當過學校老師嗎？」新田基本上還是問問看。

「之前是公司職員。沒有教師經驗。聽說他想當老師，但是遭到挫折，沒有考到教師資格證照。不是要修教育實習學分什麼的，聽說他在學生時代沒有修這個學分。」

新田大吃一驚。「為什麼沒有修呢？」

「我也不知道。負責查訪的刑警也沒有再追問下去。總之，栗原沒什麼問題。雖然找你麻煩這件事令人在意，不過靜觀其變再說吧。」

「我明白了。」

掛斷電話後，新田扼要地說給山岸尚美聽。她聽完便蹙起眉頭。

「那他去你們班上的教育實習呢？」

「這個學分之所以變成沒有修，是因為當初他不是實習期間結束而不來了，而是自己不來了吧。」

「這個原因是……」

「可能是因為我們吧。」新田在椅子上坐下。「他該不會認為自己當不成老師，是那時候的壞小孩害的吧。」

山岸尚美呆立不動。可能是不知道說什麼好。

「妳快回辦公室吧。栗原快要回來了。」

她點點頭，說了一句：「有事就叫我。」便離開房間了。

新田將手指插進劉海，拚命搔個不停。心情沉重得像是吞了鉛塊。

但他也認為：這可不關我的事喔。為了那麼點小事就放棄教育實習學分才有問題，這種個性不管做哪一行都很難。稍微被捉弄就逃跑的話，根本沒資格當老師。

不過心裡感到愧疚也是事實。雖然後續的發展他必須自己負責，但做出毀了別人夢想的開端事件畢竟是自己，這一點是不會變的。

入口處傳來聲響。幾秒後門開了，栗原走了進來。

「您回來了。」新田站了起來。

栗原兩眼發直地看向新田。「英文呢？」

「在這裡。請您確認。」新田以雙手指向電腦。

栗原腳步不穩地走近寫字桌，中途重心不穩，差點跌了一跤。看來喝得相當醉。室內的空氣充滿酒臭味。

栗原一屁股坐在椅子上後，立刻開始操作電腦，時而會發出很大的打嗝聲。

「喂！」他突然把臉轉向新田。「這真的是你一個人打的？沒有找別人幫忙吧？」說話變得有點大舌頭。

「我完全照您的指示做。」

「哼。」栗原將目光轉回電腦螢幕，再度打了一個大嗝。

「如果您覺得沒有問題，那我要告辭了。」

栗原沒有回應。於是新田說：「失陪了。」行了一禮，走向房門。

「慢著。」栗原呻吟般地說：「你來讀這個英文。」

「啊？」

栗原用下巴指向電腦螢幕。

「我叫你來讀這個英文。發出聲音唸出來。你的英文不是很好嗎？那你來唸唸看啊！」

新田頓時怒火中燒，但下一秒不同的感情在心中擴散開來。那時候的事，果然把這個男人傷得很深啊。

新田走近寫字桌，拿起筆電。「從最前面開始唸嗎？」

「哪裡都好，挑你喜歡的地方唸！」栗原粗魯地說。

新田調整呼吸後，開始唸出螢幕上的英文。雖然文中也有日常會話不會用到的高難度單字，但新田依然類推發音唸了出來。

「……可以了。」栗原低聲地說。

「可以了嗎？」

「我說可以了就可以了！快給我滾！」

新田將筆電放在桌上，行了一禮，轉身離開。走出房間時，一度回頭看了一下。栗原坐在椅子上抱著膝蓋，把臉埋在雙膝間。

18

新田照例在休息室睡覺。山岸尚美說明天要盡量早來上班，也回去了。她好像還是很在意栗原健治的事。

躺在簡陋的床上，新田想著栗原。若是因為刑警工作上的緣故招人怨恨，心情也不至於如此沉重吧。當然新田對這份必須徹底無情的職業感到自豪，只是事端的源頭竟然是在高中時代，這就難以辯解了。他也對當時自己竟然完全不覺得有錯感到失望。

話說回來，世上也有執念很深的人。誠如山岸尚美所言，如果這種程度的惡整能讓他消除心中的怨氣就好。此外也再度認識到，飯店這一行並不是那麼安全的職業。

可能是太累了，新田不久就睡著了。後來破壞他睡眠的，果然還是手機。不是鬧鐘聲，而是來電鈴聲。看了一下號碼，好像是從飯店的櫃檯打來的。

時間是早上八點半。想不到自己睡得這麼沉。

「我是新田。」聲音沙啞。乾咳了兩聲。

「不好意思，一早就打擾你。我是櫃檯的鈴木。又是那位客人……栗原先生打電話來，說他現在要來辦退房……」

「這樣子啊。這真是太好了。」新田鬆了一口氣。這下真的解脫了。

「可是，他叫新田先生過來。」

「叫我？」

「怎麼辦才好？我有跟他說現在不是新田先生的上班時間，可是他就是硬要你來。」

「我明白了。我馬上去。」

新田從床上起身，把昨晚隨便脫在一旁的制服又拿起來穿上。頭有點痛，不只是睡眠不足的緣故。

到洗臉台梳洗、整裝之後，走出事務大樓，小跑步奔向櫃檯。年輕的櫃檯人員鈴木一臉困惑地站在那裡，看到新田來，用眼神示意大廳那邊。新田隨著鈴木的視線看過去，看到栗原坐在沙發上。桌上擺著飯店借給他的筆電。

新田稍微清清喉嚨，走向前去。栗原似乎察覺到氣息，抬起頭來。

「早安。您要離開了嗎？」

栗原一臉沉悶的表情，用下巴指向桌子。

「我還沒有要走。喂！這到底是怎麼回事？」

「出了什麼問題嗎？」

「少跟我裝蒜！」栗原敲打筆電的鍵盤，不久螢幕上出現英文。「剛才我仔細看了一下，你根本很多地方漏打嘛。你是認為我不會注意到，想糊弄我是不是？」

「啊？怎麼可能？」

「本來就是。你以為我不會發現啊？」栗原翻開手邊的參考書，對照螢幕。「你看！像這一頁，根本整頁漏掉不是嗎？」

雖然實際打字的是山岸尚美，但最後兩個人都確認過，應該不會有錯。

換句話說，是栗原自己刪掉的。至於他為什麼要這麼做？想都不用想。新田覺得真是受夠了，定定地俯瞰栗原。

「你這是什麼眼神！又想反抗嗎？」

「沒有，絕對沒這個意思……」新田移開目光。

「你要怎麼賠我？這是我今天在補習班要用的東西，這樣根本不能用嘛！」

「補習班？」新田不禁眉頭深鎖。

「沒錯！我是補習班的老師。不行嗎？」

「沒有。」新田再度低下頭。不敢說出：你不是被開除了嗎？

「你要怎麼賠我！」栗原站起來。「你倒是說呀你！」往新田的胸口推了一把。

新田感到臉頰緊繃。

「我確實有輸入進去。這我可以斷言。如果消失了，我想可能是操作上的失誤造成的。」

「你的意思是我造成的？又想把責任推到別人頭上啊。明明是你自己偷工減料。」

「偷工減料？」

「這不是偷工減料嗎？因為分量很多所以你想跳過去偷懶！」

這著實讓新田火大了。這是山岸尚美明知栗原故意找碴，卻二話不說幫忙打的。新田還一直看著她打字的背影。如今栗原竟然對她的工作挑毛病，這讓新田忍無可忍。

「你不要太——」新田把「過分」二字吞了回去，因為看到遠處本宮的身影，他憂心忡忡地看著這邊。

不僅本宮。這個大廳還有很多搜查員在。更重要的是，還有一般客人在。新田發現他們的眼光都投向這裡。

「怎樣？你有什麼不滿？」栗原眼睛充血地瞪著新田。

新田調整氣息，等待怒氣散去。

他心想，此刻自己的言行舉止必須比誰都像飯店人。當然不能被看出是刑警，不僅如此，也不能被認為是態度惡劣的飯店人。因為這有損飯店的商譽。

「我自認，並沒有隨便做這份工作。我確實遵照您的指示全部輸入進去。所以，請讓我們檢查一下筆電。我們飯店裡有電腦專家，說不定能修復資料。」

這個應對好像生效了。栗原的表情，宛如霎時遭到攻其不備似的整個呆掉了。半晌過後連忙搖搖頭。

「我沒時間做這種事。我現在很趕。」

「可是栗原先生——」

「給我道歉！」栗原指著新田的腳。「你道歉，我就原諒你。道歉，而且要下跪道歉。沒錯，這樣比較好。你在這裡下跪向我道歉。」

簡直像個鬧彆扭的小孩。新田很想動手痛毆他的丸子鼻。但還是忍住了。自己必須演得像個優秀的飯店人。說到優秀——就是山岸尚美了。這種時候，她會怎麼做呢？會下跪嗎？不，她不適合下跪。

「栗原先生。」新田從正面凝視他。

栗原突然嚇到，踉蹌退了一步。心想可能會被揍。

「我認為下跪無法解決問題。我們希望能幫客人解決問題，所以還是讓我們嘗試修復資料吧。」

栗原左右揮動他的短手。「我沒這個時間。」

「所以，還是先讓專家看看吧。或許短時間就能修好。」

「我已經說過不用了！只要你向我道歉就好。下跪道歉！」

「如果電腦修不好的話，我隨時願意下跪道歉。所以還是先讓專家……」

「少廢話！你現在立刻給我下跪道歉。你給我磕頭！」栗原突然撲過來。

新田情急之下想閃開，但頓時又靜止不動。

栗原抓起新田的衣領，前後猛搖。「可惡！為什麼！為什麼嘛！到底是怎樣啊你！」

「先生，請您不要這樣。冷靜下來。」新田想推開栗原的身體，但一看到他的臉，頓時感到無力了。

因為栗原在哭。

「為什麼？為什麼你不生氣？為什麼你不揍我……」聲音變得越來越小。

其他的員工和警衛也紛紛跑過來。其中也有關根，新田向他招招手。

「這位客人身體不太舒服，帶他去會客室休息。」

將栗原交給關根之後，新田雙手提起桌上的筆電和栗原的包包。此時，他發現周遭的視線都聚集過來了。

「各位，驚擾到大家了，真的非常抱歉。沒有任何問題，請各位繼續暢談。」語畢行了一禮，離開此地。

走向會客室的途中，察覺到山岸尚美。她似乎也看到剛才的交談過程。看著新田，比出小小的勝利V手勢。

「你記得我嗎？」栗原坐在沙發上，背部縮成一團，低聲地問。

「記得啊，您是栗原老師吧。」

栗原深感意外地抬起頭。「你打從一開始就知道是我？」

「不是，是昨天晚上知道的。我在看英文的時候想起來的。」

「這樣啊。我在櫃檯第一眼看到你就認出來了。因為我忘不了你。」

「看來您對我的印象很差啊。」

「也不是很差……應該說很害怕。」

「害怕？我不認為有做過讓您害怕的事。」

「不是這樣。」栗原搓搓臉。「我很討厭那種學生，很怕又為了發音的事被瞧不起。滿腦子想的都是，學生可能認為『這傢伙好爛哦，根本不懂英文嘛』。所以我就不敢再去上實習課，結果中途就放棄修教育實習學分了。」

「……原來是這樣啊。」

新田更在心中暗忖「就為了這麼點小事」，但不敢說出口。人會在什麼地方受傷，旁人無從得知。

栗原深深地垂下頭，雙手十指交握。

「因為這個關係，我沒能當上老師。迫於無奈去企業上班，但因為不適合，做了一年就辭職了。之後也試著換了好幾個工作，可是每一個工作都做不久。然後我開始在補習班教英文，想說這個工作應該很適合我吧。學生們也都很乖巧，而且非常認真。可是即便我認為這個工作適合我，但對方卻說我不適合。」

「對方指的是？」

「就是補習班方面啊。他們對我說——你的教學方式和我們補習班的方針不合。契約通常一年就被解約，快的話也有三個月的。」

補習班這種說法是想把事情說得委婉一點吧。背後真正的意思應該是：學生不喜歡你。

「其實我打算回鄉下老家。在山形縣。最後想說奢侈一下吧，就決定來住這間飯店。」

「結果就遇到了我……沒想到那時候的學生竟然在這裡。」

「驚訝的同時，我一肚子火，氣到難以收拾。我變成了無業遊民，為什麼這傢伙穿著高級飯店的制服，一副裝模作樣地站在這裡？想到可能是會講英文的關係，我就更火大了。那時我就在心裡打定主意，一定要給這小子難看，把他裝模作樣的面具拆下來。昨天，你揮開我的手的時候，其實我內心在偷笑喔！心想，太好了，正合我意。要是能順利讓你動粗，說不定飯店會把你開除。」栗原雙手抱頭，把頭髮搔得亂七八糟。「可是你卻非常冷靜。接下來我做的無理刁難，你都沒有發飆上當。像剛才也是，一直沉著以對。了不起啊。我真的認為你很了不起。所謂的專業精神就是這樣吧。被學生捉弄就放棄教育實習的人，根本無法成為專業人士啊。」他一頭亂髮看向新田。淚水已經乾了，但雙眼依然充血。「對不起。我向你道歉。我想你早就知道了，電腦其實是我故意弄壞的。」

看著低頭道歉的栗原，新田的心情很複雜。專業？我這個樣子叫專業？一方面覺得很可笑，但也有些難為情，可是同時也感到自豪。

「請您抬起頭來，栗原先生。」新田說：「我才應該向您道歉。那時候，我真的說了很失禮的話，請您原諒我。」

栗原依然低著頭，緩緩地搖搖頭。

「你並沒有那麼壞。我想你也這麼認為吧。是我自己不好，我做什麼事都會失敗啊。」

聽到這句典型的喪家犬台詞，新田焦躁得火冒三丈，很想破口大罵。但他還是把這種心情壓下去，轉而開口說：

「可是您並沒有放棄夢想不是嗎？我認為現在開始也不遲。您可以再度重新學習，去接受教育實習訓練，努力當上老師不就好了？不是兼差喔，是專業的老師。」

「這種事……我辦不到啊。再怎麼說都太遲了。」

「一點也不遲喔。也有職業棒球選手退休後，為了培育高中球員而奮發學習當上教師喔；在音樂界也有人紅了之後，去當了大學教授。只要開始去做就不遲。」

栗原依然低著頭，動也不動。新田淺淺地坐在沙發上，以雙手放在膝蓋的姿勢等著他開口說話。此時發現自己的背脊打得很直，不禁在內心大驚。

終於，栗原抬起頭來，看似難為情地笑了。

「既然你都這麼說了，我就努力看看吧。」

「請務必好好努力。」新田點點頭。此時傳來敲門聲，新田應了一聲「請進」，結果進來的是山岸尚美，後面還跟著關根。

「栗原先生，我把您的帳單明細拿過來了。在這裡結帳好嗎？還是您想去櫃檯結？」山岸尚美問。

栗原接過明細，看了一下內容之後，轉而笑笑地看向新田。

「那個英文打字，你是照約定在那個房間做的啊。」

新田不懂他這話的意思，擺出側首不解的姿勢。結果栗原說「你看」，出示明細。

「上面列出了房間電話的使用時間。這就是你一直待在那個房間的證據。」

「您為了留下這個證據，所以做那麼麻煩的事？」

「是啊。如果是我打電話去那個房間不會留下紀錄，而且也不知道電話是不是真的轉到那個房間。說不定其實你在別的地方，只要跟總機交代一聲，電話也可以轉到你在的任何地方吧。這是為了不讓你做出假的在場證明。」

「原來如此。確實有道理。」新田點點頭。這種事壓根兒沒想過。

「我要去櫃檯結帳。我不想再給你們添麻煩了。」栗原拿起包包後，站了起來。新田也跟著起身。

「好的。」山岸尚美說完，轉頭看向關根。「請帶栗原先生去櫃檯。」

關根點點頭，打開房門。栗原再度凝望新田。

「真的很感謝你。」

新田鞠躬行禮。「期待您再度蒞臨本飯店。」

栗原眨眨眼睛，步出會客室。看到門關上之後，新田坐回沙發上，覺得疲憊頓時蜂擁而上，但沒有不愉快的感覺。

「辛苦你了。你完成了一個很有專業精神的工作喲。」山岸尚美過來嘲弄他。她八成在走廊上聽到所有的交談內容。

「比偵訊嫌犯還緊張耶！啊，累死我了。」

「希望栗原先生能實現他的夢想啊。」

「應該沒問題吧。他是很聰明的人。以前只是有點不得要領罷了。居然懂得那樣使用飯店的電話，一般人很難想到的喔。」

「這倒是真的，壓根兒沒想到是為了防止你做出假的在場證明。」

聽完了山岸尚美的話，新田點點頭。但下一個瞬間，腦中突然像閃過什麼，他彈跳似的站了起來。

19

到了晚餐時間，前來飯店餐廳用餐的客人開始多起來之際，能勢出現在大廳。他不是走正門進來，而且從地下樓層搭乘手扶梯上來。這間飯店的地下樓層直接連結地鐵車站。

能勢發現櫃檯裡的新田察覺到他，連忙點頭致意，到附近的沙發坐下。

找不到山岸尚美，於是新田向一旁的年輕櫃檯人員說了一聲，便走出櫃檯。盡量不看能勢那邊，步向前往二樓的手扶梯。搭上手扶梯之前，回頭看了一下。能勢將手機貼在耳朵，緩緩跟了過來。講電話可能是在偽裝吧。

二樓有許多宴會廳。最前面有個婚宴洽詢處，以前和山岸尚美密談時來過這裡。今天沒有看到工作人員，每一張桌子都是空的。

能勢搭乘手扶梯上來了。新田在婚宴洽詢處向他招手。

「對不起，我來晚了。因為被組長問東問西問了很久。」能勢坐下來就用手帕擦拭汗水。手帕燙得很平整，和皺巴巴的西裝形成明顯對比。他可能回過家，或是有人送換洗衣服來給他吧。無論如何，看來有個很會做家事的老婆。

新田上午打電話給他，說有事和他談，請他來飯店一趟。因為有件事無論如何想請能勢調查。即便到晚餐時間才來也不能怪他，因為他是背著上司在幫新田的忙。

「是不是你去調查井上浩代，被組長說了什麼？」

新田這麼一問，能勢立即搖搖手說，沒有沒有。

「沒有談到這件事。在被害人的女性關係上，只問了之前已經查出來的事。我記得上次也跟您說過了，被害人是個花花公子，交了很多女朋友。可是交往太久會被對方要求結婚，所以他都在這之前就跟人家分手了。因為是這種情況，所以光是說明女性關係就花了很多時間。」

「你們組長認為兇手是個女的？」

「他似乎是這麼看的。不過確實，那樣到處玩女人，有人恨之入骨想殺了他也不足為奇吧。」

「井上浩代怎麼樣？」新田說：「雖然她結婚了，可是你之前在陳述你的推理時也說過，被害人可能有和人妻交往。這個人有可能是井上嗎？」

能勢表示同意地點點頭。

「這一點我也想過。所以昨天晚上，我去了那間被害人和疑似人妻去過的居酒屋，把這個拿給店員看。」

能勢從口袋裡掏出數位相機，操作了一下說：「就是這個。」面向新田的液晶螢幕裡，映著一位面無表情的女子臉部。濃妝豔抹、猶如要遮蓋單眼皮似的，以及那單薄的嘴唇，這些新田都有印象。這個人就是井上浩代。

「去居酒屋之前，我有打電話給井上浩代，說有件事必須向她確認一下，把她叫到附近的咖啡店。結果我拍得很不錯吧？我對偷拍很有自信喔。您別看我這樣，我高中時期可是攝影社的。」

新田很想說「到底在拍什麼鬼啊」，但還是忍了下來，改說：「那，居酒屋的店員看了這張照片怎麼說？」

能勢擺出一臉鬱悶，搖搖頭。

「他說很像，可是沒有把握。好像記不太清楚的樣子。後來他也說，一直盯著女生的臉看也很失禮。也對啦，這也難怪。」

新田將雙肘抵在桌面，雙手交疊撐著下顎。

「如果井上浩代搞外遇，而外遇對象是被害人，這就有可能成為殺人動機了……」

「應該很有可能吧。」能勢立即答道：「愛和恨之間只有一紙之隔。背叛、嫉妒、復仇，男女之間再怎麼離譜的事都有可能發生。不過，井上浩代沒辦法犯案，她有完美的不在場證明。案發時間，她在本多千鶴小姐的住處。在房間裡，聽著本多小姐打電話給手嶋正樹。」

「這通電話很詭異啊。」

「您說得沒錯。剛才我說，我是為了偷拍才把井上浩代找出來，不過見面的時候，我也有問她本多小姐打電話給手嶋的事，請她再詳細一點告訴我，結果井上的反應明顯很不自然，一直強調她記不太清楚，看似很想盡快結束這個話題。」

如果井上想對那通電話的事有所隱瞞，警方又前來詢問，她當然會驚慌吧。

「你有沒有向本多小姐問問看？」新田問。

「今天早上，我去了她上班的公司。」能勢意味深長地微微一笑，把數位相機收進包包裡，取而代之拿出記事本，故弄玄虛般地慢慢打開。「本多小姐說，當時聊著聊著，就打了電話了。」

「聊著聊著？」

「總之就是這樣，她和井上浩代在聊往事的時候，聊到交往過的男朋友。於是井上問她，妳有沒有跟那個前男友聯絡？」能勢噁心巴拉地扭動身體。

「那個前男友是誰？」

「當然就是手嶋嘍。本多小姐也跟井上說過手嶋的事。不過，接下來就有點複雜了。」周遭沒有半個人，但能勢卻壓低嗓音。「本多小姐可能還對手嶋念念不忘。她和新男友好像處得不太好，可以的話希望能和手嶋重修舊好。她大概是這麼想的吧。」

新田凝望著說得煞有其事的圓臉刑警。

「這是本多小姐親口說的？」

「不是，她沒有說得這麼白。是我和她東扯西聊談了很多之後，自己恍然大悟看出的端倪。不過也有可能是我搞錯了。」

這話雖然說得謙虛，但就語氣聽來，能勢似乎很有把握。這就是所謂引出別人真正心思的招數啊。新田再度想起，本宮說他其實是個優秀的刑警。

「結果後來怎麼樣？井上問有沒有跟前男友聯絡，本多小姐怎麼回答？」

「她說沒有。於是井上就跟本多小姐說，妳這麼在意的話，現在就打個電話給那個前男友如何？」

新田睜大眼睛，右手「啪」地往桌子一拍。

「果然沒錯，是井上慫恿她打電話。」

「您猜對了啊。井上知道本多小姐對手嶋念念不忘，所以故意去慫恿她，她就上鉤了。本多小姐雖然沒有明說，但她以前就想打電話給手嶋，只是找不到理由一直很猶豫。」

「井上和手嶋，利用了她這種心理。這兩個人是共犯。」新田斬釘截鐵地說。

「不，可是還有一個很大的問題。」能勢制止似的推出雙手。「就算她是故意慫恿本多小姐打電話，但她有不在場證明，這也是事實。」

這次輪到新田露出志得意滿的笑容。看到他嘴角上揚，能勢頗感意外地眨眨眼睛。

「即便是受到井上的誘導，本多小姐打電話給手嶋是事實。不過，不見得是打去手嶋的房間。」

聽到新田這麼說，能勢睜大了眼睛。「啊？這是什麼意思？」

「本多小姐的手機有登錄手嶋的電話號碼，所以她想打的話，只要找出來按下撥號鍵即可。即使那個號碼是錯的，她也不會察覺。」

能勢聽得目瞪口呆、身體往後仰，不久又將身體往前彎。

「您的意思是本多小姐手機裡的號碼被改過？」

「待在同一個房間的井上有可能吧？趁本多小姐不注意的時候就可以改了。而且很多人都隨手把手機放在房間裡。」

「確實有可能。不過，還有很多問題要查清楚。」

「你是指通話紀錄和撥出紀錄吧。這一點我也想過了。」新田豎起食指，開始說明。「首先步驟一，井上浩代來到本多小姐的房間，趁本多小姐不注意的時候，把手機裡登錄的手嶋號碼改成別的號碼。另一方面，手嶋在這支更改號碼的電話所在地等待。而這個地方，我猜就是第一起命案的犯案現場品川附近。」

「原來如此。然後井上浩代再慫恿本多小姐打電話給手嶋……」能勢繼續說：「本多小姐毫不猶豫地按下登錄在手機裡的手嶋號碼。身在別的地方的手嶋，接起這通電話。」

「然後是步驟二。本多小姐和手嶋講完電話後，井上浩代又找機會把剛才置換的號碼改回原先的號碼。而且，在這種狀態下撥打出去。」

能勢嘛嘴做出「哦」的口形。「這是為什麼呢？」

「這個時間，本多千鶴小姐的手機確實打了電話去手嶋的房間，為了留下通話紀錄。我猜手嶋房裡的電話，可能早就轉成錄音留言了。然後是最後的步驟三。刪除手機裡本多小姐打給手嶋的撥出紀錄。這樣就完成了。」

「嗯，原來如此啊。」能勢雙手交抱於胸，沉吟了半晌。「原來還有這一招啊。」

「登錄在手機裡的號碼，要是沒有特別的事，通常不會再去確認吧。所以被更換了也不會發現。本多小姐大概做夢也沒想到，其實自己說話的對象是在另一個地方。」

這是栗原健治讓新田領悟到的事情。飯店的總機故意把電話接到別的地方，打電話的人也不會知道。因此新田聯想到，第一起命案會不會是用這種手法。

「確實如此。拿我來說，我已經好幾年沒去記別人的電話號碼了。」

「手嶋說，他和本多小姐大概聊了五分鐘。但根據通話記錄，從本多小姐的手機打到手嶋房間的那通電話，只有短短兩分鐘。為什麼是兩分鐘？我猜那是電話留言所能記錄的最長時間。為了掩飾不自然之處，手嶋那傢伙把時間說長了一點。我應該早點察覺這一點的。」

「不，這樣已經很厲害了，誰都沒想到這一點。您真的很了不起啊。」

「只是湊巧啦。倒是，有件事想請你去查一查。」

能勢將右手伸向臉部的前方。

「請不要全部說出來。我知道是什麼事。如果您的推理正確，本多小姐實際和手嶋的通話紀錄應該有留下來。就是手嶋不是在自宅，而是別的地方的通話紀錄。我會立刻去查。」

「還有一件事。」

「井上浩代和手嶋的關係，對吧？」能勢露齒一笑。「因為手嶋是被害人的同事，所以如果井上和被害人有外遇關係，他們可能在什麼情況下認識了。這一點我也會去查查看。」

「拜託你了。此外還有，我認為井上浩代和野口史子、或是和畑中和之的關係也有調查的價值。」

能勢的表情轉為嚴肅，單眼皮的瞇瞇眼看向新田。

「這兩個人，是第二和第三起命案的被害人吧。」

「是的。之前，我把手嶋當作真兇調查時，一直想找出手嶋和他們之間的關連，但遲遲找不到。不過井上浩代是共犯的話，事情就不一樣了。」

「原來如此，我懂了。好的，我也會查查看。」

只有兩人的偵查會議結束後，能勢先離開婚宴洽詢處。他輕輕抬手向新田道別，步向手扶梯。如果兩人一起下去，說不定會被本宮問東問西，所以新田決定在這裡待一會兒。

目送著能勢圓胖的背影離去，新田心想，這次或許真的很慶幸能遇到優秀的搭檔。能勢並非有大膽的發想，但他有一種謙虛，會試著去瞭解別人的想法。他認為腳踏實地、一步一腳印勤奮查證才是最大的武器，壓根兒不想抄捷徑。這要是換成其他刑警，即便對方是搜查一課的人，被一個年紀比自己小的人使喚也不是滋味吧。更何況是不能告訴別人的祕密偵查，一般人會覺得很受不了吧。

二樓的中央部分是挑高的設計，往下可以看到一樓大廳。新田走到手扶梯附近，俯瞰整個大廳。咖啡廳的燈光很暗，就氣氛而言與其喝咖啡更適合喝雞尾酒。

可能相約吃晚餐的緣故，大廳的沙發區坐了七成滿。有人站著在環視四周。這樣的客人中也有飯店員工在走動，他們盡量低調，但顯現出客人有事就能輕鬆呼叫他們的態度。他們臉上的笑容，從來沒有消失過。

新田突然想到，能勢應該能成為優秀的飯店人。因為他是個徹底不想出風頭，總是能冷靜思考怎麼做對別人最好，並且實際付諸行動的人。

但如此一想，新田又不禁側首發噱。因為想到了奇怪的畫面。姑且不談能勢的個性，他那個體型穿飯店人的制服實在不能看。

看到住宿客人陸續走向櫃檯，新田心想，自己也得趕快過去才行。

20

藤木總經理，雙手放在桌上十指交握，嘴角浮現沉穩的笑容，溫柔的眼神凝望著淡定報告中的尚美。田倉住宿部部長，稍稍低著頭站在一旁。兩位上司的姿勢幾乎沒變，靜靜聽完山岸尚美的報告。

「剛才報告的就是栗原先生和新田先生的交談情況。後來栗原先生照一般程序到櫃檯辦理退房手續，然後搭乘計程車離開了。他去的地方應該是東京車站，因為他要回去故鄉山形縣。」山岸尚美歇了一口氣之後，來回看著兩位上司。「報告完畢。」

栗原健治引發的騷動，從昨晚一直延燒到今晨。由於今天藤木外出，所以尚美遲至現在才得以向他報告。

「這樣啊，看來發生了很多事啊。不過，事情沒有鬧大真是太好了。」藤木說著，和田倉彼此點點頭。

「那個刑警也滿厲害的嘛。」田倉語帶揶揄地說。

尚美有點不服地反駁：

「我認為新田先生的應對非常了不起。幾乎沒有飯店人的經驗，能有這種表現是令人驚艷的。至少，我在當新人的時期就辦不到。」

藤木深感意外地挑起雙眉，額頭也起了皺紋。

「真難得啊。妳竟然會如此誇讚他。」

尚美有些驚慌失措。

「有優點的話，給予肯定評價是應該的。我只是客觀提出我的看法。」不知為何，覺得自己好像在解釋。

「嗯，原來如此。總之，能順利落幕真是太好了。話說回來，原來那是他高中時期的實習老師啊。人生的際遇真的很難說，而且還一直被懷恨在心。」

「因為這件事，新田先生也聯想到一件事。」尚美說：「他認為，這次連續殺人犯盯上的不見得是客人，也有可能是我們飯店的員工。聽完他的說法，我也認為有可能。我們每天都接觸很多客人，即便不希望如此，但也不敢保證沒有招人怨恨。而且不只在工作上接觸到的客人，就像新田先生這次一樣，說不定在與工作無關的地方也遭人怨恨而不自知。」

藤木再度和田倉面面相覷。可能是談到了命案，他眼中的沉穩之色已然消退。

「這也有可能吧。」藤木低聲說：「最近好像也發生過啊。有名男子吃霸王飯，服務生出言斥罵使得他顏面掃地，結果男子出手痛毆服務生。」

「這是上個月的事。」田倉立即補充。

「過去我不太去想這種事。不過現在或許變得相當危險，尤其是在這種狀況下。」尚美說。

藤木詫異地蹙起眉頭，眼神似乎在窺探她真正的意思。

「妳想說什麼？」

「現在飯店裡的同仁都知道，很多警察在我們飯店臥底。他們認為警察會來臥底，可能是什麼案子的嫌犯會出現在這。不過幾乎所有的同仁都認為，危險的是客人。是不是應該通知大家，我們自己本身也不太安全？」

藤木露出被攻其不備的表情，但隨即也同意地點點頭，然後把球拋給田倉：「你覺得呢？」

「我認為有必要考慮一下。」住宿部部長說：「但是，做過頭也會有問題。如果擔心客人會襲擊自己，根本沒辦法好好提供服務。」

「我也有同感。心存懷疑，一定會表現在態度上。絕對不能因此讓不相干的客人感到不愉快。」藤木眼珠朝上看向尚美。「關於這一點，妳是怎麼想的？」

尚美打直背脊。她有料到上司會這麼問，所以準備了回應的內容。

「我認為沒有必要懷疑客人。只要一如往常，努力做好身為柯迪希亞人應有的優質服務即可。」

「這是什麼意思？」藤木側首不解地問。

「和客人單獨相處可能性最高的是門房人員，但是走廊和電梯都裝有監視器。我想兇手不至於在自己入住的房間行兇。其他有可能兩人單獨相處的地方，大概是美容沙龍和健身房吧。不過這種地方經常有人頻繁進出，所以應該不會被選為犯案場所。因此就結論來說，工作同仁對客人提供服務的地方，應該沒有必要特別提防。」

「嗯。應該特別提防的地方是哪裡？」

面對總經理這個質問，尚美立刻回答：「後院。」

「後院……原來如此。」

後院原本是後花園的意思，這裡指的是工作人員專用的區域。

「例如走廊、逃生梯、倉庫、配膳室、沒有使用的廚房等等，有很多沒什麼人會去的地方。其中也有外人很難進去的地方。說不定兇手會躲在這裡伺機下手，我覺得這方面需要事先考慮應對措施。」

藤木點點頭，用指尖輕敲桌面。

「關於兇手會利用工作人員用的通道，警方也有考慮到這一點，所以限制了出入的業者，沒有通行證的人也不能走工作人員專用出入口。但這些對策都只是設想兇手可能會以此當作移動路徑，而不是預想兇手會在後院區域裡行兇……。山岸說得對，如果兇手的目標是工作人員，我們必須在這方面多加提防。」

「真是這樣的話，那麼應該小心的不是住宿部門，而是餐飲部門和宴會部門囉。」田倉建言：「比方說，從沒有使用的宴會廳溜進工作人員專用區域，是輕而易舉的事。」

「我明白了。把這兩個部門的負責人叫來，大家好好討論一下。警視廳的稻垣組長那邊，由我來跟他說。」藤木神色嚴峻地說完後，對尚美報以微笑。「謝謝妳的寶貴意見。非常值得參考喔。妳不只想保護客人，還顧及到同仁們的安全啊。」

「是我僭越了，不好意思。」

「不，今後想到什麼也儘管跟我說。」

聽到總經理這句話，尚美抬頭挺胸地答了一聲：「是。」

回到櫃檯後，看到三位櫃檯人員在處理住房手續。令人驚訝的是，其中一人竟然是新田。在沒有旁人協助的情況下，獨自應對客人。用終端機確認預約，處理住宿登記表，收取押金，遞交鑰匙卡。而且動作相當流利，完全沒有多餘之處，談吐也相當恭敬有禮。尚美看在眼裡，覺得他的身段變得非常柔軟。

新田說：「請好好休息。」目送一位女性客人離去後，立即轉身回頭。「妳對我的待客方式不滿嗎？」

看來他早就發現尚美在後面看著他。尚美搖搖頭說：

「我是覺得很佩服才一直看。不過，可以的話，我希望你對我說話也客氣一點，這種習慣不改很容易出包吧？」

新田皺起眉頭，摸摸鼻子下方。

「相反的，要是我說話全部變得很客氣，當回警察的時候，大家會覺得我很噁心。」

「我認為應該不會。」

「保有自己的個性是很重要的事。倒是，妳剛才去了哪裡？」

「我去總經理辦公室。因為總經理外出回來了，我去向他報告很多事情，例如栗原先生的事。」

「哦，這樣啊。」新田顯得有些難為情。

「話說，栗原先生回去以後，你好像察覺到什麼重要事情吧。後來有什麼進展嗎？」

「哦，那個啊。」新田快速環視四周之後，把臉湊向尚美。「說不定，找到破案的線索了。現在正在祕密調查中。請再等一下。」說得猶如在耳邊細語。

尚美回看新田黝黑而端正的臉龐。

「真的嗎？找到了什麼嗎？」

「不是找到了，或許應該說發現了。在徹底查清楚之前，就算是妳，現在也只能這樣。」新田豎起食指，壓在嘴唇上。

21

這一晚，一直到午夜十二點為止，新田都站在櫃檯。一方面是剛好晚來入住的客人很多，另一方面是設置在事務大樓的現場對策總部沒有任何聯絡進來，這也是個重大原因。以往，吃完晚飯之後都會被叫過去，命令大家報告今天一天的情況。所以午夜十二點過後，本宮打電話來叫新田去會議室時，新田問：「怎麼了嗎？我還以為沒什麼進展，所以今天的偵查會議取消了呢。」

結果本宮以低沉沙啞的聲音說，剛好相反。

「怎麼會沒進展，聽說連偵辦的大方向都要改了。所以上面討論了很久，才會延遲到現在才開會。」

「有進展？是誰立下功勞了嗎？」新田最好奇的是這一點。

「你來就知道了。現在立刻過來，你的搭檔也在等你。」

「搭檔？」新田問的時候，電話已經掛斷了。

新田帶著滿心的詫異走向事務大樓。從通道往上看，掛在二樓窗戶的百葉窗內側，燈光似乎比以往明亮。通常到了這個時段，為了避人耳目都會避免開不必要的電燈。

走進建築物，步上樓梯，看到會議室前站著像在站崗監視的警察。這也是之前沒有的。新田走向前去，穿著制服的年輕警察默默地行了一禮。

會議室裡幾乎沒有傳出談話聲，因此新田認為頂多只有幾個人在。不料門一開，同時看向新田的眼睛多到遠遠超乎想像之外。十幾張椅子全都坐滿了人，甚至還有搜查員用站的。

「辛苦了。」向新田打招呼的是稻垣。他的右邊坐著尾崎管理官，而左邊竟然是——為什麼能勢會弓著背坐在這裡？他和新田四目相交時，顯得有點尷尬地輕輕點頭致意。

「出了什麼事嗎？」新田問。

「誰讓一張椅子出來。」

稻垣這麼一說，坐在他對面的年輕搜查員站起身來。新田往這張椅子坐下，打量了一下四周。確認大家的神情都很緊張之後，再度凝望上司。「到底出了什麼事？」

「關於品川發生的岡部哲晴命案，我們已經鎖定他的同事手嶋正樹，以及餐飲店經營者的妻子井上浩代為重要嫌疑人。目前還沒逮捕他們，不過要做好隨時都能逮捕他們的準備。此外，這件事要絕對保密，一定不能向媒體與外界透露。當然也不能向飯店的人透露。知道了吧？」

這話似乎針對新田而來，使得新田頓時不知所措。當他窮於應答時，稻垣火氣有點大地說：

「你沒聽到嗎？」

「不是，這……這究竟是怎麼回事？鎖定了手嶋與井上？」

「就是這麼回事。手嶋涉嫌殺害岡部哲晴，而井上浩代涉嫌協助手嶋做不在場證明。我們調查了證明手嶋有不在場證明的證人本多千鶴的手機相關紀錄，發現她打去手嶋住處的前幾分鐘，有打去東品川一間歇業中的拉麵店。但是本多小姐說，她不記得有打去那種地方。這間拉麵店，在兩個月以前是井上浩代的丈夫經營的。雖然拉麵店的電話上沒有驗出手嶋的指紋，但採集了周遭的毛髮與皮脂，已經送去做DNA鑑定。」稻垣說得毫不停頓，速度很快，宛如不想給新田有時間發問。

「請等一下。請稍微等一下。」新田舉起右手，誇張地上下擺動。「關於井上浩代可能在本多小姐的手機動過手腳，這是今天傍晚我對能勢先生說的。難道是基於這個去進行調查嗎？」

「你少臭美了，新田。」尾崎管理官插嘴說：「這點小事我們早就想到了。所以這次是連查證工作也做完了。或許你也想到了，但是稍微晚了一步。」

新田眨眨眼睛，知道自己的眼神游移。情急之下說不出話來。

「現在，正在調查手嶋與井上的關係。」稻垣繼續說：「我們已經知道，井上曾經以派遣員工的身分，和手嶋與岡部他們在同一間公司做過事，接下來應該能查出他們之間的關連。」

聽到稻垣這麼說，新田暗忖「原來是這麼回事啊」，頓時感到全身無力。雖然不知道為什麼，但稻垣他們一定是發現了新田和能勢在單獨調查。因此他們不僅不允許個人行動，還乾脆大剌剌地親自指揮起來，走在最前面進行查證工作。

「到這裡，有沒有什麼問題？」稻垣問。但他的眼睛只看著新田一人。也就是說，這場會議是為新田開的，為了不讓他日後抱怨功勞被搶走。

「組長和管理官，認為手嶋和井上是真兇嗎？」新田試著問。

「嫌疑極其重大，這是我們共同的見解。」

「那這樣也能解決其他的案子嗎？如果第二起、第三起命案的兇手也是這兩個人，只要鎖定他們，就不需要在這間飯店臥底調查了吧？」

但是，組長沒有點頭。他和管理官面面相覷後，緩緩將視線拋向新田。

「新田，我問你，難道你認為我是為了搶你的功勞而大張旗鼓地開會？還特地把管理官請到這裡來？」

稻垣咬字黏糊的說話方式，使得新田收起下巴，擺出備戰姿勢，眼珠子上翻看著上司。

「不然，是什麼？」

稻垣吸了一口氣之後才開口。

「事情變得更複雜了呀。不，應該說單純吧。不管怎樣，光是抓到手嶋和井上，案子也還沒結束。反倒是，才剛開始而已。」

「才剛開始？」新田目不轉睛直視上司的臉。「這是什麼意思？手嶋和井上不是真兇嗎？既然如此，抓到他們兩個不就破案了？」

「偏偏事情不是這樣啊。——喂，把那個拿來。」稻垣向年輕部下使了眼色。

不久，新田面前來了一份文件。

「這是什麼？」

「你就先看吧。」

新田一臉不滿地打開文件夾。裡面放了好幾張列印著文字的A4紙，內容像是從電腦印出來的電子郵件。新田只是稍微看了一下就血脈僨張，體溫急速上升。

「這是……」

「嚇到了吧？我第一次看的時候也嚇到腿軟。」

「這是誰在哪裡找到的？」

「是在追千住新橋案的同仁找到的。他們在野口的同意下檢查了野口鐵工廠的電腦，發現了這些東西。這些資料原本已經從信箱裡刪除，但野口那傢伙可能不曉得硬碟可以復原吧。」

「這個野口是？」

「野口靖彥。不用說你也知道，就是第二起命案被殺的野口史子的老公。」

新田不由得打直背脊，再度將視線落在手上的電子郵件內容。

『收信 Date：10月4日22：10：45

From：x1

Subject：計畫1完成

To：x2,x3,x4

剛才，計畫1的m工作完成了。自認做得很順利。

給x2，已經不能回頭了。請務必，在約定的地點執行。』

『寄信 Date：10月5日18：12：23

From：x2

Subject：關於計畫2的聯絡

To：x1,x3,x4

x1的m工作，在報紙和新聞確認了。幹得好。當然我這邊的地點也沒變。就在日前聯絡的緯度和經度的地點，執行m工作。

給x3的最後確認。你那邊的m工作執行地點有改變嗎？有的話請盡速聯絡。完畢。』

『寄信Date：10月11日02：28：43

From：x2

Subject：計畫2完成

To：x1,x3,x4

計畫2的m工作完成了。訊息也留下了。x3無論如何都必須在約定的地點執行。明天開始，P應該會來。不要寄電子郵件給我。完畢。』

追著文字看的時候，新田屏住呼吸。抬起頭後，才把氣吐了出來。

「自稱x1的人寄的郵件收到日期是十月四日。這是第一起命案發生的日期吧。」

「對。然後x2寄出『計畫2完成』這封信的十月十一日，是發現野口史子遺體的日期。」

新田搖搖頭，怎麼想都不是巧合。

「意思是命案的兇手有好幾個，這些電子郵件是這些人討論這次犯案的時候寫的嗎？」

「這樣想應該沒錯吧。」

新田回看稻垣認真的表情後，將視線轉向周遭的人。當然，在場的人都已經知道了。沒有一個人神色渙散。

新田再度看向電子郵件。

「這是在野口的電腦裡找到的，所以寄信人寫的x2應該就是野口囉。」

「當然，應該是吧。」

「既然這樣，把野口找來不就行了？信中也提到了緯度和經度，可以用這個逼問他吧。」

「不用你說我們也會把他找來。而且早就找了。」尾崎從旁插嘴：「我們沒有逮捕他，而是以約談的方式進行偵訊。」

「野口有承認犯案嗎？」

「大致上承認了。」管理官說得很乾脆。

新田看向稻垣。「真的嗎？」

「對啊，真的。」稻垣點點頭。「根據野口的自白，他扼殺妻子史子是在十月十日晚上七點左右，地點在自家客廳。然後就把屍體放著，出去和朋友喝酒。不消說，當然是去做不在場證明。到了半夜一點多回家以後，用塑膠布把屍體包起來，丟在千住新橋附近的某個大樓建設工地。寫電子郵件是在這之後，寄信紀錄也和他說的完全吻合。」

「動機呢？」

「就和我們推測的一樣，為了貪圖老婆的保險金所下的毒手。」

新田撥開劉海，鼻孔撐得很大。

「這算什麼啊？事情就這麼單純嗎？」

「所以剛才我也改口說過了，與其說複雜，應該說單純吧。因為那些數字的關係，我們自己把問題想得很複雜。整個陷入那些傢伙的計策裡啊。」

「那些傢伙是？」

稻垣指向電子郵件。

「野口發出的最後一封信，裡面有一句『明天開始，P應該會來』吧。這個P指的可能是警察。那傢伙早就料到，當偽裝成他殺的老婆屍體被發現了以後，自己會頭一個遭到懷疑。為了想辦法不讓自己被懷疑，他用電腦上網進入了一個網站。這是個專門斡旋危險工作、非法工作的網站，也就是所謂地下網站。而『m工作』這個詞，就這個網站的留言板使用的暗號，意思是謀殺。我猜可能是 murder 的縮寫吧。」

「地下網站……」新田感到苦澀在口中擴散。「這封電子郵件的收信人x1、x3、x4，是在這裡認識的夥伴囉？」

「看來應該是的。夥伴包括野口一共四人。他們彼此沒有見過面，可能也不知道彼此的本名。這四個人的共同點只有，他們都有各自想殺的人。」

新田也隱約看出案子的構圖了。只不過，還是半信半疑。有人會想做這種蠢事嗎？但是，新田重新思考，過去也曾發生過在地下網站認識的人、執行隨機殺人的案例。

「剛開始，野口打算在地下網站雇用殺手。」稻垣說：「但是，事情沒有這麼簡單就能談成。後來過了不久，有個人寫電子郵件給野口，就是最後自稱x4的人。信件的內容大致是：雖然我無法答應殺人，不過無論你要殺誰，我都可以幫助你不會遭到逮捕。不用報酬。可是你也必須幫我做一件事。有興趣的話，請和我聯絡——最後以這樣結尾。」

「結果野口和他聯絡了？」

「是啊。回信立刻就來了。上面寫著躲避警方懷疑的具體方法。至於是什麼方法，你們應該已經猜到了吧？」稻垣看向新田，把球丟給他。

「就是把多數人犯下的殺人案，喬裝成同一個人或同一個團體犯下的連續殺人案。是這樣沒錯吧？」

稻垣微微一笑，但眼神變得更嚴肅。

「所有的命案現場，都留下共同的訊息。光是這一點，警方就會認為是同一個兇手所為。但是，太過容易模仿的訊息，會讓人懷疑是模仿犯幹的，所以訊息裡必須加入和其他案子有關的線索。因此才做成以緯度和經度表示下次犯案地點的訊息。當然，如果直接只寫緯度和經度的數字，警方會佈網逮人，所以兇嫌又下了一些工夫，把日期也加進去。當所有的謀殺案都完成以後，再寫一封信寄來特搜總部，說明這些數字的含意。如此一來，警方就非得斷定是同一個兇手所為的連續殺人案。即便各個案子都有可疑的兇嫌，但找不出和別的案子的關連，警方就不能把他當作兇嫌處理。最後，案子就成了迷宮。」稻垣說得十分流暢，讓人覺得可能練習很多遍了。他「呼」地吐了一口氣之後，繼續說：「自稱x4的人，教野口的方法就是這樣。此外x4早就找到另一個共鳴者，後來又有一個人加入，總共四個人，就寫信跟野口說預定四個人執行。」

「這兩個共鳴者就是x1和x3吧。」

「應該是。」

「如果野口的電腦有資料，不就能找到其他人的IP嗎？」

稻垣聞言，哼了一聲。

「難道你以為我們沒有去查？」

「所以是雖然查了，但還是無法鎖定兇手嗎？也就是說，他們是在網咖上網。」

「這是為了預防有人被抓，警方也不會查到自己這裡來的方法吧。網咖已經找到了，可是那是一間位於東京都外、不用身分證就能上網的店，而且也沒有裝監視器，是一間相當隨便的網咖。當然，他們應該也知道這間網咖的規定很鬆散所以才去那裡上網吧。笨笨地用自己電腦上網的只有野口。」

「原來如此。」新田靠在椅背上，看著天花板。

原來是這種詭計啊。難怪在案件關係人之間找不出共同點。這是打從一開始就沒有任何關連的案子。

「五年前，野口曾經參加在這間飯店開的餐會吧。這麼說，那件事……」

「應該只是單純的巧合吧。」稻垣說：「仔細想想也沒什麼好奇怪的。畢竟是這種高級的飯店。企業主開的餐會，一年少說有幾十場吧。剛好這起案子的關係人之一，出席了其中一場。這也沒什麼吧。」

「真要命。」新田搔搔頭。「那麼，這些事情是什麼時候知道的？野口自己招供是什麼時候？」

稻垣沒有立刻回答新田的問題，猶如徵求意見般地看向尾崎。尾崎輕輕點頭，看起來是答應的樣子。

「鑑識課調查野口的電腦是幾天前。」稻垣說：「千住新橋的特搜總部約談野口是在三天前吧。」

「三天前？」新田不由得抬起屁股。「對哦，我想起來了……」看向依然弓著背坐在那裡的能勢。「那時候，聽說品川署的特搜總部下達指示，不要太去想和其他案件的關連，這是因為有了野口的供詞吧？」

稻垣以指尖搔搔鼻翼。「對，就是這樣。」

「那你們為什麼不告訴我呢？那時候，我有問組長吧。我說品川的特搜總部好像下達這種指示，到底怎麼回事？組長說，那只是單純搞錯了。沒錯吧？」新田劈里啪啦說得很快。

「對啦，我確實是這麼說。」稻垣答得有點不耐煩。

「這算什麼啊？為什麼那時候不把真相告訴我？這也太奇怪了吧？」新田說得口沫橫飛。

稻垣將雙肘抵著桌面。

「每一起案子的犯人都不同，沒有共通點。各個特搜總部決定各自進行偵查——如果我這樣跟你說，你會怎麼做？」

「這個嘛……」

「你可能會說，想回去第一起命案的特搜總部，也就是回去品川署參與偵查吧？實際上，你好像也一直惦記著那個案子。」稻垣說完，看了能勢一眼。

「不可以嗎？我是刑警，追緝已經發生的命案兇手是我的職責。」

「防止接下來可能會發生的命案也是刑警的職責。你不認為嗎？」

「這我是明白啦……」

「你在這裡的工作情況，我已經聽稻垣和本宮說了喔。」尾崎從旁說：「你好像做得相當不錯。你來這裡也不過幾天，但已經怎麼看都像一個飯店人員，不是嗎？這裡的工作只有你才辦得到，沒有人可以取代你。為了讓你能專心做這裡的工作，所以才大膽決定不把野口的供訴內容告訴你。這一切都是我下的指示。」

新田垂下頭，雙手在膝上緊緊握拳，看著西裝褲筆直的折線。刑警只要在外面跑一天，褲子大多會變得皺巴巴的。在搜查一課裡，確實沒有人適合穿這種櫃檯人員的制服。不過，他還是難以接受。

「可是，」他抬起頭來，看著尾崎。「讓我回品川的特搜總部，案情會查得比較快吧？」

「你想說什麼？」

「要是我能專心查那邊的案子，說不定早就洞悉手嶋他們的詭計了。」

尾崎露出淺淺的微笑搖搖頭，彷彿在說「你還是不懂啊」。

「你剛才沒聽到稻垣說的話嗎？光是抓到手嶋和井上，案子也還沒結束，反倒是才剛開始而已——他是這麼說的吧？重要的是，從現在開始喔。」

「什麼意思？」

尾崎很厲害地只挑起右眉。

「我再說一遍，每一起案子的犯人都不同，一共有四個人。x2是野口，x1大概是手嶋吧。犯下第三起命案的x3，現在也在追查他的真面目，我相信近日就能展現成果。但是不要忘了，無論這三起命案調查得多麼有成果，都無法查到計畫的發起人x4。我們對x4幾乎沒有任何線索。不知道是男的還是女的？是老的還是年輕的？是有錢人還是窮人？完全一片空白。唯一知道的只有，他打算在近日內在這間飯店殺人。剛開始有發目前案情關係人的大頭照給在飯店臥底的搜查員們，但現在也都全數回收了。因為這些照片根本沒有用。跟你說了這麼多，不管你再怎麼頑固，也應該明白事態的緊迫性吧？」

管理官低沉的嗓音響徹整個會議室。同時新田的內心也開始動搖。確實這個事態非比尋常。過去一直認為，只要查出其中一起案子的重要線索，就能一網打盡。但如今這已經是完全無法期待了。

「你以品川案為根據，推測兇手是男的吧？」稻垣說：「確實是男的。可是x4說不定是女的。你之前還說過，就案情的性質來看，兇手應該不是跟蹤狂之類的。但是，x4說不定是跟蹤狂。目前還無法斷定就是。」

新田暗忖，原來是這樣啊。他同意稻垣的論點。當初報告安野繪里子和栗原健治的事時，他認為這兩個人應該和案情無關，但上司們的反應卻很神經質。原來早在那時候，他們已經認為兇手是什麼樣的人都不奇怪了。

尾崎緩緩站起身來，環視全員。

「關於第三起命案，繼續查下去。而第一起和第二起命案，也必須做查證工作。但是，今後我們必須最優先處理的是，無論如何都要阻止第四起命案發生。今後，只要是有空的人，全都要到這間飯店來輪流監視。希望大家好好努力！」

「是！」幹勁十足的應答聲響徹室內。

接著由稻垣下了幾個細部的指示，然後就散會了。但新田要起身之際，卻被稻垣叫住。

「等一下。剛才談的事，不能跟飯店的人說。絕對不能說喔！」

「當然，我也不打算跟他們說。可是和其他案子無關這件事，還是跟他們說比較好吧？畢竟警衛方面也需要飯店方面的協助。」

但稻垣卻一臉嚴肅地搖搖頭。

「不行！絕對不能跟飯店的人說。警衛方面，我們會靠自己做到萬無一失。」

「話雖如此，可是對飯店最清楚的還是飯店員工喔。」

「難道你沒想過，x4說不定是飯店員工？」

聽到稻垣這句話，新田不禁打直背脊。

「內部犯案？」

「這個可能性不低。野口和手嶋的情況也是，這次的兇手都有想到事發後自己會遭到懷疑，才擬訂如此麻煩的計畫。換句話說，x4也處於很容易被懷疑的立場，這個機率很大。比方說大半夜，住宿客人被殺了會怎樣？首先會懷疑可以自由使用通用鑰匙卡的人吧。」

新田對這個看法沒意見，因為他也曾想過同樣的事，還拜託山岸尚美協助過。不過，只是惹得她大發雷霆而已。

「我很明白組長說的事。不過已經有很多員工都知道，警方在這間飯店裡進行偵查。如果這其中有x4，應該也會死心放棄犯案吧。」

「這就很難說了。即使數字之謎被破解了，他說不定認為兇手是不同人這一點還沒被看穿。千萬大意不得。」

「那麼至少跟協助臥底調查的人說怎麼樣？例如總經理或山岸小姐……」

稻垣把臉湊近新田。

「我問你，你知道我們為什麼不僅沒有逮捕手嶋和井上，連野口都沒有下逮捕令？他已經招認了，照理說應該可以逮捕。與其派人二十四小時跟蹤，不如把他關進看守所比較快。儘管如此我們依然還沒逮捕他，你知道為什麼嗎？」

新田不知道，所以默不吭聲。稻垣把聲音放得更低，繼續說：

「逮捕的話，必須向媒體公佈吧。這麼一來會怎樣？手嶋和第三起命案的兇手就算了，因為他們已經確實執行了謀殺，問題是x4。要是x4知道野口被抓了，就會發現計畫出現破綻，而中止在這間飯店犯案吧。」

新田眨眨眼睛，回視上司。

「為了把x4引來這間飯店，故意不抓其他的兇手？」

「正是如此。誠如管理官所言，我們沒有任何x4的線索。這也是當然的，因為我們什麼都還沒做。要是讓x4中止的話，我們就永遠抓不到他了。不，就算x4報上姓名出現，都不知道能不能將他起訴。萬一他說和野口他們的信件往來只是單純的惡作劇，我們也拿他沒轍。可是這麼一來就糟了，因為這一連串命案的主謀是x4。要不是他的煽動，野口和手嶋他們也不至於會犯案。說不定不會有人遇害，但我們無論如何都要逮捕x4，一定要把他關進監獄。為了不讓他說只是惡作劇，必須證明x4也有殺人意圖。」

將x4以殺人未遂或企圖殺人逮捕，起訴——看來上司們是這麼想的。

「我懂了。」新田低喃。「要是飯店知道真相，怕他們會將此事公諸媒體。組長考慮的是這一點吧。」

「如果我是飯店的負責人，我會毫不猶豫地公開。」稻垣說：「如此一來，第四起案子的兇嫌就會打消在這間飯店殺人的念頭吧。至於能不能抓到他，飯店方面根本不在乎。因為這和飯店無關。一般人會這麼想吧。」

「也就是說，要欺騙飯店……」

「不是欺騙。我說過很多次了，我只是叫你不要說多餘的事。」

「可是您要知道，萬一出了問題，後果會很嚴重喔。」

「頂多是事後被他們抱怨吧。不過不會有問題。命案這種事，要防範於未然。」稻垣將手搭在新田的肩頭。「沒錯吧？」

「當然，我也認為應該這樣……」

「那不就得了嗎？你和那個櫃檯小姐好像滿談得來的，不過為了她好，你最好也守口如瓶。要是她知道了沒有必要的事，沉重的責任只會讓她痛苦而已。」

目送面帶嘲諷笑容的組長離去，新田也明白組長的意思了。上司們之前沒把真相告訴他，並非只是知道新田想回去品川查案，此外也懷疑他可能會把偵查內容洩漏給山岸尚美。

新田嘆了一口氣，移開目光後，剛好對上本宮的視線。本宮面帶苦笑，摸摸鼻子下方。新田輕輕瞪著他，走了過去。

「本宮前輩也早就知道了吧？四起案子的犯人是不同人。」

「我也是最近才被告知的喲。就是你問我品川署的風聲時，我去問組長才知道的。」

「然後組長也叫你不要跟我說對吧。」

「你不要怪我啦。我和你一樣都想回去品川查案。每天在這裡假扮客人，等著不知道會不會來的嫌犯，你知道這是什麼心情嗎？可是我接受了。我覺得你應該比我懂事才對。」然後本宮指著新田的胸口，說了一聲：「那我走了。」便離開會議室了。

尾崎不知道什麼時候走了。不過能勢還留在這裡，一副悄然的模樣坐在原位。

「要不要出去外面？」新田小聲地說。

能勢默默點頭，站起身來。

離開會議室後，新田走向飯店的本館，能勢稍微落後地跟在後面。從便門要進入本館時，新田突然停下腳步，轉身回頭。

「你也早就知道了吧？其實每個案子的犯人是不同人。」

能勢狀似抱歉地縮起身子。

「我有跟您說過，課長下令叫我們和其他案子切割，專心調查手上的案子。之後過了不久，課長把我叫去，跟我說剛才的x1和x2的事。可是當時這是重大機密，課長還特地交代我，絕對不能跟其他刑警說。」

「所以你也沒跟我說？我可是和你一起辦案的搭檔喔。」

能勢髮量稀疏的頭，鞠躬致歉。

「其實瞞著您，我也很痛苦。不過新田先生必須專心於目前的工作，這一點我也非常同意。尾崎管理官說得沒錯，您現在的工作，只有您才辦得到。」

「你對我說這種話，我一點都不高興。」

「我想也是……」

「所以呢？你瞞我的就只有這件事？過去我和你交談的內容，你是不是也全部向上司報告了？那個電話的詭計你也說了？」

能勢低著頭，沉默不語。看到他這副模樣，新田忿忿地撇過頭去。「果然沒錯。搞什麼嘛。」

「可是就結果來說，新田先生破了品川案，這樣不是很好嗎？雖然剛才尾崎管理官那麼說，可是我覺得他一定也認同這是新田先生的功勞喔。」

「我在意的才不是這種事。算了，別說了。」新田伸出一隻手制止能勢，隨即邁開大步走向櫃檯。

22

看到新田轉過身去，悄悄地硬是忍住一個哈欠，尚美不禁起疑，究竟是怎麼回事？因為今天他從上午到現在都一直哈欠連連。之前儘管沒怎麼睡，也是一大早就活力充沛地忙來忙去，那時尚美還佩服不已，不愧是警視廳的精悍刑警。可是今天卻一反常態，完全沒有霸氣的感覺。簡直就像無法適應新環境、煩悶懶散的新進員工。

尚美等櫃檯人員，一如往常站在櫃檯。時間是下午兩點多。偶爾有提早入住的客人來辦手續，但不是很忙的時段。

「川本，麻煩妳看一下。」

尚美向年輕的櫃檯人員交代完畢後，走向新田。

「現在方便跟你談一下嗎？」

新田連答一句「談什麼？」都沒說，只是把臉轉向尚美。眼神相當渾濁，看來昨天很晚才睡，而且可能喝了一點酒。雖然沒有酒臭味，但臉有一點浮腫。

「有點事想請教你。到後面去吧。」尚美打開後面的門。新田依然一臉沉悶，但也默默地跟過去。

到了辦公室之後，尚美凝望新田。「我來沖咖啡吧。濃一點的黑咖啡。」

新田不滿地撇起嘴角。「咖啡？為什麼？」

「因為你好像還沒醒的樣子。還是說你太累了？」

新田「啪啪」用力拍了兩下臉頰。

「身為飯店人員，我卻一臉睡眼惺忪嗎？這實在很抱歉。接下來我會打起精神。」

尚美雙臂交抱於胸。「是不是發生了什麼事？」

這個提問讓新田大感意外，頓時睜大了雙眼，不過旋即又變成一臉鬧彆扭的模樣，喃喃地說：「沒有啊。」這讓尚美想起高中的同班同學，有個男生只要一說謊表情就怪怪的，和新田現在的表情很像。而且那個男生的正義感也很強。

「你昨天不是說，或許發現了破案的線索。那件事，後來怎麼樣了？還沒到能告訴我的階段嗎？」

新田的表情一轉嚴肅，深深吸了一口氣。濃黑的雙眉之間擠滿皺紋，筆直地瞪著尚美。

「偵查的內容不能告訴一般民眾。這是理所當然的吧。」語氣相當尖銳。

「可是昨天，你叫我再等一下……」

新田焦躁地猛搖頭。

「等破案以後，到了可以向媒體公開的階段，我就會跟妳說。我說再等一下，是這個意思。」

「那麼能不能只告訴我搜查有沒有進展？像數字的事，你都告訴我了。我還以為你信得過我，沾沾自喜呢——」

「妳煩不煩啊！」

聽到新田這句話，尚美大吃一驚。驚訝的不是新田口出暴言，而是他說這句話時看起來好像受傷了。

「對不起。」新田喃喃地說，輕輕點頭道歉。然後頭低得更低，繼續說：「我們搜查員，只是一枚棋子。棋子看不到整體的動向。進展得怎麼樣，棋子是不會知道的。」

「新田先生……」

「我要回工作崗位了。託妳的福，我睡意全消了。」新田說完便開門走出辦公室。

宴會部婚宴課的仁科理惠，和尚美同期進入公司。雖然所屬的部門不同，但可以說是好朋友之一。

理惠打電話來，是在下午四點多。她打的不是內線電話，而是打到尚美的手機。尚美猜想可能有私人方面的事情，接起了手機。

「對不起。現在方便嗎？」理惠壓低聲音問。

「嗯，沒關係。」尚美走向櫃檯後面。

「是這樣的，我有點事想找妳商量。要是妳能立刻過來這裡，我會很感激妳。」

「嗯？去妳那裡？是婚宴課辦公室嗎？」

「對，百忙之中還要妳過來真的很過意不去，只是我和課長談了以後，覺得找妳商量是最好的。」

這個課長，當然是婚宴課的課長吧。

「為什麼找我？」

「這個妳來了我再跟妳說。這不是能在電話裡講的事。求求妳。」

尚美一頭霧水。她沒有待過宴會部，也想不出他們在工作上會有什麼事需要找她商量。不過從理惠的語氣聽來，他們似乎確實面臨了什麼緊迫狀況。

「好吧。那我現在立刻過去。」

「謝謝妳。等妳來。」

掛斷手機後，尚美呼叫新田，跟他說要去婚宴洽詢處。新田還是一樣無精打采，也不問去那裡有什麼事，只是默默地點頭。

尚美搭手扶梯來到二樓，看了一下婚宴洽詢處。身材嬌小的仁科理惠就在入口處的櫃檯等著。那張和藹可親的圓臉向來很受歡迎，但今天卻顯得悶悶不樂。看到尚美，理惠過意不去地行了一禮。

「對不起哦，硬把妳叫來。」

「這倒無所謂，不過到底是什麼事？」

「嗯，去裡面談。」

接待客人用的桌子全都空著。兩人挑了一張桌子，面對面坐下。

「首先想請妳告訴我，那個案子怎麼了？」理惠問。

「什麼案子？」

「就是這間飯店，近日內會發生什麼犯罪事件的案子呀。詳細情況沒跟我們這個部門說，不過住宿部的人應該知道什麼吧？聽說常跟在妳身邊的男子，是個刑警。」

「哦……」尚美先是低下頭去，不久抬頭看著理惠說：「這件事……。不過我只是被叫去協助刑警，詳細情況我也不知道。」

「可是不會完全不知道吧。既然要協助刑警喬裝成櫃檯人員，多少應該知道一點吧。」

「這個嘛，多少是知道……。不過他有交代不能隨便說出去。」向朋友隱瞞事情很痛苦，不過尚美也只能含糊帶過。

「妳不要誤會。我不是要妳把事情跟我說。妳什麼都不用跟我說，不過我希望妳能幫我做一個判斷。」

「什麼判斷？」尚美眨眨眼睛，搞不懂朋友想說什麼。

「是這樣的，後面的房間來了一位客人，說這個星期六要在我們飯店舉行婚宴。」理惠悄聲地說。

「這位客人有什麼問題嗎？」尚美也壓低聲音。

理惠一臉正經地探出身去。

「一個禮拜前，有一通詭異的電話打來這裡。是男人的聲音，高山佳子的哥哥，說要跟我們確認一下婚宴的流程。」

「高山佳子是誰？」

「新娘的名字，就是現在在裡面的客人啦。」

「為什麼是新娘的哥哥打電話來？」

「那個人說，因為想給新娘一個驚喜。」

「什麼驚喜？」

「他背著妹妹準備了一位特別來賓，為了決定那個人的出場時機，需要詳細的流程表──他是這麼說的。」

「嗯哼。聽起來怪怪的。」

「我也覺得很怪。想知道婚宴的流程，直接問本人不就結了？理由隨便編也有一堆吧。」

「結果妳怎麼說？」

「我說現在負責人不在，等回來了再跟他聯絡，問了他的電話號碼。知道電話的話，就能確認是不是真的是新娘的哥哥吧？可是那個男人居然說，他在上班不方便接電話，等一下會再打來，就把電話掛了喔！很詭異吧？」

「後來有打來嗎？」

理惠搖搖頭。「完全沒打來。」

尚美點點頭，呼了一口氣。婚宴課很常發生這種事。

原本，舉行婚禮是象徵幸福的儀式，舉行婚禮的新人很幸福，但未必每個人都會由衷給予祝福。因為選了特定的異性當作一生的伴侶，當然就意味著其他人沒有被選上。這其中若有人抱著「為什麼不是我」的不滿，也不足為奇。倘若只是不滿還好，要是變成怨恨就很麻煩了，說不定會策劃想把婚禮毀了。所以婚宴課只要無法確認對方的身分，一律不回答有關婚禮或婚宴的任何詢問。

「所以，妳要找我商量的是什麼？」尚美問：「這種程度的事，妳應該習慣了吧？」

「確實是習慣了，不過重點在後面。」理惠擺出顧慮後面房間的表情之後，一臉嚴肅的眉頭緊皺。「因為今天高山小姐是一個人來，我想說剛剛好，就把這件事跟她說了。畢竟還是不要讓新郎聽到比較好吧。」

「這是當然的嘍。」

因為如果原因是新娘和前男友沒有斷乾淨，事情會變得很複雜。理惠的判斷是正確的。

「結果啊，高山小姐根本沒有哥哥。果然是假冒的。」

「這樣啊。沒有被騙很好啊。」

可是理惠卻一臉嚴肅地搖搖頭。

「這可不是放心的時候喲。因為高山小姐開始發抖！抖到用眼睛都看得出來。把我嚇了一大跳。」

「出了什麼事嗎？」

「我就問她怎麼了？她說也有可能是她多心了，總覺得有人在跟蹤她。剛開始她很激動，說了些什麼我也聽不太懂。不過心情平靜以後，她說了很多事情，我聽著聽著終於懂了。這是我們可能應付不來的事。」

「到底是什麼事？」

理惠舔舔嘴唇，筆直地凝視尚美的眼睛說：

「高山小姐可能被跟蹤狂盯上了。」

「啊？」尚美輕聲驚呼，倒抽了一口氣。「真的假的？」

「高山小姐是一個人住，可是最近常常收不到郵件，即使收到也好像被人開過了，她感到毛骨悚然很害怕。可是又沒有證據，向警方報案警方大概也不會理她，所以她很煩惱不知道怎麼辦才好。」

尚美不由得打直背脊。看來事態相當嚴重。聽完這段話，確實只能認為是跟蹤狂幹的事。

「所以打電話來的，也是那個跟蹤狂嘍？」

面對尚美的質問，理惠點點頭。「只有這個可能吧？」

「高山小姐知道可能是誰嗎？那個跟蹤狂……究竟是什麼人？」

「我也問過她，可是她說不知道。不過我以前在書裡看過，這種事情好像並不稀奇喔。不知道名字、也沒有說過話的男生，自己喜歡上人家，就開始跟蹤人家，這種事好像蠻多的。」

這種事尚美也有聽過。

「這個跟蹤狂知道高山小姐要舉辦婚禮，想來破壞——妳想說的是這個吧？」

「嗯。平常的話，我不會因為這種小事而慌亂。像是打假電話來取消婚禮啦，或是到了當天打弔喪電報來，都是常有的事。甚至有過被新郎甩掉的女人，當天穿著喪服出現呢！」

聽著理惠若無其事地說著這些事，尚美再度覺得，這個職場真的很驚人。外表看起來華麗隆重，但相對的背地裡卻什麼千奇百怪的事都有。

「不過，我和課長談過之後，覺得這次的事情和以往不太一樣。首先，不知道對方究竟是誰。要是知道名字或長相，我們還能事先留意吧？可是什麼都不知道的話，根本無所適從。只要裝成賓客的模樣，誰都可以接近婚禮會場和婚宴會場，有時候連休息室都能進去。只要穿著正式的服裝，旁人也不會覺得可疑吧。」

「確實有可能。」

「還有一點也令人在意，就是現在飯店所處的情況。課長說，說不定和警方在戒備的事情有關。最後可能會找宴會部部長或總經理商量，不過在那之前我想聽聽妳的意見。」

「原來是這樣啊。」

尚美終於明白是什麼事。牽涉到如此敏感的事，難怪理惠的說話方式變得很慎重。

「怎麼樣？妳覺得有關嗎？」理惠鄭重地問。

尚美思索十秒左右，開口說：

「我不知道有沒有關係。不過就我個人的想法來說，我認為現在應該立刻和總經理與宴會部部長聯絡。我會以自己的判斷跟刑警說。因為我認為有這個必要。」

理惠的眼神浮現緊張之色。「妳覺得有關的可能性很大對不對？」

「這我只能說不知道。不過，要是有關的話，事情會變得很嚴重。」尚美調整氣息，凝視著好友的雙眼說：「因為是妳，我才跟妳說。那些刑警們在調查的是連續殺人案。已經有三個人被殺了。而最近，第四個被害人可能會出現在我們飯店——那些刑警是這麼想的。」

23

貼在牆上的紙，分成兩排羅列了一百三十六個人名。面對紙張，右邊這一排的上面寫著渡邊家，左邊這一排的上面寫著高山家。兩排最上方的名字分別是渡邊紀之與高山佳子，亦即新郎與新娘。

稻垣單手拿著筆記站起來。

「這兩家的婚禮，於星期六下午四點開始。婚禮在飯店內的四樓教堂舉行，座位大約能容納七十人，若列席人數超過七十人就站著觀禮。目前表示會出席的大約有八十人，但不知道當天是否會全數出席。發出的喜帖標示的到場時間也不同，雙方的親戚是下午三點半以前，朋友是三點五十分以前，請大家來教堂前面集合。儀式大約二十分鐘結束，之後和新娘新郎拍照留念。婚宴會場設在五樓的彩蝶廳。這個宴會廳可以容納兩百人。我把平面圖借來了，誰把它影印放大貼在牆上吧。婚宴於下午五點開始，辦好入席手續的賓客，可以先在會場旁的休息室等候。」稻垣一口氣說完後，環視了尾崎管理官與會議室裡十幾名搜查員。「以上就是，可能會有問題的婚禮和婚宴的大致情況。」

本宮舉手。

「我想確認一下，我們的偵查要瞞著這兩家的人吧？」

「當然要瞞著他們。」稻垣立即回答：「沒有任何證據顯示，這次的跟蹤狂就是我們在捉拿的x4。如果不是x4，我們要繼續在這間飯店臥底調查。絕不能把我們的偵查行動洩漏出去。因此這次的特別警備也是瞞著兩家和兩家的關係人，以高度機密的情況進行。我只對飯店說，請他們告訴新娘，說飯店已經和警方談過了，會把維安做到萬無一失，請新娘放心。」

「可是如此一來，不就很難從高山佳子小姐那裡得到跟蹤狂的相關資料？她說郵件被偷，還有被擅自開封。我認為有必要具體調查一下，到底是什麼郵件被盯上。」

「這一點我已經安排好了。首先請飯店方面向高山小姐建議，立刻向當地的轄區警局報案。收到報案後，會派出兩名搜查員，詳細詢問高山小姐本人。如果公寓有裝監視器，也會跟保全公司聯絡取得錄影帶。可以和高山小姐接觸的，只有這些搜查員。即便高山小姐出現在飯店裡，其他人也絕對不能接近她。」

此時一名年輕刑警舉手。

「向警方報案後，我們的警備就沒有必要瞞著兩家的關係者了吧？」

稻垣露出一抹苦笑，轉而看向尾崎。收到稻垣的眼神，管理官徐徐地開口說：

「把警備的事告訴兩家的人，他們想必會很感謝吧。因為警方為了一個不知道是否真的會來，甚至不知道是否存在的不明跟蹤狂而大張旗鼓加強警備。婚宴平安結束後，他們一定會到處吹噓吧。那麼聽到的人可能會這麼想：如果改天自己的周遭也發生這種事，就立刻向警方報案，請警察來維安保護。但實際上，我們沒辦法一個一個如此應對，這次是特別的。你要記住！只要給民眾吃一次甜頭，他們就認為我們隨時都能給他們甜頭吃，不給的話他們就會抱怨。」

新田在旁邊聽完，覺得這個比喻真好。發問的年輕刑警則是聳聳肩。

時間還不到晚上七點。平常這個時候，幾乎所有的刑警都在外面出任務。這次突然緊急把大家叫來，不消說當然是因為這次的跟蹤狂騷動很可疑。

新田已經從山岸尚美那裡聽到詳細情況，但藤木總經理似乎跟稻垣聯絡了。於是稻垣找尾崎商量，決定召開這個緊急會議。

婚禮會場與宴會廳、及其周邊的平面圖，已經影印放大貼在牆壁上。稻垣站在平面圖前面說：

「接下來是關於當天的警備。我要事先聲明，我們是在把這個跟蹤狂當作x4的前提下進行準備的。反過來說，如果這傢伙不是x4，我們就不會展開行動。大家一定要搞清楚，我們的目的不是讓跟蹤狂不要破壞婚宴。只要這傢伙不是x4，不管他是要對會場丟擲煙幕彈，還是裸體衝進喜酒宴會廳，我們都絕對不能出手！這種事交給飯店的警衛部門處理。這件事我已經跟飯店那邊說過了。」

稻垣這番話聽起來很冷漠，但仔細想想也是應該的。因為不能讓外面知道，警方為了逮捕x4甚至潛入飯店臥底。

「這裡的關鍵在於，」尾崎坐著發言：「究竟要如何分辨這個跟蹤狂是不是x4。首先，如果他是x4，要預測他會如何犯案。能做到這一點，就能知道該在什麼地方佈網。」尾崎語畢抬頭看向稻垣，眼神像在說接下來就交給你了。

「如果跟蹤狂是x4，以過去的脈絡來看，他當然是想殺了誰。」稻垣開始說。「目標是新娘高山佳子的可能性最高，但也有可能是要襲擊新郎。所以必須先弄清楚，什麼時候新郎和新娘會兩人獨處，以及什麼時候會獨自一人。關於這個，婚宴課已經給我資料了。新郎和新娘可能獨自一人的情況，首先是各自換衣服的時候。雖然都會有相關人員陪著，但還是要留意。還有就是婚禮開始之前的休息室。因為是個人休息室，兇手有可能趁隙入侵，迅速殺人之後逃離。婚禮結束後，到婚宴開始的這段時間，新郎和新娘會待在兩人獨處的休息室。大致上是這樣。但中途補妝的時候，或是上洗手間的時候，即便時間很短都有可能產生犯案的機會。希望大家能預想各種可能性，好好思索如何警備。」

稻垣幹勁十足地說完後，開始分配各個搜查員的任務。基本上會派搜查員混入飯店員工與賓客中，但兩方的人數都不能配置太多。畢竟無所事事的飯店人員太多看起來會很奇怪，而且也關係到飯店的風評。但若加派搜查員扮成賓客，萬一被真正的賓客發現，也有引發騷動之虞。

「看來婚禮和婚宴會場周邊，只能配置少數的精銳。」聽完大家的討論後，尾崎下結論說：「還有就是，到當天為止能掌握多少線索了。能夠查出跟蹤狂的身分是最理想的。」

「管理官說得是。」稻垣也表示贊同。

此時新田舉手了。「我可以發言嗎？」

尾崎和稻垣同時看向新田，眼神猶如在問：什麼事？

「當天，我待在哪裡比較好？」

聽到新田的質問，稻垣徵詢意見般地看向尾崎。

「請你待在櫃檯。」尾崎說得很乾脆。「這是當然的吧。因為你是櫃檯人員。」

新田搖搖頭，露出一抹微笑。當然，這真的不奇怪。但新田覺得太扯了。

「請等一下。要找幾個人扮成飯店員工吧？要喬裝成飯店人員吧？既然這樣，把任務派給已經喬裝成飯店人員的我不是比較快？」

稻垣露出苦笑。他或許已經猜到新田會這麼說。

但尾崎依然面無表情地說：

「你是櫃檯人員，是住宿部的人喔！婚禮和婚宴是宴會部的工作。別的部門的人跑來這裡，很奇怪吧？」

「外面來的人應該不知道這種事吧？」

「這就很難說了喔。如果這個跟蹤狂真的是x4，他當然會事先來勘查好幾次。來的時候會經過櫃檯，說不定也看過你的臉。櫃檯人員突然跑去宴會部工作，不覺得很可疑嗎？」

「他不可能連這個都察覺到吧……」

「萬一察覺到了怎麼辦？」尾崎瞪著新田。「要是因為你而使得x4打消犯案念頭，我們或許就永遠抓不到x4了。到時候，你要怎麼負責？」

新田閉上嘴巴，想不出該如何反駁。

「更何況，」尾崎的表情霎時轉為平穩繼續說：「我們還不知道這個跟蹤狂是不是x4，如果不是，我們必須和之前一樣繼續臥底調查。不，不僅如此，在這場婚禮之間，真正的x4說不定會到櫃檯。你有你的任務，只有你才辦得到的任務。拜託你，請把心思集中在這裡。」說話的口吻，很明顯在慰勞新田。

「新田，懂了吧？」稻垣問。

新田小聲地回答：「懂了。」

之後不久，他從會議解脫了。會議室繼續在討論婚禮當天的警備，但與這項任務沒有直接關連的人，可以回去自己的工作崗位。

新田心中漲滿了不滿。這次的臥底調查，他有自信自己的貢獻比任何人都多。因為接受了短時間的訓練，從事不熟悉的飯店業務，有著在最前線和案情對峙的價值。但如今連這份抱負都遭到漠視。案情的真正架構，被隱藏了一段相當長的時間，這次真正的嫌犯終於要現身了，卻被屏除在重要的警備工作之外，這算什麼嘛。自己究竟算什麼呢？即便只是一個單純的棋子，棋子也有棋子的自尊。

帶著悶悶不樂的心情回到了櫃檯。櫃檯裡站了兩個人，但不見山岸尚美的身影。新田心想她可能回家了，一問之下才知道她去了事務大樓。

「她說要去查一點東西再回家。」年輕的櫃檯人員如此答道。

新田點點頭，轉身離去。山岸尚美在查什麼呢？他很好奇，於是決定重返事務大樓。

到了事務大樓，他沒有走樓梯，而是搭電梯上了三樓。因為走樓梯的話，可能會碰到還在開會的人。

新田來住宿部的辦公室看了一下，果不其然看到山岸尚美面對著電腦的背影。她似乎也察覺到有人，回頭一看。臉上露出笑容，向新田點頭致意。

「妳在查什麼？」

「不是什麼大不了的事。門外漢的我，能夠知道的事相當有限，不過總比什麼都不做來得好……。而且新田先生你也去開會了。」

「妳沒有回答我的問題喔。」新田湊向電腦螢幕。看到上面映出的東西，不禁皺起眉頭。因為是完全意想不到的東西。「妳查東京都的路線圖做什麼？」

山岸尚美依然面帶笑容，遞出手邊的文件資料。「這是準備給婚宴司儀用的東西。本來不可以給人看，不過反正警方也能弄到手吧。」

新田收下文件，大致看了一下。上面寫的是新娘高山佳子的經歷、學歷、參加過的社團、就職的公司，甚至換工作的公司都寫得很清楚詳細。

「這和路線圖有什麼關係？」新田問。

「我在想能不能推測出跟蹤狂的活動範圍。」

「活動範圍？怎麼說？」

「高山小姐是福島縣出身的，大學畢業後來東京上班。之後一個人住在高圓寺的公寓，至今在兩家公司上過班。我是在想，如果這個跟蹤狂是高山小姐不認識的人，那麼他們兩人的交集點在哪裡？當然有可能碰到面的地方太多了，不過這名男子會變成跟蹤狂，他們碰面的頻率應該很高。明明見過很多次面，但女方卻沒察覺到。這樣的場所究竟是哪裡呢？」

新田也明白她的意思了，認為她說的很有道理。

「例如上班的路線……通勤電車裡之類的？」

山岸尚美一副深得我心的模樣，用力點頭。

「高山小姐現在上班的公司在池袋，以前的公司在四谷。還沒問過本人不敢確定，不過我猜她可能一直都搭中央線吧。以前是直達四谷，現在是在新宿轉搭山手線，然後抵達池袋，大概是這樣吧。」

「跟蹤狂是中央線的乘客？」

「不，如果是的話應該在更早就出現什麼遇害情況了。高山小姐換到這間公司上班大約是一年前。我猜是通勤路線因此有了微妙變化之後，才遇見這個跟蹤狂的。」

「這麼說可能是，」新田看著路線圖。「在新宿轉搭山手線前往池袋的途中囉。」

「這是門外漢的推理，不過我覺得可能性很大。而且和其他命案現場的平衡也很好。」

「平衡？」新田凝視山岸尚美的臉。「什麼平衡？」

於是她稍顯猶豫地開始敲打鍵盤。接著畫面出現的是東京都地圖。

「第一起命案的發生地點是品川吧。然後下一起命案是千住新橋，第三起命案發生在葛西交流道附近。我一直在想這種配置有沒有什麼意義？查來查去的結果，發現一件驚人的事。」

「什麼事？」

山岸尚美拿起桌上三十七公分的尺，將它比在螢幕的地圖上。

「你看。把千住新橋和品川用一條線連起來的話，差不多中間的位置就是這間飯店。」

新田睜大眼睛，湊近螢幕。這種事以前沒察覺到。有可能像她說的，是個大發現嗎？

但不久新田就失望了。因為他發現尺的量法不正確。「失禮一下。」說完，他自己拿著尺試著比比看。

「命案現場的地圖，我看到不想看了，所以記得很清楚。如果要嚴格用尺來比的話，應該是這樣。兩地的中間點是，東京車站附近。」

「東京車站可以說在這間飯店附近吧。」山岸尚美有點激動。

「好吧。那就先把妳的想法說給我聽。」

她點點頭，再度拿尺比在螢幕上。

「把第三起命案的葛西交流道附近，和這間飯店連起來。然後以同樣的距離延伸出去的話，就是新宿西口附近。」

新田不禁張大嘴巴。

「妳的意思是，跟蹤狂和高山佳子小姐相遇的地點可能在新宿附近？原來如此，這樣地點確實有平衡。」

「相遇的地點和命案現場，幾乎是排在『十字』上。怎麼樣？你不覺得這個發現很驚人？」山岸尚美雙眼閃著光輝。

新田雙手插進西裝褲袋，聳聳肩。「不，很抱歉，我不認為。」

「為什麼？難道你認為這是單純的巧合？」

「是的。」他點點頭。「只是單純的巧合。」

山岸尚美一臉難以接受的模樣盯著螢幕。「真是這樣嗎？」

「假設這個跟蹤狂想要高山佳子小姐的命，但挑這間飯店下手是因為，高山小姐要在這裡舉行婚禮。而決定在這裡舉行婚禮的是高山小姐和新郎渡邊紀之先生，並不是跟蹤狂挑選了這個地點。」

「可是——」

「好了，不要再說了。」新田打斷她的話，在臉的前面搖搖手。「為什麼呢？為什麼妳要插手做偵查的事？我不是跟妳說過了，妳只要協助我就好。我知道妳是為了飯店著想，不過偵查的事交給我們專業刑警來做吧。」

山岸尚美頓時間傻住了，視線在半空中徘徊。不過她旋即眨眨眼睛，做了一個深呼吸，看向新田。

「我這麼做確實是為了飯店著想。但是，我也想多少幫你一點忙……」

這句話出乎意料。新田頓時不知所措。「為什麼……」

「因為從今天早上開始，你的樣子一直很奇怪，我猜大概是偵查沒什麼進展吧。所以從同事那裡聽到高山小姐的事情後，我也馬上跟你說。然後在想我還能做什麼的時候，就想到現在這件事了……」

「妳的意思是交給這個刑警沒什麼進展，所以想自己找線索來給他？」

「不，我絕對沒有這個意思……」

「總之，妳沒有必要這樣加班。請快點回家休息吧。拜託妳。」新田說完行了一禮，便轉身背對山岸尚美。一邊邁開大步離去，一邊在心裡臭罵：每一個都把我當笨蛋。但另一方面，他也很氣自己。

24

晚上十一點多，能勢矮胖的身影出現在大廳。退房時間已過，來櫃檯的客人也變少了。能勢向新田點頭致意後，走到靠牆的沙發，從西裝內側取出手機。按了按鍵後，貼在耳朵上。不久，新田外套內側的手機震動了。

確認是能勢打來的之後，新田接起電話：「喂。」

「是我，能勢。」說完，他揮揮另一隻空著的手，臉上浮現和藹的笑容。

「我知道，我看得見你。」新田故意以冷淡的口氣說。

「能不能稍微和您談一下？我有很多事想和您商量。」

「如果你要解釋，我之前已經聽過了。我也跟你說過算了。」

「不是這個。我說有事要和您商量吧。十五分鐘，不，十分鐘就好。」

新田用力嘆了一口氣，聲音大到電話那頭都聽得到。

「找我商量幹麼？你又想跟上面報告嗎？」

「不是的，我不會再做這種事。」

「無所謂啊，你就去報告吧。因為這是身為部下的職責。問題在於，你騙我說你不會報告。」

「關於這件事，我真的也很痛苦。如果我道歉的方式不足以表示我的歉意，要我下跪道歉我都願意。我現在就立刻在這裡向您下跪吧。」能勢筆直看著新田，開始在沙發上挪動屁股。新田見狀心頭一驚，因為他真的要下跪。

「請你別這樣。我沒有叫你下跪。」

「那就請您相信我。今後我不會再說謊了。所以請您聽我說，我真的有事要和您商量。我不會跟上司們講的。」能勢的口音帶著些許北關東腔，而且講話還大舌頭。然而這樣的他好聲好氣地慢慢說，不知為何讓人覺得很誠懇。

「求求您。」能勢說。依然坐在沙發上，頭低得很低。

新田又嘆了一口氣。

「好吧，你到二樓的婚宴洽詢處來。就是上次跟你說電話詭計的地方。」

「好的，非常感謝您。」掛斷手機後，能勢擺出開心的表情，再度鞠躬。

新田把手機放回內袋時，察覺到視線。往旁邊一看，山岸尚美一臉狐疑地看著他。

「你和那位先生在說什麼？」她說著看向遠處。而遠處那裡，能勢正開始移動。「新田先生，你剛才說話的口氣很強硬喔。」

「不好意思，妨礙到工作了嗎？」

「沒有這種事……那位先生，是你的夥伴吧？」

「是的。我接下來要和他討論一些事情，需要稍微離開這裡一下。」

「哦，好。」

新田一邊感受著她的視線，一邊走出櫃檯。昨夜的交談在內心甦醒，覺得有些難為情。她是真的在關心自己，拚命在想能不能幫上什麼忙。雖然著眼在過去三起命案的地點，與這間飯店的位置關係的論述有點離題，但即便是牽強附會，能連結上第四起案子的推理能力也著實驚人。

但新田卻沒說半句感謝或慰勞的話，只是冷漠地潑她冷水。搞得自己後來一直很難受，回到休息室也一直睡不好。

今晨見面的時候很尷尬，但山岸尚美卻笑臉盈盈地向他打招呼，猶如什麼事都沒發生過。當然，她的內心想必也不太好受。

搭乘手扶梯上二樓時，新田心想，找個機會為昨天的事向她道歉吧。

來到婚宴洽詢處，看到能勢孤零零地坐在最前面的桌子。其他地方完全沒人。看到辦公室的門，新田心想，仁科理惠可能在裡面吧。這個名字是山岸尚美告訴他的，也就是負責這場婚禮的女性員工。

新田往能勢對面一坐，能勢便縮起脖子說：「百忙之中，對不起。」

「我一點都不忙喔。我指的是正職那邊。倒是，你要找我談什麼事？」

「哦，在那之前我首先——」能勢雙手抵著桌面，磕下他頭髮稀疏的頭。「對不起，真的很抱歉。我再度鄭重向您道歉。」

新田覺得受夠了。這個人究竟要磕幾次頭才甘願啊。

「算了啦。你真的很煩喔。」

能勢依然雙手抵著桌面，唯獨把臉抬了起來。仰頭看著新田，擺出一臉孬種的表情。

「哦，我是真的覺得很對不起您。可是又不能違抗上司的命令。」

「我明白啦。所以我說過好多次了，叫你不要再說了。」

能勢終於撐起身子。

「可是這樣的話，我心裡還是有疙瘩，所以從昨天開始一直在想有沒有什麼辦法能助您一臂之力。」

「助我一臂之力？這話什麼意思？」

「您只要知道我想幫忙就好。您有什麼想調查的事，儘管吩咐我。無論什麼事我都會幫忙。就像拆穿手嶋的不在場證明一樣，我們兩人也聯手找出x4的真面目吧。」

新田盯著能勢的圓臉。

「你說這個是真心話？」

「當然是真心話。雖然不用再度強調，但我這次一定不會跟上司說。這點我敢向您保證。」

新田撇了撇嘴角，輕輕地搖頭。「你想找我商量的就是這件事？」

「是的，我希望新田先生能夠立下功勞。」

「那你請回吧。我要返回工作崗位了。」新田站了起來。

能勢也跟著起身。「新田先生……」

「你可能不知道，這裡的現場對策總部已經掌握x4的重大線索，現在很多搜查員都在準備行動。」

能勢的瞇瞇眼稍微張開了些。「真的嗎？在哪裡掌握到這種線索……」

「就在這裡。」新田指著地面。「在婚宴洽詢處掌握到的。」

能勢不懂他的意思，低頭看著地面，眨眨眼睛。

新田「呵」地輕笑一聲。

「但是其他人都為此忙得要命，我卻成了局外人。被命令照以前一樣站在櫃檯招呼客人。或許遲早會逮到x4，但立下功勞的一定不是我，而是別人。」

「可是這個線索不知道是不是正確的吧？有證據可以證明一定是x4嗎？」

「這倒是沒有……」

「既然這樣，我們就從別的方向進攻吧。一定能找到切入點才對。」

「不用了，算了。」新田揮手道別，走向出口。

「請等一下。」正要走出婚宴洽詢處的時候，能勢追了上來，站在新田的前面。「關於品川案，我有事要向您報告。您也有負責偵查這個案子，所以應該不能置之不理。」

新田臭著一張臉，別過頭去。「到底是什麼事？」

「我得到證詞了，x1去過的網咖，手嶋也去過好幾次。那間網咖在埼玉縣，店員記得手嶋的臉。」

「那很好啊。往前進了一步。」

新田絲毫不感興趣，因為品川案對他而言已經結束了。恐怕對尾崎和稻垣也是一樣吧。

新田打算走人，但能勢擋在他前面。

「您也知道，不只x1，x3和x4也都用網咖。用自家電腦的只有x2，也就是野口靖彥。」

「那又怎樣？」

「擬定所有計畫的，是提案者x4。x4自己知道要用網咖，為什麼不指示x2也用網咖呢？若其中有一個人留下信件紀錄，這個計畫就出現破綻了。」

「他可能覺得這是常識，不需要說吧。」

「真是這樣嗎？我認為x4是個相當聰明的人，而且非常謹慎。即使不需要說的事，也會先在一開始問清楚吧。」

新田頓時詞窮。因為能勢說的話很有說服力。

「你的意思是，x4知道x2用的是自家電腦，卻故意不下指示叫他不要用？」能勢的表情轉為嚴肅，點點頭。

「我猜應該是吧。」

「為了什麼？為什麼要故意做這麼危險的事？」

「問題就在這裡。為什麼要做這種事？雖然我不知道原因為何，但這麼做一定是對x4比較有利吧？」

新田眉頭緊皺，視線落在地板上。他認為這是個離奇的想法。但確實，這種逆轉的發想經常是解謎的關鍵。

「您覺得如何？」能勢偷窺般地看著他。「新田先生的腦細胞受到刺激了吧？」

新田哼了一聲，嗤之以鼻。「你不要用這種奇怪的方式說話。」

「可是您的表情寫著，您感到興趣了，也開始推理了。」

「才沒有這種事。我只是覺得你的想法很有意思。」

能勢喜孜孜地笑了，眼睛笑成一條細線。

「那就好。怎麼樣？新田先生。我們兩個聯手來解決這個問題吧？特搜總部的人，沒人想到這種事喲。我們可以隨意自己調查。」

「你說聯手解決，要怎麼做？」

「這要動腦筋想啊。用新田先生您那聰明的腦筋去想。我相信您一定能找到答案。」

新田很想嗆他一句，別說這種無聊的場面話。可是看了能勢的臉，又把這句話吞了回去。他的嘴角在笑，但瞇瞇眼裡露出認真的光芒。

「那我告辭了。」彷彿新田的沉默已經達成他的目的，能勢恭敬地行了一禮後，朝著手扶梯走去。

新田目送著他的背影，口中喃喃地說：沒有用啦。雖然這個想法很有意思，但拘泥在這種瑣碎的事情上，到頭來還是抓不到兇手。即便真的掌握到什麼，到時候還是要尾崎他們執起指揮權，發動人海戰術調查才能有結果吧。

新田輕輕地搖搖頭，邁開步伐。結果看到一名女子搭手扶梯上來，穿著飯店制服。她一看到新田，便表情僵硬地站住了。

新田往她的胸前一看，大吃一驚。名牌上寫著「仁科」。

「妳是仁科理惠小姐嗎？」

她點點頭。「山岸小姐跟你說了？」

看來她也知道新田是刑警。

「是的。現在我們在研擬對策。」

「太好了……。真的要拜託你們了。等一下我也打算向高山小姐說，飯店方面會盡力小心防範。」

「等一下？今天高山小姐會來這裡啊？」

「是的，她要來做最後的確認工作。」

「什麼時候？」

由於新田氣勢驚人地問，仁科理惠有點嚇到退了一步。「她是跟我們約兩點……」

「兩點是嗎？我知道了。」

新田點點頭，確認現在的時刻後，再度走向手扶梯。

25

搭乘手扶梯下到一樓的微胖中年男子，直接走過大廳，繼續往地下樓層的樓梯走去。不見新田的身影。看到這一幕，尚美走出櫃檯，快步追向中年男子。

男子正踩著悠閒的步伐下樓梯。尚美朝他背後叫了一聲：「先生。」

男子停下腳步，轉頭看向尚美，露出驚訝之色。

「妳是……」男子壓低聲音繼續說：「妳是和新田先生在一起的人吧。」

尚美點點頭，遞出名片。「敝姓山岸。」

男子神色慌忙地翻找口袋，最後一臉鬱悶地說：「糟糕，我的名片用完了。」

「沒關係，我聽新田先生提過您。」

「這樣子啊。呃，妳叫做山岸小姐是吧。」看著名片確認後，他報上自己的姓氏能勢，以及隸屬品川警署刑事課。「您找我有什麼事嗎？」

「其實我是想請教您新田先生的事。能不能耽誤您一點時間？」

「哦……」能勢顯得有些困惑，但也立即露出親切和藹的笑容。「沒關係喲。只是不知道我能不能回答。」

「不能回答的也沒關係。非常感謝您。」尚美就站在樓梯上，向他行了一禮。

地下樓層的酒吧還在準備中，但尚美毫不顧忌地就帶能勢進去。因為一進去便有個等候用的空間。

「我沒有進來過飯店的酒吧耶。」能勢好奇地看著牆上的裝飾。

「酒吧是在那裡面喲。」

「哦，這樣啊。呃，想必很貴吧。」能勢朝幽暗的裡面看。

「能勢先生，請問……」

「哦，是是。」能勢打直背脊，雙手放在膝上。「什麼事？」

尚美調整氣息之後開口說：

「或許不是我該過問的事，請問新田先生是不是出了什麼事？」

「咦？……」能勢猶如被攻其不備似的露出驚慌之色。「他怎麼了嗎？」

「因為他最近怪怪的，具體來說是從昨天早上開始。完全無法專注在工作上，常常顯得很焦躁的樣子。可能是前天晚上發生了什麼事吧？」

「啊！」能勢嘴巴張得開開的。「原來是這樣啊。哦，不不不，原來事情變成這樣啊。」

「果然發生了什麼事吧。是不是偵查工作不順利？」

能勢皺起臉，將肥短的雙臂交抱於胸，「嗯」地沉吟了半晌。

「並不是發生什麼不好的事。偵查本身也有進展。只不過，不是照新田先生期望的形式進展，應該說在新田先生不知道的地方進展著……」最後能勢說得有些含糊其詞。

「這是怎麼回事？有進展不是很好嗎？」

「也對啦，照理說是這樣沒錯。可是新田先生大費周章扮成飯店員工進來臥底調查，所以更想立一點功勞吧。我也不太了解他的心情。」

「總而言之是這樣嗎？偵查雖然有進展，可是和新田先生扮成飯店員工無關。照這樣偵辦下去就算破案了，他也沒有功勞，所以覺得不是滋味在鬧彆扭，是嗎？」

「不，他不是在鬧彆扭，而是覺得很不甘願，或是心中充滿疑問吧……」

「這算什麼！真受不了他。他是笨蛋嗎？」尚美不禁脫口而出。

能勢沒想到尚美會說出這種話，大吃一驚睜開瞇瞇眼。尚美回看他的臉，繼續說：

「原來是為了這種無聊的小事啊。虧我還這麼擔心他。非常謝謝您，我明白了。」

尚美一口氣說完，想起身站起來。

「啊不，請稍等一下。」能勢伸出雙手，制止她站起來。「請妳再聽一下。請妳聽我說。」

尚美坐回去。「什麼事？」

能勢摸摸稀疏的頭髮，露出沉穩的笑容。

「新田先生是很優秀的人。那麼年輕就當上搜查一課的刑警，而且被賦予重責大任，這表示他過去立下相當輝煌的戰果。自尊心稍微強一點也是理所當然。」

「或許吧，可是……」

「妳就先聽我說嘛。不過他的自尊心也是他的缺點，這也是事實。難得有優秀的能力，卻因此無法充分發揮。這種時候，旁人的支持就很重要了，不管是上司還是同事。可是現在大家都為了自己的任務忙得暈頭轉向，根本沒有心思去管這種事。」

「我也這樣認為。總覺得他好像在使性子鬧脾氣。」

「所以說，」能勢說：「我想拜託您來擔任這個角色。」

「我？」尚美不禁蹙起眉頭。「為什麼要找我？」

「因為妳現在是新田先生的同事，也是他的上司吧？關照部下的心情，也是工作之一不是嗎？」

尚美苦笑搖搖頭。

「我只是奉上司之命協助警方辦案而已。我不想跟新田先生有私人的牽扯。」

「這樣啊？那妳為什麼這麼關心新田先生？」

「這是因為……」尚美不知如何回答，頓時詞窮了。確實如此，為什麼自己如此關心他呢？

「山岸小姐。」能勢叫她。「我認為妳也是非常優秀的人。所以儘管只是短時間的相處，妳也察覺到了新田先生的心境變化。不只察覺到，還想幫他的忙。請妳照著這種義務感行動吧。」

能勢說完，深深鞠躬。

尚美凝視著這個其貌不揚的中年男子。「能勢先生，您真是個好人啊。」

他抬起頭來，連忙搖搖手。「沒有沒有，我沒有那麼好。」

「可是一般人，不會關心別人到這種程度喔。您和新田先生認識很久了吧？」

「不，我們是因為這次的案子才認識的。」

「才認識不久，為什麼您這麼……」

能勢「呵呵呵」有點難為情地笑了。

「可能是我天生雞婆吧。看到應該有所作為的人因為無聊事而走進死胡同，我的個性無法放著不管啊。而且他有一種魅力，會讓人不自覺地想伸出援手。妳不這麼認為嗎？」

同感。尚美微笑點頭。

「不過新田先生可能不稀罕我的支援吧。他昨晚也跟我說，叫我只要在飯店業務上支援他就好。」

能勢用力點頭，彷彿在說這是意料中的事。

「我很想幫他改掉這個毛病啊。如果他能夠懂得人情，會是個更優秀的刑警。雖然會給妳帶來一些麻煩，但也請妳把這個當作一種緣分，溫柔地守護他吧。」

「只要我溫柔地守護他，他就會變嗎？」

「一定會變。不，已經逐漸在改變了。」能勢說得斬釘截鐵。「雖然自尊心太強，很多事情會看不到，不過他洞悉事物的能力堪稱出類拔萃。他不可能沒有察覺到妳在關心他。他的自尊心很強沒錯，但相同的他的腦袋也聰明過人。」

這一點尚美也有同感。她回答，或許吧。

26

看到一名年輕女子搭乘手扶梯上二樓，新田看了一下手錶。快要兩點了。平日這個時間，有事去二樓的人相當有限。這名女子應該是高山佳子吧。

新田想走出櫃檯，但此時後面傳來一聲「你要去哪裡？」，是山岸尚美的聲音。

「沒什麼，只是去上廁所。」新田沒看她的臉，直接走出櫃檯。

可是不能搭手扶梯。因為大廳依然有幾個搜查員在臥底盯梢，他們應該也看到高山佳子了。若看到新田追在她後面也搭上手扶梯，他們一定會向稻垣報告吧。

於是他走飯店員工用的樓梯，上了二樓。穿過沒在使用的宴會區，來到走廊上。這個時段，宴會區周遭不見人影。

新田邁開大步，走到婚宴洽詢處。從外面看去，所有接待客人用的桌子都空著。看來高山佳子被帶到後面的房間去了。為了提防跟蹤狂的糾纏，這也是應該的。

新田踏進婚宴洽詢處之後，毫不猶疑地往後走。後面有兩個房間，一個門開著，裡面沒人。另一個房間聽得到說話聲。

新田深呼吸，舉起拳頭打算敲門時，突然被一股強大的力量拉住領子。一個踉蹌，差點跌倒在地。重新站穩回頭一看，本宮一臉兇狠地瞪著他，然後又抓起新田的領帶，拉著他往外走。

新田連出聲的時間都沒有。本宮就把他拉出婚宴洽詢處之後，繼續拉著他到轉過走廊轉角才放開他。

鬆開領帶，咳了好幾聲之後，新田看向刑警前輩。

「本宮前輩，你怎麼會在這裡？」

「這還用問嗎？疑似被跟蹤狂盯上的女性來了啊。通常會有人跟監，這是理所當然的吧。我躲在柱子後面看到你進去了，嚇了一跳！你到底在幹什麼？」

新田重新繫好領帶，從正面回看本宮。

「我想向高山小姐問話。不行嗎？」

本宮眉間的皺紋更深了。

「你沒聽到昨天組長說的話嗎？接到報案後，今天早上搜查員已經去向高山小姐詢問情況了。組長不是有交代，除了那個搜查員，誰都不准接近高山小姐。」

「這件事我也有聽到。不過那是擔心其他刑警接觸高山小姐，會讓她起疑吧？所以我才隱瞞自己是刑警的身分。如果以飯店人的身分去問，應該沒有任何問題。」

本宮一臉氣憤地猛搖頭。

「你要說幾次才懂啊？你只要站在櫃檯，留意住宿部門有沒有發生什麼怪事就好。這才是你的工作。」

「這個工作，我自認做得很好。更何況盯上高山小姐的跟蹤狂，不見得以後不會住進這間飯店吧？考慮到這一點，也有必要事先收集充分的情報。」

「這種事不用你說我也知道。負責的搜查員，應該會把這種情報一絲不漏地收集到手。」

「不，我不要二手的情報，我要親自去問。」

「別鬧了！難道你以為你是這世上最優秀的刑警啊？半吊子還敢在這裡拿翹！」

這句話讓新田火冒三丈。「我哪裡半吊子了？」

「如果你是能獨當一面的刑警，就趕快回去你的工作崗位。你沒有做你原本的工作是事實吧。」本宮指向手扶梯。

新田和刑警前輩互瞪幾秒後，結果是自己先移開視線。嘆氣的同時也點了點頭，起步走向手扶梯。

看來這次自己運氣真的很背。仔細想想，打從被叫來喬裝飯店員工開始，就已經注定是這種結果了。在這裡喬裝飯店員工，會被原本偵查工作屏除在外也是理所當然。

新田抱著抽到下下籤的心情回到櫃檯，山岸尚美立刻湊上來問：「上完廁所了啊？」

「哦，是啊。」新田看著前方搔搔鼻翼。

「那可不可以給我一點時間？有點事想跟你談一談。」

此時，新田終於看向山岸尚美的臉。「什麼事？」

她的嘴唇漾起笑意，說：「到後面去談吧。」

走進辦公室後，她拿出一份裝訂成冊的文件，裡面印著人名與公司名，還有一堆密密麻麻的住址。

「這是什麼東西？」新田問。

「你以前不是問過，五年前在我們飯店開餐會的事？汽車零件廠主辦的。我去問宴會部的朋友，有沒有當時的紀錄，不管什麼都好。結果剛才宴會部的朋友拿了這個來給我。這是餐會邀請函的名單。」

新田抬起頭，正要開口說話時，她伸出手加以制止。

「你可不要罵我多管閒事喔。因為餐會的事，是你問我的。」

被她先發制人，新田只好嘆口氣，將視線轉回名單。

「況且這份名單，應該對案情有幫助吧？」

「怎麼說？」

「因為你看這裡。」山岸尚美指著第二張的中間的某個名字。「這裡有個名字叫野口靖彥先生吧。我覺得這個人是第二起命案被殺的女性的丈夫。因為報紙上有寫過野口靖彥先生的妻子史子女士，而且這個住址也在命案現場附近。」

聽到山岸尚美稍顯興奮的口吻，新田覺得空虛了起來。

「怎麼樣？」山岸尚美翻起眼珠子。「我覺得，這說不定是很驚人的發現喔。」

新田緩緩地搖搖頭，把名單放在桌子上。

「不需要嗎？」她聲音帶著驚訝與失望。「我覺得這是相當貴重的資料耶。因為這個人，一定是第二個被害人的——」

「這個我早就知道了啦。」新田忿忿地說：「野口曾經出席這個餐會的事，我們很久以前就知道了。所以我才問妳這個餐會的事。這份名單，我們早就有了。請妳不要小看警察。」

「我哪有小看警察……。原來是這樣啊。那這個東西就不要囉。等一下我得用碎紙機處理掉。」山岸尚美拿起文件。「那麼我去查查看，餐會當天，住宿部有沒有發生什麼事？上次你問我的時候，我說我沒有特別的印象，不過也不是沒有辦法查，例如那天的報告裡——」

「不用了！」新田語氣強硬。「不用查這場餐會了。請妳忘了吧。餐會和案情無關。只是剛好野口有來參加而已。野口也會去參加餐會啊。餐會的地點剛好是這間飯店。只是這樣而已。單純只是巧合。野口的事不用查了。」

「你怎麼直呼野口野口的，也不加個先生……」

「當然囉，因為他是兇手。」新田別過臉去，氣呼呼地說。但話一出口的瞬間，便自覺到犯了無可挽回的錯誤。頓時起了雞皮疙瘩，直冒冷汗。

心驚膽跳地看向山岸尚美。她瞠目結舌，表情僵硬。

「兇手？這樣啊？這個姓野口的人是兇手啊？」

「不，不是這樣。我說錯了。」

「請不要敷衍我。找到兇手了對吧。那為什麼還要繼續偵查呢？為什麼新田先生還待在這裡呢？」

問題接二連三地來，新田頓時張皇失措，想不出一句可以敷衍她的話。

「請告訴我。」山岸尚美繼續逼問。

新田抬頭看向天花板。

27

東京柯迪希亞飯店的宴會廳，各有各的專用廚房。此刻新田在其中一個廚房，隔著調理台，和山岸尚美面對面站著。調理台上放的不是餐具，而是四張筆記用紙；上面分別寫著「x1・手嶋正樹被・岡部哲晴」、「x2・野口靖彥被・野口史子」、「x3・不明被・畑中和之」、「x4・不明被・不明」。這是剛才，新田用原子筆寫的。一邊寫，一邊對山岸尚美說明這次的案情架構，全部都跟她說了。當然這是重大違反命令。尾崎和稻垣有交代，當然不能跟外面的人說，也絕對不能向飯店關係者洩漏。不過一旦把野口是兇手說溜了嘴，便再也無法糊弄她了。

過程中山岸尚美完全沒有插嘴，靜靜地聽他說完。剛開始的表情是詫異，聽到一半轉為驚愕。她不是沒插嘴，而是嚇到說不出話來吧。

新田吐出深深吸入胸口的氣，鄭重地凝望她。

「這樣妳能理解了吧？這就是這個案子的全貌……真正的全貌。」

原本一直低著頭的山岸尚美抬起頭來，臉色蒼白，但眼睛有點紅。

「我不知道該怎麼說。坦白說，我覺得不敢相信，也不想相信。兇手們竟然用網路聯絡，想把個別的命案假裝成連續殺人案……」尚美緩緩地搖搖頭。「這是真的吧。這不是你情急之下為了敷衍我而編出的謊言吧。」

「很遺憾的，這不是謊言。如果這是謊言，我不知道會有多輕鬆。」

她點點頭，嘆了一口氣。

「這樣我就明白了。為什麼我跟你說殺人現場與這間飯店，以及高山小姐可能在哪裡遇見跟蹤狂的時候，你完全不理會我的推理。原因就在這裡吧。這四起案子沒有直接關連，所以連結起來思索也沒有用……你想說的是這個吧。」

新田皺起眉頭，搔搔頭。

「那時候真的很失禮。雖然案情確實如此，但我不該對協助偵查的人說那種話。其實我一直想向妳道歉。真的很抱歉。」新田說完，低頭致歉。

山岸尚美淺淺一笑，恍如在說那種事就別提了，很想靠在後面的流理台上。

「這樣其他案子的兇手全部抓得到嗎？聽你剛才說，自稱x2的野口好像抓到了？」

「野口的部分，現在是處於隨時都可以申請逮捕令的情況。x1手嶋也是遲早的問題吧。雖然這傢伙有個女性共犯，但這方面的查證工作應該也進行得很順利。唯有x3，雖然還不知道他的真實姓名，但如果不用考慮和其他案子的關連，應該有幾個嫌犯可以列入追緝。我認為也是遲早能破案。」

尚美輕輕點頭，靠近流理台，拿起寫著「x4・不明被・不明」的紙。不消說，「被」指的當然是「被害人」。

「這個x4，還沒有犯下殺人罪吧。所以也沒有被害人。」

「是的。」新田一邊回答，心中湧現不祥的預感。

「這麼說的話，」山岸尚美將紙張面向新田。「就不用逮捕x4了不是嗎？重要的是防止第四起命案發生即可，對吧？」

新田雙臂交抱，點點頭。「要怎麼防止呢？」

「這很簡單啊，把案情架構公諸於世就行了。x4知道警方已經看穿他的計畫，應該會打消犯案念頭。只要不發生殺人案，你們也就不用偵查了。因為沒有被害人也沒有兇手。」

果不其然，山岸尚美的回答和新田料想的一樣，不禁再度覺得這名女子果然聰明絕頂。知道案情架構後明明受到很大的打擊，卻能迅速冷靜地分析警方該怎麼做。

「很遺憾的，不能這麼做。」新田說。

「為什麼不行？」

「即便x4打消在這間飯店犯案的念頭，他也不是無罪。他慫恿x1、x2、x3，犯下了三起殺人罪，這個罪責是很重的。」

「既然這樣，只要逮捕x4就行了。可是讓他放棄第四起命案之後再逮捕他也不遲吧？」

新田感到苦澀在口中擴散。「這樣是抓不到的。」

「為什麼？」

「因為我們沒有線索。x4只是和其他三人有電子郵件往來，但什麼都沒做，所以也沒有留下痕跡。沒有任何能夠追到x4的線索。此外還有一點，假設照這樣能夠找出x4的真實身分，能不能將他問罪還是個疑問。因為他可以主張電子郵件的內容是在開玩笑。」

山岸尚美蹙起眉頭，眼珠子看起來有點向上翻。

「請等一下。難道你是想……」彷彿為了穩定情緒吸了一口氣後繼續說：「為了逮捕x4，所以故意在這裡……故意讓他在這間飯店殺人？」

新田搖搖頭。「我們不會讓他殺人，一定會阻止他下手。」

「可是你們未必能防範於未然吧。」

「不，我們會防範於未然的。」

山岸尚美深深吸了一口氣。她的胸部大幅地上下起伏。

「新田先生，你知道未然的意思嗎？未然指的是事情還沒發生。什麼事都沒發生的話，能夠逮捕x4嗎？想逮捕他，一定要讓他做出什麼吧。我有說錯嗎？」

新田避開她的目光。「不，妳沒有說錯。妳說得很對。」

「我猜得果然沒錯。」

「但是，不會出現被害人。」新田抬起頭，再度正面直視她。「我們會讓他以犯案未遂而終。」

「意思是殺人未遂嗎？」

「也有預備犯罪這種罪。只要手持兇器，我們就能逮捕他。」

山岸尚美嘴巴微張，抬起頭。保持這個姿勢片刻後，嘆了口氣，這回變成深深地垂下頭。

「可是無法保證事情一定會以未遂或預備劃下句點吧？但被害人身陷險境是事實吧？」

「所以我們會竭盡全力保護被害人。」

「連被害人是誰都不知道怎麼保護？」她的表情變得很兇。「回答我啊。你們要保護哪裡的誰？如果現在，有人持槍出現在大廳，你們要保護誰？」

「就算持槍，x4也不會在人前亂開槍。」

「你怎麼知道！」

她的語氣激烈，新田頓時畏縮了。這是新田第一次聽到山岸尚美如此大聲，而且以如此尖銳的語氣說話。

可能懊悔自己如此感情用事，她一邊扶額，一臉痛苦地搖搖頭，然後小聲地說：「對不起。」

「我才應該道歉。」新田說：「我很了解妳的心情。妳認為明明有確實的方法可以防止犯罪但警方卻不採用，覺得很沒道理吧。不過我希望妳能了解，這已經是決定的偵查方針。」

「偵查方針，隨時都可以變更吧？」

「想要逮捕x4，只有這個辦法。」

「這種事跟我們飯店無關！」山岸尚美毅然決然說得斬釘截鐵，氣呼呼地朝出口走去。

「等一下。」新田趕忙追上去，擋在她前面。「妳要去哪裡？」

她毫不閃躲地回答：「這還用問嗎？當然是去總經理辦公室。」

「妳想把這件事跟他說？」

「當然。能不能請你讓路？」

「千萬不可以。妳要知道，因為是妳，我才跟妳說。因為我認為妳不會洩漏偵查上的祕密，所以才把一切都跟妳說。」

「如果你想說你看錯人了，這也無所謂。以前我也不會隨便把偵查上的祕密講出去，但如果這個祕密會讓客人和飯店員工身陷險境，那就另當別論。」

新田緊咬嘴唇，用拳頭猛敲放在一旁的推車。山岸尚美皺起眉頭。「請你不要動粗。」

「無論如何都不行嗎？」

「這件事我絕不答應。」山岸尚美打算穿過新田的腋下，但新田硬是擋了過來，她以徒勞的眼神看向新田。「請讓我過去。還是你要我大聲叫人來？到時候困擾的是新田先生你吧？」

看來她心意已決。新田死心地挪開身體。她說了一聲「謝謝」，點頭致意就離開了。新田對著她的背影說：「只要你們自己好就好，是嗎？」山岸尚美停下腳步。

「只要不在這間飯店發生命案，在其他什麼地方發生都無所謂嗎？計畫如此殘酷殺人案的主嫌，不抓起來也無所謂嗎？」

「這是另外一個問題。」她背對著新田回答：「請想其他的偵查方法吧。」

新田再度走近她。

「我再跟妳說一次，沒有其他的方法。要是案情的內幕在這裡被公開的話，那就永遠抓不到x4了。過去的偵查成果也會完全泡湯。所以上司才特別交代我，絕對不能把這件事告訴飯店關係者。」

山岸尚美以側臉看了過來。

「飯店如果公開案情架構，警方會追查究竟是誰洩漏祕密。遲早會查出是新田先生洩漏的，所以你或許免不了被處分。關於這一點，我很抱歉。」

「其實，我會怎麼樣無所謂。」

「是嗎？可是你想立功不是嗎？」

「我當然想立功。但我更不想扯別人的後腿。大夥兒都非常賣力，拚命想抓x4。我不能讓他們的努力化為泡影。」

「我明白你的心情。可是我也不想化為泡影，我不想讓這間飯店長年累積下來的信譽化為泡影。」接著她說了一句「失陪了」便起步離開。

「這個星期六！」新田大叫。「能不能等到這個星期六？至少等到星期六！」

「星期六是……」

「就是那個婚禮……高山佳子小姐舉行婚禮的日子。那一天，跟蹤狂可能會出現在會場，這妳也應該知道吧。總部認為，這個男的有可能是x4。為此已經擬定了特別警備計畫，正在著手進行中。」

「所以呢？這又怎樣？你希望還有一次立功機會嗎？」她以極其冷漠的口吻問。

新田搖搖頭。

「即便這個男的是x4，而且順利逮捕了，也不會是我的功勞。因為我並沒有參加這個警備計畫。不過不會因為沒參加，就想說這個計畫失敗也無所謂。坦白說，我很想親自緝拿兇手，可是既然沒辦法，至少希望有人能逮到他。」

山岸尚美沉默了幾秒鐘之後，回頭看向新田。

「新田先生，我認為你不是會在背後默默出力的人。」

「老實說，我很討厭啊。」新田說：「可是我更討厭，讓壞人逃掉。」

「這是因為你是刑警？」

「不，我本來就是這種人。因為是這種人所以才去當刑警。」新田低頭懇求：「求求妳。請妳等到星期六。如果盯上高山小姐的跟蹤狂不是x4，到時候隨便妳怎麼做。不過在那之前，請妳不要說出去好嗎？我求妳。」

新田一直靜止在深深鞠躬的狀態。他祈禱山岸尚美能夠改變心意，但他耳朵聽到的話卻是一句：「對不起。」

新田緩緩抬起頭，看著她走出廚房的背影。

整個人好像快虛脫了。他走近流理台，打開水龍頭，以驚人的水勢洗臉，從口袋裡掏出手帕擦臉。但即便如此也不覺得力氣恢復了。

拖著沉重的步伐走出廚房，看了一下宴會廳，確定沒人之後打開電燈。好幾張圓桌不規則地擺放著。他走到中央附近，在身旁的椅子坐了下來。

新田心想，總經理聽到山岸尚美說完真相後，說不定會向警方抗議：「比起逮捕犯人，應該把不要再有人遇害當作第一考量吧。」這話也有道理，但警方也有警方的考量，而且絕對不會優先考量自己的利害關係。

然而總經理想必不會接受。他可能會和山岸尚美一樣，主張把一切公諸於世。而警方也無法阻止。一旦公開之後，x4可能會放棄下手。即便現在有人出面自稱是x4，能將他問罪的可能性也極低。

新田覺悟到，自己會被開除。當然不至於被迫辭去警視廳的工作，不過無法留在現在的單位，可能會被調去做閒差，或是下放到地方分局吧。畢竟害夥伴們過去的努力化為泡影，而且永遠都抓不到x4了，受到這種懲處也是應該的。

新田看看手錶，目送山岸尚美離去之後過了幾分鐘了呢？她或許已經把一切告訴總經理了吧？不曉得總經理會不會去抗議，不過還是先把這件事告訴稻垣他們比較保險。

正當新田要起身時，周遭突然暗了下來。天花板的電燈一半以上都被關掉了。

新田望向排列在牆上的開關，結果看到山岸尚美站在那裡。

「一個人用這個房間已經很奢侈了，居然打開所有的電燈也太浪費電了吧，新田先生。」

「妳已經去過總經理辦公室了？」

她嘆了一口氣，默默地輕輕搖頭。

「為什麼呢？」

聽到新田這個質問，她微微一笑。

「因為，是你叫我等吧？所以我決定等了。等到星期六。」

新田站起身來。不知道她為何改變主意，但新田總覺得，還是別問比較好。所以他只說了一句：「感激不盡。」

「可是請你不要忘記喔。要是在這之前發生了什麼事，我會辭職。不只辭去這間飯店，以後也不會在飯店業工作了。我是帶著這種覺悟做的。」

「我也是。」新田說：「我會辭去刑警……辭去警察的工作。」

山岸尚美輕輕點頭後，不斷地眨眼睛。不久挺起胸膛，收緊下巴凝望新田，快速且流利地說：「那麼新田先生，我們回去工作崗位吧。」

28

看到一位戴著毛線帽和墨鏡的男子進入飯店，尚美察覺到一股詭異的氣氛。這名男子還穿著寬鬆的夾克，提著一只大包包。他揮開前來幫他提行李的門房小弟，獨自走進大廳，不久在離櫃檯頗遠的沙發坐下。

尚美覺得很詭異，至少不是普通客人。想和新田商量，偏偏這時候新田不在。

接下來一段時間，男子沒有明顯的動靜，只是一直盯著大門看。

稍微有點動靜是在十分鐘以後。他把帽子壓得更低，擺出交抱雙臂的樣子，但有一隻手遮著嘴邊。很明顯是想遮住臉部。

不久，從大門進來了一名女子，看起來二十五歲左右。身材姣好，臉蛋長得堪稱「和風美人」，筆直地往櫃檯走來。

「我姓森川，訂過房間了。」她對尚美說。

「森川小姐是嗎，請稍等一下。」

尚美查詢終端機，確實有一位森川寬子訂了房間。禁菸的雙人房，附早餐的方案。

尚美遞出住宿登記表，請她填寫。這之間，尚美依然以眼角餘光留意著毛線帽男。男子的臉轉向這邊，雖然墨鏡遮住了眼睛，但可能是在看森川寬子吧。

收回填寫完畢的住宿登記表之後，尚美拿出鑰匙卡。

「森川小姐，讓您久等了。您的房間是2025號房。門房人員會帶您去房間。」尚美對門房小弟招手。

「不用了，我沒有行李。」森川寬子說完，伸出手去。

「這樣啊……」尚美的視線拋向遠方，看到毛線帽男站了起來。

「小姐，」森川寬子說：「我想要鑰匙卡。」

「啊……對不起。」尚美遞出鑰匙卡，行了一禮。「請您好好休息。」

目送森川寬子一臉詫異離去後，尚美再度窺視毛線帽男的動靜，他走到電梯廳附近。由於面向牆壁，從這裡看不到他的臉。

森川寬子經過男子的旁邊，走向電梯廳。男子雖然沒動，但很明顯地注意到她。此時尚美確信了，男子打算衝進森川寬子搭乘的電梯。兩人單獨進電梯之後，他想做什麼呢？不祥的想像在尚美腦中擴大。

「這裡麻煩你一下哦。」尚美向後進的櫃檯人員說完，隨即走出櫃檯，小跑步跑向電梯廳。

毛線帽男依然站著。尚美沒讓他發現、小心翼翼站在他後面。電梯馬上就來了。門開了之後，森川寬子走了進去。裡面沒有其他客人。

下一個瞬間，男子動了，想衝進電梯。由於和料想中一樣，尚美很快就有了反應，雙手抓住男子的手。

男子驚訝地回頭，這時墨鏡也歪掉了。露出的眼睛圓圓的，意外的可愛。

「森川小姐，請您趕快上去。」尚美對著電梯大叫。電梯門依然開著。

「混蛋！妳在幹麼！放開我！」男子想掙脫。

但尚美使出渾身力氣抓著他，硬是把他拉開。「請你不要這樣。我要叫警察喔！」

「妳在說什麼啊！我有做什麼嗎？」

「你有做啊！你想襲擊森川小姐吧。」

「襲擊？妳在說什麼？」

「你騙不了我喔。因為我一直在看著你。」尚美說完看向電梯廳，倒抽了一口氣。因為森川寬子還站在那裡。她從電梯裡出來了。「森川小姐，請趕快去房間──」

尚美就此打住，因為森川寬子搖搖頭。

「沒事啦，請妳放開他。這個人是我的朋友。」

「咦？」尚美來回看著男子與森川寬子。腦筋一片空白。

「放開我！」男子用力甩手，但尚美依然沒鬆手。

男子一臉焦急地重新把墨鏡戴好。此時，尚美注意到了。這張臉好像看過。是常上電視的政治評論家，而且好像有妻室。

「真是笨啊。所以我才叫你不要打扮得怪裡怪氣，這樣反而會引人注目。好了，走吧。」森川寬子牽起男子的手，走向電梯。但走沒兩步立刻停止，回頭說：「這筆帳我會跟妳算。」

尚美心頭一驚，看向後面。不知不覺中，人群圍過來了。其中也有新田。

「真的非常抱歉。」尚美向這對男女深深一鞠躬。

「總之就是，電視上很紅的政治評論家和年輕女子到飯店幽會，怕被人發現，所以故意喬裝，和女子分開行動。想必後來再衝進電梯，也是為了不讓人看到兩人獨處的場面——事情是這樣對吧？」藤木猶如在腦中整理似的，以慢條斯理的語氣問。

尚美誠惶誠恐地點頭。

「我想，應該是這樣吧。詳細情形她也不肯告訴我。」

後來，尚美有去森川寬子的房間，鄭重向她道歉。並且提出不收住宿費表示歉意，對方也接受了。只是那位政治評論家，一直到最後都沒有露面。

「不過話說回來，居然也有這種怪人啊。不想被人看到兩人在一起，最後自己再一個人慢慢去房間不就好了，對吧？」藤木徵求同意的對象是，站在一旁的住宿部部長田倉。

「但也有人的想法是，不想讓人看到在一起的場景，可是想兩個人一起進房間。」

聽到田倉的回答，藤木露出一臉「原來如此」的同意貌。但田倉繼續說：

「做出如此輕率莽撞的行為，太不像妳了。那種情況確實很詭異，很容易讓人誤解，但應該有其他更適切的解決辦法吧。」

「您說得對。我知道錯了。」尚美垂下頭。此言不虛，她很氣做出這種蠢事的自己。

「不過，我也了解山岸的心情。畢竟目前的狀況非比尋常，會有點神經過敏也無可厚非。」

藤木打圓場般地說：「可是影響到身為飯店人的工作就本末倒置了。案子的事就交給警方去想吧。他們也是為此才進來臥底調查。」

「知道了。我以後會小心。」

「嗯，振作點哦。」

尚美再度鞠躬致歉，說了一聲「失陪了」便離開總經理辦公室。她的下班時間已經過了，因此沒有回去櫃檯，直接走向事務大樓。

但是到了三樓的住宿部辦公室，卻沒有心情立刻換衣服，只脫掉外套便在一旁的椅子坐下。

其實她自己也知道犯錯的原因。就如藤木說的，她過度在意案子才會發生這種失誤。可是為何她會如此在意呢？這一點藤木也不明白。

雖然答應新田等到星期六，但不安還是在心中翻攪。這份不安也可以說是一種罪惡感。明明知道有辦法可以防止x4犯案，卻無法告訴藤木他們，身為飯店人算是失職吧。這種想法一直在她腦海盤旋不去。萬一x4真的犯案得逞，自己一定無法重新站起來吧。由於這種心理，變得對一些小事也會神經過敏，所以才會導致誤判。

剛才在總經理辦公室的時候，腦海也曾閃過一個念頭，想乾脆把和新田的約定拋在一邊，現在把所有的事情說出來。但結果，還是說不出口。因為想起新田說，雖然很討厭在背後默默出力，但更討厭讓壞人逃掉。尚美不想無視他這份強烈的理念。

然而這樣真的沒問題嗎？身為一個人，自己真的在做對的事嗎？尚美輕輕搖頭，似乎很難找到答案。

「很難過嗎？」突然從後面傳來聲音。尚美心頭一驚回頭一看，是新田。

「拜託不要嚇我好不好？」

「抱歉。」新田走過來，往椅子坐下。

「事情我聽說了。重要的時候不在，真的很抱歉。」

尚美凝望他的臉。「換作是你，你會怎麼處理？」

新田側首尋思。

「換作是我的話……這個嘛，我會先去找毛線男說話，問他有沒有什麼需要幫忙之類的。要是沒空找他說話，我會索性和他一起搭上電梯吧。」

尚美點點頭。「我認為這樣很好。我也應該這麼做。」

「之所以沒這麼做，是因為現在的妳不是平常的妳……對吧？」

「也可以這麼說。飯店人做錯事是不可能找藉口的。」

「不過這次再度讓我認識到，來飯店這種地方的人真的是形形色色啊。總覺得每個人都心懷鬼胎。」

聽到這句話，尚美微微一笑。

「以前，前輩這樣跟我說過：來飯店的人，其實是戴著名為客人這種面具的人，這一點絕對不能忘記。」

「哦？戴著面具啊？」

「即便飯店人能看出客人的素顏，也必須尊重他的面具。絕對不能想把他的面具拆下來。因為就某個意義來說，客人是為了享受化裝舞會而來到飯店。」

「化裝舞會啊。這可就麻煩了。可是拿那個政治評論家來說，就算他露出素顏，也不至於引起什麼大騷動吧。」

「他的情況算是單純的。如果是知名人士的戀愛冒險，會用更複雜的方法。」

新田眼中浮現好奇之色。「哦？譬如什麼方法？」

「這個嘛，我現在能想到的是，例如假裝成只有男人們的旅行。」

「我懂了，裝成只有男人們的旅行，但其實女人也混在裡面。」

尚美苦笑。

「事情沒這麼單純。實際上只有男人們辦理住房手續，感覺像是知名人士和陪同他一起來的人。而女性則和他們完全分開，獨自一個人另外辦理住房手續。從表面上看來，這名女性和這群男性完全沒有關係，但實際上——」

「到了晚上，這名女性就去了知名人士的房間？」

「沒錯。」尚美點點頭。「這是經常使用的手法。」

「這樣啊。旁邊有一群人圍著幫忙，什麼事都能做啊。」

「因為通常人們不會想到，入住團體中的某一人，其實和別人是情侶。」

「說得也是啊。」新田將雙手盤在後腦勺，身體也靠在椅背上。但不久，突然像彈簧似的彈起上半身。「妳說什麼？團體中的一個人，其實和別人是情侶？」

新田的眼神變回刑警之眼。尚美對他的反應感到不解地問：「這有什麼問題嗎？」

但他沒有立即回答，眉頭緊皺看似在深入思索。過了片刻，說了一句「我懂了！」氣勢驚人地站起來。

「有這個可能性。要是我猜得沒錯，事情會變得很嚴重，不過相當有可能。」

「新田先生，請問究竟是怎麼回事？」

新田終於看向尚美。

「非常感謝妳。多虧了妳，我說不定解開了一個大謎底。如此一來，妳今晚的失誤也就不會白費了。」新田說完便轉身衝向樓梯。

29

將近午夜十二點的時候，能勢進入店裡。狀似稀奇地眺望店內後，看到了新田，便堆滿笑容走了過去。新田起身，客氣地對他行了一禮。他現在還穿著飯店制服，所以不能讓周遭的人看到他好像以粗魯的態度在接待客人。

這是飯店地下一樓的酒吧。離打烊的深夜一點鐘，還有些許時間。酒吧裡還有十幾位客人。

「不好意思，讓您久等了。」能勢來到新田面前，立刻行了一禮。

「不客氣，您請坐。」看到新田笑臉盈盈地勸坐，能勢有點不知所措。可能是新田一直站著吧。新田見狀有些著急，在心裡嘀咕：怎麼這麼遲鈍啊。只好用眼神不斷地示意「坐啊坐啊」，能勢才終於懂了：「哦……好好好」點頭坐了下來。

新田也坐下後，服務生前來點酒。當然服務生知道新田他們的真實身分，但在其他客人面前，不能無視他們的存在。能勢點了鮮榨柳橙汁。

「不好意思，突然把你叫來。」新田小聲地道歉。「因為有件事，一定要在今天晚上跟你說。」

「沒關係沒關係。」能勢搖搖手。「請您別放在心上。上次您叫我來的時候，破解了手嶋的電話詭計。這次我也期待，或許會得到什麼豐盛的伴手禮呢。我猜可能是那個謎底破解了吧？就是今天早上我跟您提過的，x4為什麼不交代野口不要用自家電腦？——我沒猜錯吧？」

看著能勢窺探的眼神，新田微微一笑。

「雖然不是這個謎題本身，但和這個謎題有關。目前還只是推論階段，但我認為這是個可能性很高的假設。」

能勢打直背脊，用力睜開他的瞇瞇眼。

「看吧，我說的果然沒錯。您一定辦得到。我一直這麼認為。」

「不，現在還沒有任何確實證據。所以我希望能勢先生幫點忙。」

「沒問題，我當然一定會幫忙。請儘管對我下指令。可是您必須先把推論說給我聽喲。」

新田點點頭，正要開口時又閉上嘴巴。因為服務生剛好端來鮮榨柳橙汁。能勢也察覺到了，連忙站起來，自己從托盤上拿下柳橙汁和帳單。但瞥了一眼帳單後，不停地眨眼睛。

「哦……一杯柳橙汁要這麼多錢啊？」

「因為是鮮榨柳橙汁呀。是真的用柳橙現榨的。」

「不愧是一流飯店的酒吧啊。」能勢用吸管吸了一口，頓時滿臉驚訝。「原來如此。味道和市售的盒裝柳橙汁不一樣耶。」之後用手帕擦擦嘴角，探出身去。「請開始說吧。」

新田喝了一口玻璃杯的水，潤潤喉嚨。

「x4的計畫裡，有一點我一直想不透。那就是為什麼沒有統一犯案手法？」

「哦……犯案手法。」

「第一起命案是絞殺，第二起命案是扼殺。這兩起要說類似確實也算類似，但第三起命案的被害人是後腦勺遭鈍器重擊致死。如果要做成同一個兇手所為的連續殺人案，殺害手法也要一致比較好吧？」

能勢又喝了一口柳橙汁，交抱雙臂。「好像開膛手傑克一樣，是嗎？」

「其實連續殺人犯也未必每次都用同樣的手法。為了隱藏是同一兇手所為，也有不少人選擇每次都用不同的手法。不過，這次的案例剛好相反，兇手們應該是想做得像同一個兇手所為。」

「確實，如此一想還真妙啊。那麼，新田先生的看法是？」

「我猜兇手們，或者應該說x4的目的，可能在別的地方吧。即使警方不認為這是同一個兇手所為的連續殺人案，他也無所謂。不僅如此，即使看穿是完全不同的四個人下的手，他也無所謂。總之重要的是，誘導警方認為這四起殺人案是一組的。如此思考就能說明，x4為何沒有交代野口不要用自家電腦上網。對x4而言，案情架構被破解了根本無所謂。」

但能勢卻難以理解的地歪著頭。

「我不懂耶。我覺得案情架構被警方知道的話，對x4沒有任何好處呀。」

「照理說是這樣，不過如果滿足某個條件，就會產生莫大的好處。」

能勢收起下巴，突出下唇。「什麼條件？」

「就是x4還有其他的謀殺計畫。」

「其他還有？」能勢不禁倒抽了一口氣。「這是怎麼回事？」

新田確認附近沒人之後，把臉更湊近能勢。

「假設x4想殺的人有兩個，可是他不能單純只殺這兩個人。因為如果警方把這兩起命案連起來偵查，x4以嫌犯浮出檯面的可能性很高。因此x4開始思考，怎麼做才不會讓警方把兩個案子連在一起。結果想出的辦法是，把另一起命案，和其他三起不是他下手的命案全部連結在一起。具體的方法你也知道，就是用地下網站募集共犯，在現場留下以緯度、經度、日期組成奇妙的數字。警方雖然把這四起案子當作一組來思考，但其實唯有最後的命案，是和在完全不同的其他地方發生的命案是一組的。──你覺得呢？」

能勢似乎愣住了，嘴巴半開，看著新田臉龐的瞇瞇眼猶如失去了感情。不久，他終於深深吸了一口氣。

「這是推論……是新田先生的假設吧？」

「是的。只是假設而已，沒有任何佐證。如果你要說這是單純的天馬行空，我也不能說什麼……」

新田說到一半，能勢就開始用力搖手。

「不不不，我認為能想到這種事正是新田先生的過人之處。如果要靠什麼線索才能建立起推理，我周遭有好幾位刑警都很厲害。但新田先生不一樣。你沒有任何材料，也能站在犯人的角度發揮想像力，建立起至今誰都想不到的假設。而且這個假設，相當有說服力。我非常震驚。簡直像聽到x4親自在說話一樣，真的非常了不起。」

聽到如此誇張的謬讚，新田不禁苦笑。「別說這種場面話。」

「這不是場面話，是我真實的感想。既然您把這件事跟我說了，我就不能辜負您的期待啊。明天一早，不不不，今夜我就開始行動。如果這個假設正確，x4應該有別的謀殺計畫吧。」

「是的，而且我認為這個謀殺計畫，已經開始進行的可能性不低。」

「也就是說，現階段已經有被x4殺害的人？……」

「最近都內或近郊發生的命案裡，有必要查一查嫌犯尚未鎖定的案子。」

能勢氣勢驚人地將雙手放在桌上。

「我會查查看。問題是，要如何判斷是不是x4下手的呢？你有沒有什麼好辦法？」

「這對我也是個難題。不過，有一個提示。那就是x4挑選這間飯店當犯案地點。我不認為這沒有任何意義。應該一定有什麼。可能是x4本身，或是被害人，或是雙方，和這間飯店有什麼關係。如此一來，另一個被害人也可能和這間飯店有什麼關連。」

能勢目不轉睛端詳新田的臉，嘴角露出笑意，緩緩地將頭左右擺動。

「真的很厲害。朝著這條線調查看看吧。我這就回去署裡，整理一下最近發生的案子。」

能勢要起身時，新田叫住他：「請等一下。要調查管區以外發生的案子不容易吧。要是能勢先生一個人處理不來，就把這件事跟你們課長說，請他轉告我們尾崎管理官。如此一來，本廳應該也會動起來。就像爆出手嶋電話詭計的時候一樣。」

能勢露出詫異的表情。看到他一臉詫異，新田搖搖頭。

「請你不要誤會。我不是記恨上次的事，說這種話來挖苦你。我認為現在已經不是在意自己有沒有功勞的時候了。我想早點抓到x4，只是這樣而已。不過由我向管理官建議的話，他可能又會認為我沒有專注在本來的任務上。所以你向你們課長說的時候，也不要說出我的名字。拜託你了。」

「新田先生……」能勢皺起眉頭，點點頭。「我明白了。那麼，如果逼不得已，我會這麼做。」

「逼不得已？」

能勢敲敲自己的胸膛。

「先交給我做做看吧。我自有辦法。要是應付不來，我會向我們課長哭訴。這樣如何？」

「可是這樣的話——」

「別擔心，我不會被搶先一步。新田先生特地第一個就跟我說，我也會展現我的骨氣給您看。」能勢起身。「請您稍等一下。明天晚上以前我一定會查出什麼。」說完行了一禮，拿著帳單走向出口。這杯貴得讓他吃驚的柳橙汁，還有一半沒有喝完。

30

山岸尚美九點多才出現，向櫃檯經理久我道歉：「對不起，我來晚了。」確實她上班遲到了，但飯店並沒有硬性規定她的上班時間，因為她要陪新田，有時候必須待到深夜。因此久我笑咪咪地說，不用道歉。

「不，交班的時間是九點，我還是應該在九點前就要到。給您添麻煩了。」山岸尚美再度向久我鞠躬道歉後，走到新田的旁邊。她看起來氣色很差，眼睛有些血絲。「早安。」連道早安的聲音都沒精神。

「不要緊吧？」新田輕聲地問。

「什麼不要緊吧？」

「妳看起來相當疲累的樣子。」

山岸尚美輕拍兩次臉頰，快速甩甩頭想讓腦袋清醒。「我沒事。」

「妳該不會是沒怎麼睡吧？」

山岸尚美沒有作答。新田暗忖，看來是猜中了。

「這樣不好哦。這裡沒問題，妳去找個地方休息吧。我來了之後，妳的工作時數突然變長了。稍微休息一下，沒有人會說話啦。」

她抬頭目光銳利地看著新田，搖搖頭說：「不可以這樣。」

「為什麼？如果是擔心我，我沒問題喔。退房業務，我已經可以做到近乎完美了。」

「我說的不是這個。」

「不然是什麼？」

但山岸尚美沒有回答，突然笑咪咪地說了一聲「早安」。當然這不是對新田說，而是對走近櫃檯的男性住宿客人說的。然後她就直接開始辦起退房業務。

不久，退房結帳的客人接二連三多了起來。新田也混在真正的櫃檯人員裡辦理退房業務。

今天他第一個接待的客人是，態度蠻橫的中年男子。

「我在趕時間，拜託快一點！收據要用手寫的，不能用印的。還有，不要寫日期。」口氣相當粗魯。

新田說了一句：「知道了。」收下鑰匙卡，操作終端機。以前不管做什麼都卡卡的，但現在手勢相當自然。

「先生，請問您有沒有吃冰箱裡的東西？」說話也相當流利。

「嗯？啊，有喝啤酒。還有烏龍茶。大概就這樣。快幫我結一結！」

新田一邊聽著客人口吃般的答話，列印明細，客人簽名後就要做收據。請客人確認姓名之後寫好收據，貼上印花，完畢。動作相當流利。

連自己都覺得不論談吐舉止都很像真正的飯店人了。而且絲毫不覺得討厭，甚至還感到些許自豪。

「讓您久等了。您看看這樣可以嗎？」

「哦，很好啊。」男性客人猶如搶奪似的收下收據，依然一臉臭臉便轉身走了。

「謝謝您的光臨。期待您再度蒞臨。」對著他的背深深一鞠躬時，新田覺得自己好像真的變成飯店人了。

退房業務告了一個段落後，久我對新田說：「新田先生，方便過來一下嗎？」接著又對山岸尚美說：「山岸，妳也來。」

兩人並排站好之後，久我說：「請你們去總經理辦公室。我也會去。」

「出了什麼事嗎？」新田問。

「詳細情況到那裡再說。」久我壓低嗓門，表情也很僵硬。新田覺得，看來事情非比尋常。

三個人到了總經理辦公室，久我敲門，然後打開了門。

一踏進房裡，新田就嚇了一跳。因為稻垣也在裡面，本宮也在。兩人和藤木面對面坐在沙發上。藤木的旁邊坐著住宿部部長田倉。

「對不起，百忙之中把你找來。」藤木說：「因為發生緊急事件。所以我也把稻垣課長請來了。」

「到底是什麼事？」新田將視線從藤木移到自己真正的上司身上。

「我想你也知道，明天是星期六，也就是那個婚禮要舉行的日子。」稻垣說。

新田當然知道，所以默默點了點頭。

「我們已經徹底對婚禮會場與婚宴會場周邊著手進行警備工作，但是又發生了別的問題。」

「什麼問題？」

田倉端詳著新田的臉。

「渡邊先生……也就是明天的新郎。剛才渡邊先生打電話來，說今天想住在這間飯店。」

「啊？這麼突然……為什麼？」

「不，其實也不是突然。渡邊先生和高山小姐，原本有預定今晚的房間，是豪華套房。」

新田倒抽了一口氣，看著稻垣搖搖頭說：「我沒聽說這件事。」

「我想也是。」稻垣答道：「因為我們也是剛剛才知道的。不過仔細問了一下，好像也不是訊息傳達上的失誤。」

「怎麼說？」

「只要在我們飯店舉行婚禮與婚宴的客人，我們都會送他們一晚豪華套房。」田倉說：「什麼時候住都可以，兩位新人預約了婚禮當天。」

「當天，就是明天囉？」

「是的。但這裡發生了一個麻煩。新娘高山小姐說，妝髮部分要請她自己熟悉的美容師來幫她做，可是這樣就不能使用我們飯店的化妝室。所以要訂房間，在那裡化妝。」

「這樣不是剛剛好嗎？已經訂了豪華套房。」

但田倉卻搖搖頭。

「新田先生您也知道，我們飯店的入住時間最早也要下午兩點。只是化妝而已或許趕得上，但婚紗方面就無法準備了。」

「婚紗的準備？」

「因為流程上的關係，中午以前要先把婚紗和首飾之類的東西送到化妝室。所以要從外面找美容師進來的話，我們會請他們從前一天開始預訂房間。」

「也就是說，豪華套房要訂今天和明天兩天？」

「是的，可是當初兩位新人實際上訂的只有明天一天。」

「結果突然今晚也住這裡？」

「是的。新郎好像也說，難得可以訂到這麼好的房間，那就住兩天吧。當然，就我們的立場而言不能拒絕。這是客人應有的權利。」

新田聳聳肩。

「新娘說不定被跟蹤狂盯上了，還這麼悠哉啊。」

「這也沒辦法呀。」稻垣說：「因為新郎不知道跟蹤狂的事。就新娘而言，新郎說要住她也不能拒絕吧。」

新田呼了一口氣，點點頭。「那，我要怎麼做？」

「兩位新人預定傍晚五點入住。住進來之後，可能也會外出用餐，不過基本上會一直待在飯店裡。大廳和沙發區雖然有本宮他們在監視，但兩人待在房裡的時候就沒轍了。所以你盡可能待在櫃檯，保持房間一有電話來就能立即出動的狀態。要是沒電話打來，你就打過去。至於藉口，就要麻煩飯店方面想了。」

「可以問婚紗什麼時候送進去比較方便，或是化妝用的鏡台怎麼辦之類的，我想很多理由都可以用。」田倉補充地說。

「也就是說，要定期確認兩人是否平安？」

「就是這麼回事。房間的入口裝有監視器，只要有可疑人物接近應該會知道，不過還是謹慎為上。」

「我明白了。」

「我這邊的指示就這樣。有沒有什麼問題？」

沒有想到什麼特別的問題，因此新田搖搖頭。「沒有。」

「好，那你回工作崗位吧。我想你應該也知道，盯上高山小姐的跟蹤狂未必是我們在捉拿的兇手。就照以前一樣，小心謹慎執行任務。」

「知道了。那我失陪了。」新田行了一禮，走向門口。山岸尚美也隨後跟了出去。

出了總經理辦公室，稍微走幾步之後，山岸尚美低聲問：「那件事，你已經跟上面說了嗎？」

「哪件事？」

「就是昨晚的事。我跟你說掩蓋外遇旅行的方法時，你好像靈光乍現的樣子。」

「那個啊。那件事我沒有說。」新田邊走邊說。

「為什麼呢？我覺得你好像察覺到非常重要的事。」

「我也有我的各種考量啊。倒是——」新田突然停下腳步，轉而看向她。「我真的覺得很對不起妳。」

「你突然怎麼了？」

「我試著想了一下，妳昨天為什麼沒睡好。馬上就想到答案了。原因和妳昨天犯了不像妳會犯的錯誤一樣，都是被答應我的事牽累了。」

山岸尚美低下頭。看似可以解讀成肯定的模樣。

「第四起案子……至少已經知道可以防止在這間飯店發生，可是卻不能說是非常痛苦的事。萬一有人遇害怎麼辦——想到這個當然會睡不著。看到妳疲累的表情，我更痛苦啊。所以我有個提議，妳稍微休息一下好嗎？」

尚美「啊」地吐了一口氣，抬起頭來。新田凝望她的眼睛繼續說：「至少，休息到明天的婚宴結束為止。結束之後，妳和我的約定就算完成了。妳可以把一切告訴總經理。這樣妳的心理負擔也能減輕一點吧？」

山岸尚美睜大眼睛吸了一口氣，抬起胸膛。稍稍抬起下顎，目不轉睛地瞪著新田。

「你叫我抱著重大祕密，窩在家裡？這樣比較輕鬆？」

「我是為妳著想才這麼說。」

「請你不要看扁我！」尚美說得斬釘截鐵，氣勢驚人。「你說得沒錯。對於明知有辦法可以防止犯案卻沒有說出來，我感到莫大的罪惡感。可是，我不能因此就自己逃掉。為了防範未然我要盡最大的努力，我要比誰都更努力才行。居然叫我休息？這種事……不值一提。」最後那句話說得有點豁出去的感覺。

真是了不起的女性，新田再度由衷佩服。他微微一笑，嘆了一口氣。

「我知道了。我不會再提這件事。我也下定決心了。」

山岸尚美將雙唇抿成一直線之後，答道：「請下定決心。」

回到櫃檯後，新田和她們一起做日常業務。因為是星期五，房間幾乎都被訂滿了。到了傍晚以後，忙著接待入住的房客。

門房領班杉下來到櫃檯，是在將近四點的時候。和其他櫃檯人員稍微談了一下之後，他走向新田。

「關於渡邊先生和高山小姐的房間，找新田先生談就可以吧。」

「是的，怎麼了嗎？」

「房間已經敲定了嗎？如果已經敲定了，我想把行李搬進去。」

「行李？」山岸尚美從旁插嘴說：「如果婚紗方面的東西，明天早上應該會送進去。」

「不，不是婚紗，是宅配。裡面是葡萄酒，大概是送給兩位新人的禮物吧。」

「禮物？」新田問：「東西現在在哪裡？」

「在行李台。」

「請把它拿到後面的辦公室。」新田說完，和山岸尚美面面相覷。

杉下拿來的是，看似只裝了一瓶葡萄酒的包裹。收件人住址寫的是這間飯店的地址，收件人姓名寫的是渡邊紀之與高山佳子。寄件人是「北川敦美」，地址是東京都吉祥寺。但卻沒有寫電話號碼。

「真奇怪。」新田立刻說：「這張包裝紙是百貨公司的。如果是在百貨公司買的，應該會直接請百貨公司送來。可是這張宅配的託運單不是百貨公司的。所以是拿回家以後，再從別的地方寄出來的。」

「說不定想把寫好祝詞的卡片放進去之類的……」山岸尚美說。

「這樣的話會先準備卡片，在包裝之前交給店員吧。」

「買了葡萄酒以後才想到要放卡片，也是有可能的。」

新田凝望著她的臉。

「就算是這樣吧。這種時候，妳會怎麼做？把買了的葡萄酒帶回家是還好，不過妳會特意打開包裝把卡片放進去，然後重新包起來嗎？要是我就不會這麼做。我會準備另一個紙箱，把包裝好的葡萄酒和卡片放進去。」

杉下也頗有同感地點點頭。山岸尚美也垂直擺動纖細的脖子。

「你說得對，確實如此。」

「請和婚禮課的仁科小姐聯絡。」

新田說完，山岸尚美取出手機。

「北川小姐的名字，在這裡吧。」仁科理惠攤開婚宴的席次表，這麼說。她指的地方確實寫著「北川敦美」。姓名的上方是「新娘友人」。

「知不知道是什麼樣的朋友？」

「這就不清楚了……」

「應該也有寄喜帖給這位小姐吧。知道她的地址嗎？」山岸尚美問。

「當然知道。因為喜帖都是我們寄出去的。——這是名冊。」仁科理惠在新田面前打開一本文件，裡面羅列著姓名與住址。

名冊裡也有北川敦美的名字，住址也和宅配的託運單寫的一樣。

「到目前為止沒有可疑之處啊。」

「可是，託運單沒有寫電話就很奇怪了。」

新田贊成山岸尚美的意見。

「要不要打個電話給高山小姐？」仁科理惠說：「把事情跟她說，請她告訴我們北川小姐的電話。」

婚禮的負責人皺起眉頭。

「一定要把事情跟她說嗎？還是找個藉口問出電話比較好……」

新田輕輕地搖搖手。

「我明白你們不想讓高山小姐害怕，可是耍這種小花招到頭來反而麻煩。要是能問北川小姐本人，確定是她寄來的話，高山小姐也會安心吧。相反的如果不是北川小姐寄來的，那就是神祕人物寄了可疑的東西來，更沒有理由不告訴高山小姐。」

可能是接受了這個看法吧，仁科理惠雖然一臉嚴肅但也點點頭，拿出自己的手機後，彷彿在思索該怎麼說般沉默片刻之後，開始動起手指。

電話立刻就接通了，仁科理惠開始說話。以慎重的語氣說出事情。不斷重複著「基本上」「為了慎重起見」「考慮到萬一」之類字眼。高山佳子可能相當驚慌。

「好的，那我等您的聯絡。」如此結尾後，仁科理惠掛斷手機。看樣子沒有問出北川敦美的電話。「高山小姐說她要自己問。問清楚了再打電話給我。」仁科理惠看著新田他們。

「原來如此。這樣也好。」

「高山小姐的反應如何？」山岸尚美問：「果然覺得很恐怖？」

「當然覺得毛毛的。高山小姐說，北川小姐是大學就認識的朋友，與其寄葡萄酒去飯店，應該會寄餐具之類的去她家吧。」

聽著她們的對談，新田也覺得確實如此。

沉悶的沉默時間開始流動。葡萄酒包裹依然放在桌子上。新田凝視它，做出各種推測。也必須考慮到最壞的情況。因狀況而異，說不定必須立刻通知稻垣。當然，能夠變成笑話一樁了事當然是最好的。

仁科理惠的手機傳出來電鈴聲。沉悶的氣氛變得很緊繃。

「喂，我是仁科。……啊，這樣子啊。……是……是。」

仁科的聲調逐漸低沉，臉色轉白。光憑這些，新田就能掌握事態了。他和山岸尚美面面相覷。她的表情也變得很嚴峻。

仁科理惠用手擋住手機的通話口，對新田說：

「高山小姐問過北川小姐的結果，她並沒有寄這種東西來。」一如預料的答案。

「跟高山小姐說，等一下我們會和她聯絡，請她先掛斷電話。」新田說完，看向桌上的東西。山岸尚美伸手想去摸包裹，新田不由得粗暴地說：「不准碰！」她嚇了一跳，趕緊收回手來。

新田吞了一口口水，調整氣息後再度開口：「不要摸這個東西。我們會請鑑識課來。」

「鑑識課……」

「而且，不會在這裡開封。因為開封前必須先用X光確認裡面的東西。」

「裡面的東西不是葡萄酒？」

「外觀看起來可能是葡萄酒。可是開封的時候，不敢保證不會爆炸。」

從表面都能看出，山岸尚美的身體僵直了。

31

下午五點多，尚美感到大廳的氣氛變了。這時她正在幫一名男性客人辦住房手續，卻不由得抬起頭來，視線在四周梭巡。

她知道大廳有刑警在臥底，也記得好幾個人的長相了。此時她發現他們的模樣怪怪的，大家都神情緊張看著大門。

尚美也跟著看過去。果不其然，是高山佳子和一名男子挽著手進來了。這名男子可能就是明天的新郎渡邊紀之，長得瘦瘦高高，看起來有點纖弱。

「怎麼了？」聽到聲音，尚美心頭一驚。男性客人一臉詫異看著她。

「沒有，沒什麼。對不起。」急忙辦好手續後，招手叫門房小弟，把鑰匙卡交給他，指示他帶客人去房間。

「請好好休息。」尚美鞠完躬後，再度看向大門。渡邊紀之和高山佳子正在看婚禮海報，說不定在想像他們自己明天的模樣。新郎想的或許是：妳的婚紗比這個模特兒穿的婚紗漂亮喔。新娘倒是還好，但新郎似乎滿腦子都是幸福的想像。

兩人眺望了海報片刻，便走向櫃檯。一旁的新田以眼神傳出暗號。事先就已經決定了，這對新人由尚美來接待。

「歡迎蒞臨東京柯迪希亞飯店，兩位要辦理住房手續是嗎？」

「嗯，我姓渡邊。」渡邊紀之說，依然和高山佳子挽著手。

「您是渡邊紀之先生啊。恭候多時。這次真的很恭喜您。」低頭鞠躬，遞出住宿登記表。

「那麼，請您填寫住宿登記表，只要填渡邊先生的部分就可以了。」

這次和平常不同，鑰匙卡早就準備好了。渡邊紀之在填寫住宿登記表之際，尚美窺視高山佳子的神情。她明顯一副心神不寧的樣子；雖然臉上略帶笑容，但也露出膽怯之色。未來的丈夫，難道沒有從她這個表情看出什麼嗎？看來渡邊紀之是個相當遲鈍的男人。當然這種想法，絕對不能顯現出來。

尚美確認住宿登記表的填寫無誤後，把鑰匙卡和優惠券放在櫃檯上。說明了附帶的優惠內容後，呼叫門房小弟。門房小弟是關根刑警假扮的，他和新田一樣，穿起制服都有模有樣，應該不會被起疑吧。

目送明天的新郎新娘進入電梯廳以後，新田回過頭來，不由得呼了一口大氣。

「事已至此只能全力以赴了。」新田說。

「我還以為高山小姐會變更行程呢。」

「這也沒辦法呀。明天就要舉行婚禮了，她也沒勇氣跟男友說，可能有跟蹤狂要她的命。」

「這一點我是懂啦……」

那瓶葡萄酒，不，正確地說應該是標示裝了葡萄酒的包裹，已經被警視廳的鑑識課拿走了。考慮到爆炸的可能性，看情況會找個安全的地方開封。至於裡面究竟裝了什麼，目前還沒有消息進來。

高山佳子那邊，決定由仁科理惠跟她說，也問她今晚是否確定要住進飯店。飯店方面是希望今晚最好不要住進來，但高山小姐說事到如今無法改變行程，因為明天的一切相關準備，都是以今晚住進飯店為前提在進行中。當然，她也很不想讓新郎知道跟蹤狂的事吧。

兩人住的豪華套房，由飯店設置了專屬管家之後，鑑識課人員也入內調查了有無可疑物品與竊聽器。很明顯的，警方也考慮到嫌犯有可能是飯店員工。明天早上，新娘的婚紗禮服與花束，以及新郎的禮服都會送來房裡，但在那之前待在另一個房間的女性鑑識課人員會把這些東西全部檢查一遍。

「如果寄那瓶葡萄酒來的是兇手，你認為他接下來會做什麼？」尚美問新田。

新田一臉沉思，交抱雙臂。

「因為不知道葡萄酒的內容物究竟是什麼，現在還無法斷言。但如果裡面有下毒的話，兇手應該會先確定這個伎倆是否順利得逞吧。」

「怎麼確定？」

「假設兩人照著兇手的詭計喝了葡萄酒而命喪黃泉，飯店發現兩人倒下了，應該會向醫院和警方聯絡吧。不久救護車和警車就會抵達飯店——」

尚美點點頭，知道新田想說什麼。

「所以兇手會在飯店附近監視，對吧？」

「如果我是兇手，我會這麼做。問題是，要監視到什麼時候。即便救護車和警車沒來，也不見得代表計畫失敗了。因為不曉得他們兩人何時會喝葡萄酒。通常會認為是吃完晚飯，回到房間以後才喝吧。這種情況，即使兩人都死了，極有可能到早上才會被發現。可是到了早上一定會被發現，因為婚紗之類的東西要送進房裡。所以最遲也要等到明天上午十一點左右，如果沒有異樣發生，兇手才會判斷計畫失敗吧。」

「知道計畫失敗後，兇手會怎麼做？」

「這就很難說了。」新田偏著頭。「如果寄葡萄酒來的人是x4，我認為他不會就此罷手。畢竟已經大費周章做到這種地步了。」

「他可能在婚禮或婚宴上做出什麼事？」

「我認為相當有可能。只是，就算婚禮和婚宴平安落幕也不能大意。因為新郎和新娘明天將住在這間飯店裡。」

確實如此。這種緊張感，要持續到後天早上兩人退房。

辦理住房的客人，又陸陸續續來到櫃檯。尚美當然要處理，新田也專心投入住房業務了。現在在櫃檯人員裡，新田已經成為相當重要的戰力。

大廳的氛圍又變得有點奇怪，是在將近晚上七點左右時。一名扮成客人的搜查員快步走向電梯廳。

尚美看看新田。平常他沒有裝對講機，但現在耳朵塞著耳機。

「高山小姐他們出去吃晚餐了。好像預約了最頂樓的鐵板燒餐廳，七點開始。」

「所以刑警也去了對吧。」

新田微微一笑。

「那個刑警真幸運，可以在高級餐廳吃免費的鐵板燒。不過可能不行喝酒吧。」新田說著，突然將手伸進外套內袋，掏出手機。低聲說了兩三句之後，掛斷手機。表情變得很凝重。

「怎麼了？」尚美問。

新田確定旁邊沒有人在聽之後，把臉湊到尚美的耳畔。

「鑑識課的後續報告進來了。那瓶葡萄酒不是爆炸物。」聲音低沉但卻響亮地在尚美耳畔低語。「不過，包著瓶口的鋁箔紙，被針戳了一個洞。把裡面的軟木塞拿出來一查，果然有被針貫穿的痕跡。兩個洞的位置完全吻合，極有可能有人用注射針插進去。」

「注射針的話……」

新田的眼神變得很銳利，緩緩地點頭。

「不可能只是為了開洞，想必是注入了什麼藥劑。」

「藥劑……是下毒嗎？」

「應該是的。」新田答道：「但目前還不知道混入什麼東西。詳細分析好像需要花點時間。」

尚美頓時覺得口乾舌燥，發寒打顫，渾身起了雞皮疙瘩。

雖然一直以來都有自覺，知道自己在參與命案偵查。新田甚至把偵查上的重大機密告訴了自己，因此也意識到自己有相當大的責任。即便如此，腦袋裡的某個角落還是沒把它當作現實看待，多少帶著這種樂觀的想法：如此重大的案子應該不會發生吧，大肆騷動的結果可能是雷聲大雨點小，最後什麼都不會發生吧。

但此刻終於認識到，這就是現實。有個企圖殺人的兇手，已經在某個地方開始行動了。

尚美頓時坐立難安，想要走出櫃檯，但被新田抓住肩膀。「妳要去哪裡？」

「我想去餐廳，看看他們兩人的情況……」

新田苦笑，搖搖頭。

「餐廳那裡，除了剛才的刑警，應該還有其他的警備人員。妳去了也沒用吧。請想想我跟妳說的話，如果葡萄酒有下毒，兇手今晚不會行動。」

「啊……對哦。」

「一決勝負在明天。如果x4盯上的人是高山小姐。」新田以慎重的語氣說。

32

晚上十點多，新田和尾崎與稻垣等人一起在事務大樓的會議室裡，其他還有十幾名搜查員。

白板上貼著小教堂樓層的平面圖，以及婚宴會場樓層的平面圖，也用簽字筆仔細寫了負責警備工作的搜查員配置圖。

「查出受理宅配葡萄酒的店家了。是高圓寺站附近的一間便利超商。」稻垣看著文件大聲說：「昨天下午兩點左右拿去寄的。受理的店員說，好像是個年輕男子。從他這種講法，我想大家都能想像，可是店員的記憶相當模糊，客人的臉當然不記得，甚至連服裝也記不太清楚。所以大家別被『年輕男子』這個印象給束縛住了。然後是買葡萄酒的百貨公司，這裡沒有店員記得這個客人，甚至連什麼時候買的都不知道。只能從發票確定不是昨天買的。接下來是鑑識課的後續報告。葡萄酒的瓶子完全找不到指紋，也沒有用布擦過的痕跡，可能兇手當時戴著手套吧。雖然從包裝紙和盒子可以看出一些東西，但我不認為兇手只有在買東西和送去宅配的時候毫無防備，所以很難期待這裡面混有兇手的東西。大致是這樣。」

新田悄悄嘆了一口氣。簡單地說，就是現階段無法從那瓶葡萄酒得到任何線索。

一名搜查員起身報告，內容是去查訪被冒用葡萄酒寄件人姓名的北川敦美的情況。北川敦美表示，只有曾和要一起去參加婚禮的大學時期的朋友，在電話裡討論紅包要包多少，大概就這樣而已。完全想不出誰會冒用她的名字。

「這名女子的名字會被冒用，可能只是巧合吧。」稻垣向鄰座的尾崎說。「高山小姐說過，她的郵件經常被人偷看。只要看到是否出席婚禮的明信片，就能知道要出席明天婚禮的人的住址之類的資料。」

尾崎默默點頭表示同意。但表情之所以悶悶不樂，可能是因為案情遲遲沒有進展吧。

「關於兇手知道高山小姐他們今晚入住飯店一事查得怎麼樣？有沒有什麼進展？」稻垣的視線落在本宮身上。本宮看著記事本站起來。

「這也很有可能是看到郵件的緣故。幾個星期前，記載著婚禮和婚宴大概要花多少錢的估價明細，寄到了高山小姐家。明細表裡也有寫著在豪華套房住兩晚，只是費用方面，有一晚是飯店招待所以是免費。看到這個資料，應該能立即想像是前一天和當天要入住飯店。倒是兇手可能不知道，兩位新人原本今晚不打算住飯店吧。」

稻垣皺起眉頭，搔搔頭。「一切的錯誤都在於，不該把所有的郵件都寄到新娘的住址啊。」

聽完本宮說的話，新田突然湧出一個疑問，舉手說：「我可以問一下嗎？」

稻垣以手指指向新田，取代回答「什麼事」。

「寄去的資料只有估價明細嗎？沒有附帶婚禮或餐會的流程表之類的東西嗎？」

「有沒有？」稻垣問本宮。本宮偏著頭說：「不知道。」接著又說：

「除了明細之外，我沒有確認是不是還寄了什麼。——流程表有什麼問題嗎？」後半段的問題是直接問新田的。

「我們之所以知道高山小姐可能被人盯上了，是因為有一通可疑的電話打到婚宴洽詢處，佯稱高山小姐的哥哥，來詢問婚禮和婚宴的詳細流程。倘若郵件中放有流程表，兇手應該沒必要打這通電話。」

「那就是沒有放吧。」稻垣說得很乾脆。

「我去確認一下。」本宮拿著手機走出會議室。

新田心想，假使沒有寄流程表，兇手沒有機會親眼看到，那通電話還是很奇怪。既然已經訂下葡萄酒毒殺計畫，應該不會在乎婚禮或餐會的流程。更何況，要是沒有那通電話，毒殺說不定已經成功了。

不久本宮回來了。以些許棘手的表情看了新田後，將視線轉向上司們。

「怎麼樣？」稻垣問。

「流程表也同封寄上了。現在正在影印。」

稻垣露出出乎意料的表情，和尾崎面面相覷。

新田走出事務大樓時，時針指著十一點。兇手應該看過流程表，為什麼還打電話來婚宴洽詢處。這個疑問，一直到最後都沒解開。稻垣他們的看法是：流程表只寫了大致的流程，並沒有標記詳細時間，所以兇手想知道更確切的時間吧。對此，新田不得不持保留態度。因為就算知道詳細時間，婚禮和婚宴流程也不見得會照著時間準時進行。

抱著難以釋懷的心情，新田返回飯店大廳。櫃檯裡不見山岸尚美的身影。今晚她難得早點回家了。因為新田之前極力勸她：

「明天可能是一決勝負的日子。今晚一定要好好保存體力。」

當時聽到這句話，固執的她也首肯了。

新田走向櫃檯時，手機響起。看了來電顯示，是能勢。

「喂，我是新田。」

「辛苦您了。我是能勢。能不能請您上來一下？」

「上來？」新田將手機貼在耳朵，直接往上看。能勢站在二樓的欄杆邊往下看。新田看著他的圓臉問：「你什麼時候來的？」

「剛剛才到。因為有件事想盡快告訴您，問了一下聽說您在開會中，所以我就在這裡等了。」

能勢的語氣，聽起來有些故弄玄虛。看來他是有收穫的樣子。新田大膽地掛斷電話，登上旁邊的手扶梯。

兩人走進婚宴洽詢處。裡面當然沒人，而且很暗。只打開部分的電燈，兩人隔著桌子面對面坐下來。

「我有個同期的朋友在搜查一課的資料組，拜託他把現在警視廳在處理的命案資料拿給我。」能勢一邊打開記事本，一邊說：「自己住在這城市，說這種話或許不恰當，東京真是個命案很多的地方啊。今年至今發生的命案，光是已經確認的就多達一百三十件以上，其中有將近三十件尚未破案。這也包括這次x4所策劃的三起命案。」

一個月有十個以上的人被殺，多達四分之一的兇手尚未逮捕到案。新田仔細想想也認為，東京確實是個不安寧的地方。

「想要完全過濾這多達三十件的未偵破案實在有點困難，所以我就把重點放在這三個月發生的命案，加以調查。結果符合的案子有六件。其中一件是肇事逃逸，兩件是牽扯到黑道內鬥的殺人案。這三起案子的性質感覺和新田先生說的案情不同，我就把它們排除了。」

「很好。我也覺得應該排除。」

「其他三件中的一件可以說是無差別殺人。發現一名酒店小姐死在隅田公園的旁邊，從現場的痕跡看來疑似多人施暴。」

這個案子新田也知道。推測應該是不良少年所為。這個世界真的變得真糟糕啊。

「可以排除吧。」

「應該可以。接下來是強盜殺人。被殺的是獨自住在中野區的一位資本家奶奶，被搶走了現金。乍看是貪圖金錢下手行兇……」能勢向新田使個眼色，詢問他的看法。

「妄下判斷是很危險的，也有可能是故意做成這樣。」

能勢滿意地微微一笑。

「同感，我也這麼認為。這個案子在中野署成立了偵查總部，以前一起共事過的刑警也參與偵查，我請他調查被害人和東京柯迪希亞飯店有沒有關係。」

「居然拜託人家查這麼詭異的事，那位刑警沒有覺得你是怪人嗎？」

能勢搖搖他胖嘟嘟的身體笑了。

「沒關係，我平常就是一個怪人。結果呢，被害人家屬說，我不認為我家奶奶會和那種豪華飯店有關。再進一步詳細調查或許能查出什麼，不過這個案子姑且也可以排除吧。」

「好的。」

「這麼一來就剩下一件了。這件案子還真麻煩。」能勢舔舔指尖，翻動記事本。「其實還沒有正式以殺人案成立偵查總部。」

「這是怎麼回事？」

能勢從筆記本抬起頭來說：「因為還無法確定死因。」

據他所說，死者名叫松岡高志，二十四歲，是一名男性模特兒，大約一個月前，同居女友發現他倒在下高井戶的住處。雖然立刻叫了救護車，但救護人員抵達時已經沒有心跳了。

「沒有外傷，桌上散亂倒著啤酒和碳酸飲料酒的空罐。當初似乎是認為，這名男子原本就瘦到讓人覺得營養不良，可能大白天就喝酒導致心臟病發作而死的吧。雖然說是模特兒，但其實幾乎沒工作上門，實際上都是靠女人養的狀態，所以也不認為有他殺的可能吧。」

「但是後來出現了他殺的可能嗎？」

「同居的女子一直強調，被害人不是會大白天就開始喝酒的人，如果會喝也只喝一點點。那就先進行血液檢查囉。結果確實血中的酒精濃度並不怎麼高。接下來終於進行解剖了。可是解剖的結果也無法確定死因，也沒有使用毒物的跡象。不過，找到一點可疑之處。」能勢以食指指著腳。「右腳的腳踝有注射的痕跡。」

「注射？但沒有使用毒物的跡象……」

能勢賊賊地一笑，目光落在記事本上。

「聽說有些藥物不會留下使用痕跡，例如肌肉鬆弛劑。不過，光只有注射痕跡很難拿來當作斷定殺人的根據。這就是無法當作殺人案來處理的原因。當然偵查依然持續進行著，可是現階段沒有像樣的線索。」

新田點點頭，一邊用指尖敲著桌面，一邊整理腦中的思緒。

「倘若這是殺人案，就滿足我推理成立的條件了。」

「我就是這麼想，所以立刻和我朋友聯絡了。」

「什麼朋友？」

「我在高井戶署的警務課有個打麻將的朋友。我拜託他，請他安排讓我和被害人的同居女子見面。」

新田眨眨眼睛，不斷地打量能勢的臉。

警視廳搜查一課的資料課有同期刑警，中野署和高井戶署都有人脈。這個乍看其貌不揚的中年男子，其實有著龐大的背景，新田對此深感佩服。昨晚，他之所以敢撂下這種大話：「我也會展現我的骨氣給您看。」原來是有如此驚人的根據。

「怎麼了？」能勢問。

「沒，沒什麼。」新田搖搖頭。「那，你見到這名女子了嗎？」

「見到了。」

能勢說，這名女子叫高取清香，是位設計師，在都內一間設計事務所上班，比死者松岡高志大四歲，去年年底，去聽音樂會的時候剛好坐在隔壁認識的。後來經過一段時間的約會，今年才開始同居。雖然說是同居，但其實是松岡跑去住在她家。

「聽說松岡先生在去年十一月從名古屋來到東京後，是借住在大學時期的朋友家。來東京的目的是，為了參加某個知名劇團的選秀會，很遺憾地沒有選上，窮途末路之際遇見了高取小姐。在一起同居後，松岡先生去模特兒經紀公司登記，為了當演員做準備，高取小姐也在背後支持他……」

新田露出苦笑。

「就是吃軟飯的男人吧。這種人真的當上演員或藝術家成功之後，通常會把女人甩掉。」

「這種事真的很多啊。如果我是高取小姐的父親，我會希望這種男人死了算了。不過不敢在她面前說就是。」

「你是在懷疑高取小姐的父親？」

「不，應該沒有這個可能。因為高取小姐的父親，根本不知道女兒跟人家同居。除此之外也查不出什麼嫌犯。同樣查不出松岡先生或高取小姐是不是牽扯到什麼糾紛，基本上松岡先生在東京幾乎沒有朋友。因為這樣才出現這種論調，認為這果然不是他殺，應該是自然死亡吧。」

「原來如此。那麼，最重要的一點呢……」

「您指的是松岡先生和東京柯迪希亞飯店的關係，對吧？當然，我也問了高取小姐。我就是為了這個去見她的。」

「結果呢？」

「很遺憾的，她說她不知道。」

新田把積在胸口的氣吐了出來。雖然很失望，不過他想：能勢不可能只為了報告這種事而特地跑來。

「她不知道……也就是說，能勢先生還問了別人對吧？」

於是能勢展現出有所企圖的表情，將口水吐在拇指上翻閱記事本。

「我剛才說過，松岡先生和高取小姐同居之前，借住在朋友家吧。剛才，我見到了那個朋友。」

原來這才是正題啊。新田探出身去。「然後呢？」

「這個人和松岡先生在名古屋是唸同一所大學，感情不是特別好，原本只打算讓他住個幾天，結果他居然住了一個月以上，這個朋友也說很困擾。之後他和松岡先生沒有再見過面，雖然知道他死了，也有刑警來問過話，可是他對案情一無所知，感覺到現在還對松岡先生很不以為然。他原本以為松岡先生沒有錢，直到要搬出去的時候才知道他有銀行存款，一氣之下叫他出半個月的房租。不過問題是，他怎麼發現松岡先生有存款呢？」能勢以舌尖舔舔嘴唇。「因為他發現了收據。」

「收據？」

「高級飯店的收據。」能勢露出得意的笑容。

新田雙手往桌面一拍，打直背脊。「飯店名稱呢？他記得嗎？」

「記得。他說得很清楚，是東京柯迪希亞飯店。」

新田感到體溫上升，握緊雙手。

「就日期來看，好像是松岡先生來東京的日子。所以這個朋友就逼問他，為什麼住這麼高級的飯店？錢是怎麼來的？剛開始松岡先生好像想糊弄過去，但後來還是老實招了。其實他父母有寄錢給他。上東京的紀念日，想住一天高級飯店看看。」

「上東京的紀念日啊。」新田交抱雙臂，靠在椅背上。「你剛才說去年的十一月吧。晚點我會查一下飯店紀錄。要是他沒用假名，應該能查出正確日期。如果和這次的案子有關，那天可能出了什麼事。」

「事情或許會變得很有意思啊。我打算明天去名古屋。」

新田蹙起眉頭，注視能勢的圓臉。「去名古屋？」

「我想知道松岡先生為什麼決定下榻這間東京柯迪希亞飯店，也想了解一下他是什麼樣的人。剛才我已經先跟我們課長報備了。我是自費行動，所以他也不能發什麼牢騷。」

這可能是因為上司對這個男人有很高的評價吧。到了此刻，新田終於明白了。

「我知道了。那就麻煩你多費心了。我這裡明天也要面臨最緊要的關頭。」

能勢用力點頭，變成了雙下巴。

「我聽上司說了。新娘說不定會在明天的婚禮上被襲擊。」

「不只是這樣，我猜兇手已經開始行動了。」

新田說了那瓶葡萄酒的事。

「聽了剛才能勢先生說的話，我覺得有共通點。松岡先生有可能是被注射藥物殺死的。而今天送來的葡萄酒也有疑似注射針穿過的洞。我不認為這是巧合。」

「應該不是巧合啊。只是，有件事我感到很好奇……」能勢豎起肥短的食指。

「什麼事？」

「如果這是x4下的手，應該會在犯案現場留下那種數字吧？還是說，葡萄酒的盒子裡，放有寫著數字的紙張？」

「沒有，鑑識課的報告沒提到這個。說不定以其他形式留下數字，例如傳簡訊給高山小姐的手機。」

「原來如此。這也有可能。可是就算毒殺成功了，兇手也不知道被害人什麼時候死吧？即便救護車和警車都來了，也不見得是剛剛才死。只要過了午夜十二點，日期就變了。您應該還記得，那串數字是緯度加上經度，然後再加犯案日期組成的。日期只要錯了一天，經度也會變了一度。一度可是從東京鐵塔到山梨勝沼的距離喔。我想即便只是一天，兇手應該也不會忽視。」

新田不禁瞠目結舌。因為受到能勢指摘的衝擊。確實，能勢說得沒錯。偵查會議中，沒有一個人注意到這一點。

「呃，我說的話，有什麼奇怪嗎？」

「一點都不怪。」新田搖搖頭。「這是相當精闢的著眼點。能勢先生，你是很厲害的人。」這是真心話。「你是個很厲害的刑警。」

不不不，能勢難為情地搖搖手，把記事本收進口袋裡。

「我只是說出我注意到的事而已。那麼我還要準備明天的事，就此告辭了。彼此好好加油吧。」

由於能勢站起來了，新田也跟著起身。「請讓我送你到大門口。」

「不不不，不用啦。」

「別跟我客氣。請看看我的服裝，飯店人員送客人是應該的。」新田說後走向手扶梯。

33

上午九點多，和夜班交班完畢後，尚美站在櫃檯，悄悄地深呼吸。想到這一天終於來了，又懷疑今天真的會發生什麼事嗎？兩種心情在心中交互推擠。不過，她告訴自己，無論會發生什麼事，或是什麼事都不會發生，自己都只能努力做好自己該做的事。

大廳的氣氛明顯和平常不同。因為是星期六，人潮比平常混雜也是理所當然。不過違和感的原因，應該與這個無關。

尚美緩緩地環視整個大廳。之前看過的搜查員，現在都不在了。但恐怕一定有比平常更多的搜查員，混在這人群之中。他們一個個發出的緊繃氣氛，使得華麗的氛圍顯得有些緊張感。

「山岸小姐。」聽到後面有人叫喚，回頭一看是新田。「現在有空嗎？」

「有啊。」尚美點頭。「什麼事？」

「有件事想拜託妳。」新田說完指向後方。

兩人來到後面的辦公室。辦公室裡，久我站著在翻文件。桌上的一角，好像放著顧客名單。

「是在調查什麼嗎？」尚美問新田。

「其實就是在調查，去年十一月的事。」

「十一月？」

「正確地說，是十一月十七日的事。」

「這一天出了什麼事嗎？」

新田點點頭，將筆電型的終端機拉過來，指著名單裡的一個地方。

「松岡高志這名男子一個人入住。單人房，一晚。喝了冰箱的兩瓶啤酒，在一樓的咖啡廳用餐。」

「這位先生有什麼問題嗎？」

「現在還很難說，因為不知道是否和案情有關。可是，如果和案情有關，他會下榻這間飯店應該有什麼意義。我們現在在查這個。」

尚美偏著頭，湊近螢幕。松岡高志。這個名字沒什麼特別的印象。

「嗯……」沉吟的是久我，他接著說：「這一天沒有發生什麼特別的問題。因為是平日，也沒有大型活動的紀錄。」

「那麼隔天呢？」

「十八日的資料也查過了，沒有發生什麼事。」久我搖搖頭，將文件放在桌上。「拿去看吧。看到你們甘願為止也沒關係。」

「好的。不好意思，給您添麻煩了。」

久我點點頭，走出辦公室。

「去問問這位松岡先生不就好了？」尚美說：「問他那一天在飯店時發生了什麼事？」

「如果可以的話，這確實是最好的辦法。」新田聳聳肩。「可是他過世了。大約一個月前。」

尚美大吃一驚。「該不會是，被殺的……？」

「我只能說，這個可能性很大。」

「為什麼你認為或許和這次的案子有關？」

新田搓搓鼻子下方。

「這有點難以說明。暫且把它當作刑警的直覺吧。因為是直覺，所以也有可能不準。妳有沒有印象呢？去年十一月十七日，或是十八日，有沒有想出什麼？」

尚美操作終端機，叫出去年十一月十七日和十八日的資料。當天，所有房間的住房情況、來了什麼樣的客人、收入有多少等等紀錄都保存著。

但是尚美看著這些資料，也沒有喚起什麼記憶。十一月十七日和隔天的十八日，對飯店而言都是平常且平凡的一天。根據紀錄顯示，當時尚美是上夜班，但她連這個都沒有印象。

「應該沒發生什麼事。」尚美只能這麼說。

「既然妳都這麼說了，一定什麼都沒發生吧。刑警的直覺失靈了啊。」新田偏著頭，露出死心般的表情。

「那邊的情況如何？就是高山小姐那邊。」

「如果妳要問是否平安，當然兩個人都很平安。因為剛才還叫了客房服務，現在應該在用餐吧。廚房也有搜查員在監視，送料理進去的是扮成門房小弟的關根，所以姑且不用擔心飯菜有被下毒。」

聽到廚房有搜查員，尚美有點受到打擊。看來警方是真的也懷疑飯店員工。但為了防範事件於未然，或許有必要徹底做到這種地步。

「失陪一下。」新田說著蹙起眉頭。今天他也戴著耳機。

「是後續消息。婚紗和首飾之類的東西，好像送到高山小姐的房間了。鑑識課已經查過所有的東西，目前為止應該沒有問題。」

尚美看看手錶，已經快要十點了。

「新田先生，你昨天說過了上午十一點，沒有救護車或警車趕來的話，兇手會認為葡萄酒毒殺計畫失敗吧。離這個時間，還有一小時左右……」

「兇手說不定已經發現計畫失敗了。問題是，他會思考是哪一個環節失敗。只是單純兩人剛好沒喝葡萄酒？還是葡萄酒的真面目被拆穿了？如果是後者，他會料想警方開始行動了，暫時可能會不動聲色吧。」

「可是昨天你說，如果這個人是x4，他不會輕易打消犯案念頭……」

「那是假設如果是x4下手的話。但我認為，葡萄酒的事可能和x4無關。」

「為什麼？這麼說，是和x4無關的另外一起謀殺案，剛好在進行中嗎？有這麼巧的事？」

「我認為可能性很低。可是，如果是x4想用葡萄酒毒殺，有些地方不太對勁。」

新田接著先說這是能勢刑警的推理，然後把內容告訴尚美，尚美聽得目瞪口呆。即便高山小姐他們喝了葡萄酒死了，兇手也不知道是晚上還是早上，所以想留那個像暗號般的數字也沒辦法留。即使只是錯了一天，經度也會大大不同——聽了這番話，尚美覺得很有道理。

「好厲害的推理啊。」

「我也這麼認為。」新田立即答道：「剛開始，我還以為他只是個不起眼的大叔呢。」

「那麼，接下來要怎麼辦呢？如果葡萄酒不是x4下的手。」

面對尚美的質問，新田大感意外地睜大眼睛。

「怎麼辦？這還用問嗎？不管是不是x4，只要有人想殺害別人，阻止他是我們的職責。也要保護寶貴客人的性命。」

「這是身為刑警說的？還是身為飯店人？」

新田露出被將了一軍的表情，不久苦笑說：

「不管哪一種都可以吧。差不多該回櫃檯了，接下來會很忙。」

34

退房業務告一段落之際，新田外套裡的手機傳來震動。確認來電後，新田走到櫃檯的角落接電話。電話是能勢打來的。

「我是新田。」新田低聲應答。

「我是能勢。現在方便說話嗎？」

「不要緊。你現在在名古屋嗎？」

「是的。剛才，我去拜訪了松岡高志的老家，在瑞穗區妙音通這個地方，是一棟相當氣派的宅邸喔。他母親在家，跟我說了很多事情。不過獨生子才剛過世一個月，說著說著又是痛哭流涕又是發飆大罵，真的很慘啊。」

新田宛如可以看到景象。不過能勢一定能巧妙地從這種人口中套出話來。

「結果有沒有什麼收穫？」

「目前還很難說。他母親說，松岡先生從學生時代就熱中演戲，還隸屬於一個小劇團。上了大學之後很多時間都待在排練場，有陣子她還擔心兒子會不會畢不了業呢。畢業後也沒去上班，就邊打工邊演戲，去年秋天，突然說要上東京。」

「突然？這有什麼原因吧？」

「關於這一點，他母親好像也不太清楚。母親所瞭解的只有，真的要繼續走演戲這條路就得上東京才行。大概就這個程度。她說東京的劇團選秀落選後，原本以為兒子會回來名古屋，想不到就這樣待在東京，她非常驚訝。聽到兒子借住在朋友家，為了不給人家添麻煩還寄了相當足夠的生活費給兒子。至於和女性同居一事，她是兒子過世之後才知道的。父母總是被矇在鼓裡啊。」

「關於事件的事，她有沒有什麼線索？」

「她說她什麼都不知道。就我看來，她不像有所隱瞞。接獲兒子過世的消息趕過去一看，聽到是心臟病發作而死，所以她認為一定是被壞女人勾搭上，過著荒唐的生活所造成的。完全沒有想過是他殺。不過家屬大概都會這麼說，不可靠啊。」

新田認為他說的很有道理，手機貼著耳朵點點頭。

「關於這間飯店呢？松岡先生下榻這間飯店的事，她知不知道什麼？」

「這件事她知道。松岡先生考大學的時候，也曾經來報考東京的大學，那時候住的是東京柯迪希亞飯店——就是這間飯店。松岡先生感到格外滿意，考完試回到名古屋後，經常談起這間飯店有多好。」

「所以才會來住這裡當作上東京的紀念啊。」

看在考生的眼裡，東京的高級飯店想必美輪美奐、燦爛耀眼吧。也可能被飯店人員的親切服務所感動。想到這裡，新田開心了起來，但同時也覺得自己很奇怪，又不是真正的飯店人員竟然這麼高興。

「我明白松岡先生挑選這間飯店的原因了。不過光是這樣，還看不出和這個案子的關連哩。」

「就是啊。所以我接下來要去見松岡先生的演戲朋友們。他母親跟我說了幾個名字和聯絡方式。」

「原來如此，這或許是個好主意。」

「我也打算去看看排練場。不曉得能在那裡查到什麼，但我希望要到跟他比較熟的人的名字與照片。」

「那就麻煩你費心了。這裡目前沒有異狀。」

「希望兇手能露出狐狸尾巴啊。有消息我再跟您聯絡。」能勢說完便掛斷電話。

新田將手機放回內袋，嘆了一口氣。那邊只能交給能勢了。而且現在的新田深信，交給能勢一定沒問題。

之後又開始做平常的櫃檯業務，但是到了兩點半，聽到左耳的耳機傳出聲音，內容是：換好衣服的高山佳子與渡邊紀之，走出房間，前往攝影室。負責警備該場所的人，都回答「收到」。

新田暗忖終於要開始了啊，不禁緊張起來。為了怕客人聽到，在執行櫃檯業務時要關掉無線對講機，但新田心想接下來還是暫時開機比較保險。

不久，高山佳子他們平安抵達攝影室，聽到聯絡進來說開始拍照了。時間是下午兩點四十分，完全照預定流程進行。

新田看向大門。一名穿著禮服的年長男性，和一名可能是他的妻子、穿著禮服式和服的女性，一起走進大廳。兩人在本日活動看板前停下腳步，指著渡邊家與高山家婚禮的字樣，瞇眼微笑。然後兩人都帶著溫柔的笑容走向電梯廳。

之後，看似來參加高山佳子婚禮的男女老少陸續來到飯店，耳機裡迸出的指令與應答聲也隨之增加。

（這裡是A組。在渡邊家、高山家的家屬休息室入口附近。沒有看到獨自一人的人。）

（我是稻垣。收到。B組，拍照情況如何？）

（這裡是B組。剛剛拍完了。新郎新娘走出攝影室，前往休息室。）

（稻垣，收到。）

光聽通訊內容，狀況便猶如浮現眼前。穿著婚紗的高山佳子雖然沉浸在幸福的氛圍裡，但腦海裡還是盤旋著跟蹤狂的事，內心一定相當忐忑。而新郎渡邊紀之，想必完全不知道新娘內心的不安，只是靦腆地笑著吧。

一想到案子可能會就此偵破，新田便坐立難安，很想和其他刑警一起在婚禮會場或婚宴會場監視。但這不是自己的任務。現在應該做的是，以一名櫃檯人員的身分待在這裡，檢視所有前來飯店的客人。

這樣的他在將近三點半的時候，盯上了一位客人。這名男子從地下樓層搭手扶梯上來，乍看之下讓人覺得他可能走錯地方了。身材纖細到令人霎時分不出是大人還是小孩，穿著牛仔褲的腿細得像竹竿；背有點駝，外套的肩膀像用廉價衣架吊過似的尖尖突起。長相很細緻，膚色白皙給人孱弱的印象。可是相反的，下了手扶梯後快速環顧整個大廳的表情，卻帶著一種悲愴決心的氣勢。些微上吊的眼睛透露出的眼光，讓人感到瘋狂之氣。

男子拎著紙袋，看看大到突兀的手錶後，走到附近的沙發坐下。新田的視線一直跟著他走，不料男子坐下後突然抬起頭來，差點就和他對上眼。

刑警的直覺……啊——

新田在心中低喃，不禁苦笑。要是看一眼就能看出兇手，警察的人數只要百分之一就夠了。

此時一名中年男性客人筆直朝新田走來。新田行了一禮，開始接待。男性客人預約了單人房。新田按照步驟處理住房手續。這期間耳機也傳來各種消息。新田把無線對講機的音量調小。

完成住房手續後，呼叫門房小弟。遞出鑰匙卡，目送男性客人離開後，又將視線拋向剛才身材嬌小的男子。但男子已經不知去向。新田環視整個大廳都看不到他的蹤影。

看來他已經走了。這裡的地下樓層和地鐵相連，說不定這名男子只是從車站上來大廳坐坐。新田不禁再度微笑，在心裡自嘲真是了不起的刑警直覺。

「有什麼好笑的嗎？」旁邊傳來聲音。山岸尚美走了過來。「是不是有什麼開心的事？」

「怎麼可能。」新田搖搖手。「我是察覺到自己能力的極限，感到很失望。當然這是身為刑警的能力。」

「意思是身為飯店人的能力，你還沒有感到極限？」

「至少，這邊的能力或許還有可能性。」隨後又補上一句：「開玩笑的。」萬一她當真就傷腦筋了。

山岸尚美淺淺一笑，看看手錶。她似乎很在意時間。

「妳很擔心婚禮的情況吧？那就去看看吧。這裡不要緊喔。久我先生也在。」

「不，我去了也只是礙事而已。更何況，等一下馬上就有重要的客人要來。」

「重要的客人？誰啊？是有VIP預定要來嗎？」

「不是VIP。來了你就知道了。你應該也認識。」

正當新田對這句故弄玄虛的台詞蹙眉時，無線對講機的聲音又熱鬧了起來。新田調高音量。

（這裡是A組。緊接著新郎新娘的家屬之後，親朋好友也開始進入教堂了。沒有發現可疑人物。新郎新娘和新娘的父親，已經在教堂的休息室裡。）

（我是稻垣。收到。全員進入教堂後，通知我。）

（A組，收到。）

新田看向山岸尚美。「婚禮好像快要開始了。」

「希望什麼事都不會發生。」

「不會發生啦。即便發生也是未遂。請相信警方。然後一切會在什麼都沒有發生的情況下結束，平安送走高山小姐他們離開這間飯店後，妳就可以把這次的案情架構跟總經理說。」新田壓低嗓門繼續說：「說，其實並不是連續殺人案。」

「可以嗎？」

「我和妳約定了。」

山岸尚美依然稍稍抬起下顎，但卻垂下眼簾。胸口上下起伏吐了一口氣之後，以認真的眼神看向新田。

「該怎麼做，等高山小姐他們離開之後再想。」

新田點點頭。「好吧。」

透過無線電的聯絡聽到婚禮已經開始了。到目前為止沒有任何異狀，一切都很順利。寄葡萄酒來的人，現在在什麼地方做什麼呢？是不是躲起來在進行什麼詭計呢？如果是的話，是什麼詭計呢？

接著大約二十分鐘後，婚禮結束的通知進來了。新郎新娘和家屬在攝影室拍照留念。

（朋友們往五樓的宴會廳移動。A組的三名人員，照預定留在這裡的四樓。）

（我是稻垣。收到。五樓宴會廳周邊的警備小組，請報告狀況。）

（這裡是C組。沒有異狀。）

（這裡是D組。目前沒有異狀。）

（這裡是E組。沒有異狀。完畢。）

宴會廳也來了很多沒有參加婚禮的人。婚宴開始之前的這段時間，走廊和休息室想必多少有些混亂。但其實人群的動靜最劇烈的地方，是在表面看不到的地方。和宴會廳連接的員工專屬區域，早在婚宴開始前就忙得團團轉，很多員工像籃球選手一樣不斷來回奔波。即使這之中有一個人行動可疑，恐怕誰都不會注意到吧。也因此，宴會廳周邊的警備範圍配置得格外細膩。

「看來一決勝負的地點來到婚宴了。」新田對山岸尚美說。

她點點頭，但表情顯得心不在焉。她的視線投向遠方。

「怎麼了嗎？」新田問。

「哦，沒有……」山岸尚美依然看著某處說：「我只是覺得坐在那裡的小姐有點怪怪的。」

「在哪裡？」新田朝著同一個方向看過去。

「手扶梯前面有根柱子，有位小姐坐在柱子旁邊的沙發上，戴著黑色帽子。」

那裡確實有個戴黑帽的女子。從新田的角度看得到她的右側臉，可是帽簷太大了，看不太清楚。穿著灰色的連身洋裝，膝上放著黑色包包。

「妳覺得那位小姐哪裡怪怪的？」

尚美搖搖頭。

「問哪裡怪，我也說不上來。一言以蔽之就是坐著不動。那頂和氛圍不搭的帽子也很怪，總覺得不太自然。我從剛才就一直看著她，她一直保持那個姿勢，幾乎沒有動過。可是唯有左手，雖然動得很小但是很頻繁。我猜應該是在看時間。」

「不是刑警的直覺，而是飯店人的直覺啊？」

「你是想說這種東西靠不住對吧。」

「不，我絕對沒有——」新田把「這個意思」吞了回去。戴黑帽子的女子正在看手錶。讓新田瞠目結舌的也是她的手錶。那只手錶和她的服裝完全不搭，是一只粗獷的手錶。同樣的手錶，新田才剛看過。

新田凝視這名女子的側臉。雖然帽子遮住了，但看得到鼻子那一帶。

「山岸小姐。」

「是。」她答道。

「那個人……是男的。」

「咦？」

新田想看清楚黑帽女子的臉，走到櫃檯的中間。沒錯，就是剛才從地下樓層上來，拎著紙袋的男子。那個紙袋裡裝的可能是女人的衣服。到洗手間或什麼地方換了衣服吧。

「究竟是什麼人……」

新田想直接去問本人，但又不行。穿女裝本身不是犯罪行為，也沒有礙到誰。況且現在新田喬裝成飯店人，如果在飯店的人群裡揭露客人的祕密會引起很大的騷動。

正當新田在苦思對策時，男子站了起來。穿著高跟鞋走向手扶梯。直接登上手扶梯，動作毫不遲疑。

「山岸小姐，這裡拜託妳。」新田說完立刻走出櫃檯。

快步穿過大廳，搭上手扶梯。盡量不發出腳步聲，拾級而上。到了二樓，快速掃視四周。轉過走廊的轉角，看到那個人的背影。前面應該有樓梯。新田加快腳步。絨毯可以掩蓋腳步聲，真是太感激了。

新田躲在轉角處偷窺到他的臉。灰色連身洋裝的身影登上樓梯。

此時，耳機傳來聲音。

（這裡是A組。家屬的紀念照拍攝完畢。除了新郎新娘以外，家人和親戚好像要前往五樓宴會廳。新郎與新娘，暫時返回這一樓的休息室。）

（我是稻垣。收到。）

新田按下對講機的送訊鍵，把麥克風拉近嘴邊。

「我是新田。發現可疑人物。請求回答。」

（我是稻垣。說明狀況。）

「這裡是新田。穿著女裝的男子。年齡大概二、三十歲。身材嬌小。黑色帽子，灰色連身洋裝。現在在二樓婚宴洽詢處旁邊的樓梯移動中。可能要上去三樓。」

（A組，聽到了吧。去該樓梯附近監視。）

（A組，收到。）

（新田，報告辛苦了。回去工作崗位。）

聽到稻垣的指示，新田回答「收到」之後便轉身離去。不知道那個男扮女裝的男子是不是兇手，但既然進入了宴會廳區域，只能交給那裡的人處理。

正要去搭手扶梯下樓時，聲音迸進耳朵裡。

（這裡是A組。找到可疑人物。進入親戚用休息室旁邊的女用洗手間。）

停頓了一下之後，稻垣應答。

（好！叫真淵進去盤檢。）

（A組，收到。）

真淵是一名女性搜查員，以清掃人員身分潛入飯店臥底，但為了今天的警備也被動員來支援。稻垣派她進去盤問檢查。

當新田認為這下子應該能查出男子的真實身分時，耳機卻傳來一聲（逃掉了！）。

（可疑人物逃走了。下樓梯。正在跟蹤。）

（笨蛋！到底在搞什麼！）稻垣怒聲斥罵。

新田轉身衝了過去，在樓梯下面埋伏等候，不久便看到穿著灰色連身洋裝的男子神色慌張地拚命衝下樓梯。沒有戴帽子。追緝他的腳步聲也隨後趕到。

男子看到新田後霎時停下腳步，但旋即又加速往下衝。如果是飯店的人一定會被他甩掉吧。

新田上前攔截，對方身材纖細輕易就被壓制在地。手上的包包也掉在地上。

「放開我！我不是，我不是啦！我只是被拜託的而已！我是在打工！」男子一邊掙扎一邊大聲叫嚷。

樓上的刑警們也下來了。每個都穿著飯店人的服裝。

「是誰拜託你的？」新田問。

「我不知道對方是誰。在網路上認識的。他叫我打電話給飯店的婚禮課，把信交給新娘，他就會付錢給我。」

「信？」

「放在那裡面。」男子用下巴指向地上的包包。

一名刑警戴上手套撿起包包，在裡面翻找，取出一個白色信封袋。

「這封信是他交給你的？」

面對新田的質問，男子搖搖頭。

「我只是把他跟我說的奇怪數字，寫在手邊的便條紙放進去。」

「奇怪的數字？」新田知道怎麼回事了，向拿著信的刑警使個眼色。

刑警從信封裡取出紙條，定睛看了一下之後，將紙條亮給新田看。上面寫著：

46.609755

144.745043

新田揪起男扮女裝的男子衣領。「其他還叫你做什麼？」

「只有這樣。他叫我把信交給新娘以後，立刻離開飯店。我躲在女用洗手間等待新娘進來，也是他對我下的指示。我說的都是真的！相信我！」

「寄葡萄酒來的人也是你吧？」

「葡萄酒？你在說什麼？我不知道喔。」

看著男子一臉膽怯地堅稱不知情，新田鬆手放開他。這種傢伙不可能是x4。

「……立刻跟組長聯絡。」新田將男扮女裝的男子交給刑警們，站起身來。一邊離開此地一邊尋思。

這個男的說的可能是實話。他只是單純被x4利用罷了。那麼x4的目的是什麼呢？光只是把數字交給高山佳子，想做什麼呢？

一邊尋思一邊搭上手扶梯之際，手機傳出有簡訊進來的鈴聲。掏出來一看，是能勢傳來的。簡訊的主旨是「八十龜❷劇團」，這是松岡以前隸屬的劇團。內文是：「來到松岡先生以前隸屬的劇團排練場，看到海報裡有團員的照片，拍下來傳給您。」裡面附了好幾個檔案。

即便新田覺得現在不是做這種事的時候，依然打開照片來看。確實是戲劇演出的海報，但演員都是沒沒無聞沒看過的人。

正當新田心想晚點再慢慢看，打算關掉畫面的時候，突然看到其中一張海報的一角，那裡有個女人。

定睛凝視，心跳加速。新田登上手扶梯，用跑的衝下去。一邊奔向櫃檯，一邊打電話給能勢。

「喂，我是能勢。您看到簡訊了嗎？」

「看到了。能勢先生，告訴我第五張海報的事，裡面拍到一個女人。」

「第五張？我看看哦，請等一下。」

新田跑進櫃檯，四下張望，看不到山岸尚美。

「哦，是這一張吧，『沒搭上鐵達尼號的人』，很有意思的標題吧。中間那名女子是，擔綱女主角的角色——」

「不是這名女子，是左邊角落的那一個。戴著墨鏡，脖子上圍著絲巾，衣服是黑色套裝。」

「哦，這個老太婆啊？」

「對，就是她。請火速調查這個演員。」

「哦，好，可是要調查什麼……」

「她的姓名和背景之類的。拜託你了。」

新田掛斷手機。能勢可能感到困惑，但沒時間解釋給他聽。

---

❷「八十龜」引自名古屋的方言，意思是好久不見，八十天不見。

看到久我，新田叫住他。「山岸小姐在哪裡？」

「她帶客人去房間。」

「帶客人去房間？」櫃檯人員通常不會帶客人去房間。「這位客人該不會是……」

「對。」久我點點頭。「就是日前來過的片桐瑤子女士。」

35

尚美在0917號房門前停下腳步，用鑰匙卡開鎖，打開房門。

「請進。」尚美依然握著門把，對後面的片桐瑤子說。

「謝謝妳。」老婦人微微一笑，走過尚美的面前，進入房間。和上次不同，她今天沒有拿枴杖。因為已經沒必要裝成視障者，當然也沒必要再拿枴杖。雖然還戴著墨鏡，但鏡片的顏色比上次淺很多。可能是因為這個緣故，皮膚看起來也年輕許多。但是依然戴著手套。尚美想起，她說過手上有燙傷的疤痕。

片桐瑤子是昨夜打電話來飯店，但接電話的是夜班的櫃檯人員。這位櫃檯人員說，片桐女士一打來就這麼問：

「明天外子要去住你們飯店。但其實外子眼睛看不到。所以日前，我有跟山岸小姐說過這件事，拜託她多加照顧外子。請問，山岸小姐明天會上班嗎？」

當櫃檯人員回答：「會，她明天會上班。」之後，片桐女士繼續說：

「這樣的話，明天外子大概六點鐘會到那裡，在那之前我想先去看一下房間。大概四點左右會到，能不能請你轉告山岸小姐？」

櫃檯人員回答：「好的，沒問題。我一定會轉告她。」而實際上，今天早上交班時，也把這件事告知尚美了。

尚美查了一下預約名單，確實有位「片桐一郎」先生。

上次片桐瑤子說過，這次她先生要來東京見以前的老朋友。以前都是她陪先生來，但這次先生極力主張要自己一個人來，所以她先來看看環境。當時還故意演了一場盲人的戲，把尚美嚇了一大跳。但也讓尚美覺得，她真的很愛她先生。

雖然現在飯店處於相當危急的狀態，但這種事和蒞臨的客人無關。尚美認為，回應片桐瑤子的期待也是今天自己非做不可的要事之一。

下午四點多，片桐瑤子出現了。剛好就在新田走了之後不久。她來到櫃檯，面帶微笑地對尚美說：「上次非常感謝妳。」

「您好，恭候多時。感謝您再度蒞臨本飯店。」雖然這是公式化的應答，但尚美是發自內心這麼說，然後行了一禮。

「對不起哦，拜託妳這麼麻煩的事。」片桐瑤子答謝，語氣依然很溫柔。

「哪裡，千萬別這麼說。」

「之前也跟妳說過，外子的通靈能力很強。不過仔細想想，他獨自一人外出旅行還是頭一遭，所以如果房間不適合，我想他也不好意思請你們換。難得住進高級飯店，要是一直很不舒服也很可憐吧。所以我想先來幫他挑房間。」

「我想也是。只是上次問您的時候，您說您當天有很重要的事，那件事不要緊嗎？」

「是朋友千金的婚禮對吧。這沒問題。現在挑選房間的話，五點半離開這裡就來得及了。」

「這樣子啊。那麼得快點才行。您訂的是單人房，沒錯吧？」

「沒錯。不過今天是星期六，大概會客滿吧？有房間可以選嗎？事到如今還問這種事也有點奇怪就是。」

「沒問題，並不是所有房間都住滿了，而且我們有先把房間預留下來，我這就帶您去看。」

尚美拿著五個房間的鑰匙卡走出櫃檯，是在幾分鐘前。第一間看的就是這間 0917 號房。因為將五個房間的房號告訴片桐瑤子後，她說要先看這個房間。

片桐瑤子環顧室內，點頭說：「是個好房間，不錯耶。」

「謝謝您的誇獎。」

「可是，等一下哦。」

「好的，您慢慢看。」

片桐瑤子坐在床沿，猶如冥想般地閉上眼睛，反覆做深呼吸。終於張開眼睛後，對尚美說：「過來這裡站站看。」

「我嗎？」

「對。我想請妳幫個忙，先把行李放在那邊。」

尚美將片桐瑤子的大包包放在旁邊架上。不曉得她在在意什麼，或許是施展通靈能力的必要手續吧。尚美雖然不解，但也去站在她說的地方。

「這樣可以嗎？」

「我看看哦。腳再稍微靠攏一點。啊，這樣就可以了。」片桐瑤子正坐在床上，雙手合十，抬頭看著尚美。「這是一種驅魔的儀式。原本要兩個通靈者一起做，但湊不到兩人的時候，只有一個人做也可以。」

「這樣啊。」尚美也只能附和。當飯店人這麼多年，這還是第一次被迫陪通靈者驅魔。

「照我的話做。首先，雙手在胸前合十。然後閉上眼睛。接下來有點困難，請驅除雜念。」

「啊……這確實有點困難。」

「盡力做就好。接下來仍然閉著眼睛，把雙手貼在眼瞼上。就像自己把眼睛蒙起來一樣。對，這樣很好。然後這樣一直站著。不可以睜開眼睛喔。」

尚美覺得她叫自己做這種事很奇怪。要是通靈者自己一個人的時候怎麼辦？

不久尚美覺得有東西碰到腳踝。她到底在做什麼？

將雙手稍稍挪開眼瞼，微微睜眼一看，發現自己的腳踝被纏上像皮帶的東西。

「片桐女士，請問這到底是在做什麼……」

聽到尚美發問，片桐瑤子抬起頭。看到她的表情，尚美心頭一驚。她的嘴角帶著冷笑，剛才的溫柔沉穩完全消失了。

「我不是說不能張開眼睛！」這個語氣也冰冷得叫人膽戰心驚。

片桐瑤子迅速站起來，朝依然愣在那裡的尚美胸部猛推。因為雙腳被皮帶綁住，尚美就這樣應聲倒在後面的床上。尖叫了一聲。

「片桐女士，妳在做什麼？」

但片桐瑤子默不吭聲往尚美撲過來，將她的臉朝下壓在床上，然後將她的雙手折到身後。尚美想抵抗，但根本沒用。片桐瑤子的力氣大到驚人。

她連尖叫的時間也沒有，轉眼間雙手被抓在一起。感覺到金屬的觸感。

「這是幹什麼？不要這樣！放開我！」

片桐瑤子從後面狠狠抓起她的頭髮。頓時，她連聲音也發不出來了。就這樣趴著，呈現頭硬被往上拉的狀態。片桐瑤子目露兇光瞪著她。

「少廢話！妳不想被勒死的話，就不要吵！」她的聲音宛如從深井裡發出來，令人毛骨悚然。明明是同一個人，剛才的溫柔婉約完全消失殆盡。

尚美看著她的臉，心頭一驚。之前不曾目不轉睛仔細盯著她瞧，此刻近距離凝視才知道。

這人其實不是老婦人。她年輕太多了。而且——很久以前，在哪裡見過面。

36

山岸尚美的手機打不通。一度好像快要接通了，但卻突然關機了。可是上班時間她應該不會關機。果然是發生了什麼事吧。

久我說，山岸尚美為片桐瑤子準備了幾個房間。上次也因為她說有通靈能力之類的事，為了挑房間搞得很頭痛。所以一開始就準備幾個房間讓她自己挑，確實比較快。

「新田先生，查出來了喔。」在櫃檯操作終端機的久我抬起頭來。「山岸保留的房間是，0508 號房，0917 號房，1105 號房，1415 號房，1809 號房等五個房間。」

久我將這些房號寫在紙條上，放在櫃檯上。

看到這些號碼，新田眉頭深皺。「這也太分散了吧。」

「她好像是故意這麼做。畢竟必須考量的因素是通靈力，在樓層數與房間的方位上，盡可能多樣化比較好吧。」

新田歪著嘴角點點頭。雖然應該佩服她考慮周到，但現在實在沒心情。

「新田先生，出了什麼事嗎？是不是片桐女士做了什麼……」久我心神不寧地問。

「現在還很難說……」新田也只能如此回答。因為目前確實沒有掌握到什麼證據，只有演出那場盲人戲的老婦人，曾經待過難以置信的地方。不過，新田不認為那是單純的巧合。

怎麼辦？再等一下，等山岸尚美回來嗎？

新田凝視著五個房間號碼思索之際，手機傳出來電鈴聲。是能勢打來的。

「我查出來了。那名女子叫做長倉麻貴。年齡三十五歲。雖然扮成老太婆，但其實很年輕啊。她好像擅長演老人。雖然和松岡先生隸屬同一個劇團，但去年年底，突然退團了。沒有人知道確實的原因。她和松岡先生經常共同演出，還傳出他們好像交往過一段時間，但真偽不明。退團後，她就沒和劇團聯絡了，目前也不知道她在做什麼。不過，有件事令人在意。」

「什麼事？」

「她的學歷。長倉麻貴是當地國立大學藥學系畢業的，而且曾經在動物醫院上過班。」

「藥學系……動物醫院……」

「您記得松岡先生的死因嗎？有可能被注射了藥物。」

就是這個！新田心臟猛跳，緊握手機。

「能勢先生，請你繼續調查這個女人。應該錯不了了。」

「不用說我也會繼續調查。我不知道新田先生為什麼盯上這個女人，不過我也感覺到似乎很重要。」

「那就拜託你了。」新田說完掛斷手機。看了剛才的紙條後，快步走向電梯廳。

沒時間和稻垣他們聯絡。而且上司他們應該為了男扮女裝的男子搞得很頭痛吧。這種時候會仔細聆聽新田把懷疑的目光轉向片桐瑤子才有鬼。

長倉麻貴——。

這個女的確實盯上了山岸尚美。上次來飯店的時候，她甚至拒絕別的櫃檯人員幫她辦手續，硬是要指定山岸尚美。這一切，很有可能都是為今天所做的伏筆。

可是為什麼會盯上她？

37

宛如在做惡夢，但又有些不同。宛如被狐狸迷住了，這麼說或許比較貼切。明知身陷極其離譜的危險狀態中，面對出乎意料的發展，卻沒有絲毫的恐懼感。心中某個角落多少覺得，是不是哪裡搞錯了？是不是被迫陪她開一個無聊的玩笑。

不過就目前的狀況來看，這不是在開玩笑。雙腳被皮帶綁著，雙手被反綁銬上手銬。而且嘴巴還被貼上膠帶。想求救也沒有辦法。剛才手機響了，但立刻就被關機了。

片桐瑤子從浴室出來。尚美以倒在床上的狀態抬頭看她，眼睛睜得很大。站在那裡的，不是那位老婦人。她拿掉了假髮，一頭短髮烏黑亮麗，根本看不到一絲白髮。皮膚相當年輕，從臉頰到下顎的線條非常緊緻。摘掉墨鏡的眼睛，目光銳利到令人毛骨悚然，嘴唇漾著性感姿色。穿著白襯衫與強調修長雙腿的黑色牛仔褲，讓人覺得是穿上男裝的美女。

「怎麼樣？嚇到了？」女子站在床邊，俯瞰尚美。「我相當年輕吧？」

尚美不知如何回應，只好眨眨眼睛。她如果想要讚美，尚美願意大大地讚美她，但發不出聲音也沒辦法。

「妳不記得我的臉嗎？」

女子這麼一說，尚美再度凝視她的臉。既然她會問這種問題，以前一定見過面。但在哪裡呢？在什麼情況下？尚美怎麼想都想不起來。

「這樣不行喔。居然忘記客人的臉，身為飯店人失職喔。」

客人？有這種客人來過？可是又不覺得是在其他地方見面的。

於是女子從一旁的包包裡拿出一張照片。把照片亮給尚美看。

「這樣呢？這是一年前的我。這樣還想不起來嗎？」

照片裡有一對男女。兩人都穿著T恤，並肩坐在劇場的舞台邊。女的比現在豐滿，頭髮是長的。男的比較年輕，看起來才二十歲出頭。

尚美心頭一驚。她記得這名男子的臉。記憶猶如連鎖反應般甦醒了。是那一天的記憶。尚美深深吸了一口氣，來回看著照片與女子的臉。

女子嫣然一笑。「妳好像想起來了哦。」

尚美點頭。假裝想不起來也沒有意義。

原來如此，她是那時候的——。

「那天晚上的事，我從來沒有忘記過。」女子眼中露出怨恨之色。「被妳趕走的，那天晚上的事。」

尚美很想說，我也沒有忘記，深深烙印在記憶裡。前幾天，她才和新田說過這件事，就是安野繪里子入住的那晚。為了向新田說明，除非有重大事情否則不能把房客的房號告訴外面的人，因此舉了一年前的事情為例。

當時這名女子說，她剛從紐約回國，知道遠距離戀愛的男友今晚住在這間飯店，想突然現身給他一個驚喜，請飯店告訴她房號。

這原本是個相當美好且浪漫的驚喜，但尚美總覺得這名女子有點危險，於是偷偷問了這位男性房客。果不其然，他說的話和這名女子不同。這位男性房客說，絕對不能告訴她，把她趕走。

「那時候妳跟我說，你們飯店裡沒有住這位客人。妳說沒有松岡高志這位客人。」女子說：「我認為不可能。於是我說我知道他有預訂房間，妳回答他是有預訂房間，但是後來取消了。怎麼樣？妳記得嗎？」

當然記得。尚美想到，這大概就是今天早上新田在查的、十一月十七日晚上發生的事吧。當時的年輕男子就是松岡高志。

「那時我心想，既然妳不肯告訴我他的房號，那我就自己找吧。所以我拜託妳幫我準備房間，我也要住進來。可是妳這麼說，很不巧，今晚剛好客滿。我說不管多少錢我都會付，可是妳根本不理我。妳猜猜看，後來我怎麼做？妳認為我會死心回家呢？還是去住別家飯店？」女子搖搖頭，繼續說：「我才不會這麼做。我無論如何都要見到他，因為我一定要他負起責任。」

責任？什麼責任？——尚美以困惑的眼神反問。

女子露出哭笑不得的表情。

「身為男人的責任啊！因為他是父親。他是我肚裡孩子的父親。」

38

敲了門沒有回應。新田插入通用鑰匙卡開鎖，氣勢驚人地打開 1809 號房。大致巡視了一圈，不見人跡。浴室也看了一下，沒有異狀。

新田立刻走出房間，衝向電梯廳。現在沒時間慢慢走了。一到電梯廳便按下按鈕，可是電梯遲遲不來。心中焦躁不安，即便知道一直按也沒用，但還是不斷地猛按按鈕。

山岸尚美會以什麼順序帶她去看房間呢？新田思忖，果然還是從高層樓開始吧。因為這樣大多數房客會比較高興。所以新田決定由上往下找，但不知這樣是否正確。

終於有一台電梯到了。門開了之後，新田急忙衝進去，按下十四樓的按鈕。但電梯門要關上的瞬間，突然一陣不安湧上心頭，又連忙按住「開」鍵。

要是山岸尚美帶她從下方層樓看起，等一下說不定會來到 1809 號房。現在走的話，萬一和她錯開怎麼辦？

新田搖搖頭，放開手指。如果什麼事都還沒發生，山岸尚美那種個性不會關掉手機電源。她應該已經待在某個房間裡，而且出事了。

39

聽到這件出乎意料的事，尚美倒抽了一口氣，但不知道對方是否察覺到她的驚恐。

「三個月，不，說不定已經快四個月了。我和他的小孩，想要誕生到這世上來。他明明知道卻……不，因為知道所以才逃掉！突然連劇團都辭掉了，想要躲起來。妳說，這種事是可以允許的嗎？不過我知道，他離開名古屋究竟想做什麼。因為他嚮往的劇團選秀會逼近了。他一定會去應徵。而且到時候一定會住在東京柯迪希亞飯店。因為他一天到晚都在說這件事，說下次上東京的時候，一定要住在這間飯店。」女子的表情稍微溫和下來，但旋即又瞪向尚美。「被妳趕走後，我決定在飯店外面等。到了早上，他必須出發去參加選秀會。我要趁這時候逮到他。一整晚一直蹲在寒冷的路邊，等待天亮。偏偏那天晚上冷得要命，我沒穿大衣也沒帶圍巾，一直蹲在路邊直打哆嗦。身體冷得快結冰了，但我還是努力忍耐。就這樣終於天亮了。我目不轉睛一直盯著飯店大門。那個好人家出生的少爺，對於東京的路根本不熟，我猜他不可能搭地鐵去，一定會搭計程車。結果被我猜中了。他終於出現了。一臉神清氣爽的模樣，宛如在慶幸自己能順利逃脫一時衝動害人家懷孕的老女人的糾纏。我見狀站了起來，想要使盡全力衝過去。」

說到這裡，女子緊閉雙唇，纖細的身子開始顫抖。彷彿在忍住內心的什麼會爆發的樣子。

「那個瞬間，我突然痛得要命。那種痛楚像是有一根發熱的金屬棒在我身體中間敲打。我頓時昏了過去。不知道發生了什麼事。等我醒來的時候已經躺在醫院急診室的病床上。他們告訴我，我流產了。我身體裡的寶貴生命消失了。」女子臉上浮現痙攣般的笑容。「這是當然的啊。那麼寒冷的夜晚，一直蹲在路邊。可是當時我只能這麼做。因為我不能離開那個地方，可是飯店又不讓我住。我躺在病床上，摸著變平的肚子下定決心：這個仇，我一定要報！我一定要把那兩個人……把那兩個奪走我寶貴生命的人殺了！」

女子將包包拉過來，從裡面取出一個塑膠製的容器。

「怎麼樣？現在妳終於知道妳為什麼會遇到這種事了吧？為了這一天，我做了完美的準備。警方也盯上這間飯店了。因為這也是我策劃的。由於我的精心策劃，警方不會把他被殺的事件，和妳被殺的事件連起來。即便兩人都以同樣的手法被殺。妳看起來只是離奇連續殺人案的被害人。我唯一擔心的是，萬一妳今天休假怎麼辦？不過上次來的時候，我確認妳不會休假。和妳在一起的那個男人是刑警吧？妳在協助他辦案。所以今天這種重大日子妳不會休假。」

女子拿出的塑膠製容器是注射筒。

「我們進入這個房間經過幾分鐘了啊？如果有人在看這個房間的監視器，照理說會覺得很可疑。不過這次不用擔心。因為片桐瑤子是個奇妙的客人，所以手腕高明的山岸尚美正在應付她。可是，如果只有片桐瑤子走出房間，會讓人覺得很奇怪。因此我才把頭髮剪了。換上襯衫和黑色牛仔褲。外套我也有帶來喔。再穿上外套的話，從不甚清楚的監視器看來，會像妳把客人留在房間走了出去。」

尚美看著她的髮型，也認為確實如此。身材也很像。只要低著頭走出房間，即便有人專注看著監視器螢幕也不會覺得可疑吧。

「不要怕，因為這不怎麼痛。他死的時候也不痛。剛才我說要把妳絞殺勒死，那是騙妳的。我沒辦法做出這麼野蠻的事。要殺人的話，我只會想到用藥。」女子拿著針筒步步逼近。

40

新田離開 1105 號房。緊接著 1809 號房和 1415 號房之後，這裡也落空。房間也沒有人進去過的跡象。剩下兩個房間。接下來要去看 0917 號房。原本在想要不要走樓梯，結果還是選搭電梯。因為這樣到走廊上的移動距離較短。各個樓層的房間配置圖，新田幾乎完美地記在腦袋裡。

長倉麻貴想殺山岸尚美嗎？如果是真的，動機是什麼？究竟是什麼樣的原因，恨到要殺死那麼優秀的櫃檯人員？松岡高志在去年十一月十七日住過這間飯店，山岸尚美說，那天沒發生什麼重大事情。基本上，她連松岡這個名字都沒有印象，應該沒有理由和松岡一起被殺死吧。

電梯抵達九樓，新田毫不遲疑往走廊前進。來到 0917 號房前，調整呼吸，緩緩敲了兩下門。

無人應答。新田插入通用鑰匙卡，開鎖，扭轉門把，推開房門。

房裡沒有半個人。他一邊環顧室內，一邊走向窗邊。窗簾是關上的。

新田轉身往回走，打開房門，走到走廊上。

41

聽到房門砰的一聲關上時，尚美陷入絕望。知道有人來的時候，暗自期待是新田，結果好像不是。

尚美在浴室裡。不久前才被帶進來的，被迫跪坐在洗臉台前面。

女子就站在她的後面。手拿著針筒。聽到敲門聲時，她將針頭抵住尚美的脖子。尚美知道這是在威嚇她——只要敢出聲，立即注射。

「好險啊。幸好先移動到這裡來了。」

尚美抬起頭。透過洗臉台的鏡子，和站在後面的女子對看。女子淺淺一笑。

「剛才那個人是誰啊。不過大概不是警察。因為警方現在應該在吃我佈下的餌。就是纏著美麗新娘的跟蹤狂。」

尚美一驚睜大眼睛，女子露出滿意的笑容。

「沒錯，那一切也是我策劃的，目的在把警方的注意力轉到婚禮上。新娘的名字叫高山佳子吧。她和這件事完全無關。她的情況只是剛好可以完成我的計畫。一個人住，漏洞百出，郵件也很容易偷。葡萄酒順利送達了吧。當然沒有交給新娘本人吧。現在警視廳的鑑識課可能在調查吧。或許找到軟木塞裡的注射針痕跡了吧。不過應該查不出葡萄酒裡究竟注入了什麼藥。因為，什麼都沒有呀。我只是用針貫穿軟木塞而已，才沒有注入毒藥呢。這是當然的吧。萬一沒有人起疑，直接把葡萄酒送去給新娘他們，而且兩人又心情大好開來喝不就慘了。我可不想做無差別殺人喔。」

女子變得喋喋不休。可能自己說的話反而刺激到自己，不由得陶醉其中，被越來越想說話的衝動給控制了。尚美看著她對著鏡中的自己說話的神情，覺得這個女人可能瘋了。

突然，這雙眼睛看向尚美。

「好了，這樣妳應該沒有任何疑問了吧。覺得被殺也無可奈何，死心了吧？妳的屍體什麼時候會被發現呢？可能要等到有人想到妳這麼久還沒回去，憂心忡忡前來巡查時，才會發現妳的屍體吧。兇嫌是片桐瑤子這個老女人。可是警方找不到這個女人的下落。因為這個女人根本不存在。究竟是什麼人？調查上次住宿的資料吧。可是住宿登記表寫的內容全是瞎掰的。那麼指紋呢？住宿登記表上也沒有指紋吧。那就調查她在餐廳吃飯時用的點字菜單吧。」女子以舌尖舔舔嘴唇。「可是妳應該知道吧，查這個也沒用。片桐瑤子沒有留下任何指紋。因為她一直戴著手套。即使用點字菜單的時候也沒有脫下來。」

她的每一句話都重重打擊了尚美。上次和片桐瑤子的應對過程，自己還很自豪地認為是飯店人的美好經驗。結果到頭來是被擺了一道。而且萬萬想不到，那只是殺人犯的詭計。

鏡子映出女子再度掄起針筒的架式。尚美很想逃。

「逃也沒用。妳別看我這樣，我可是曾經對兇猛掙扎的杜賓狗注射過靜脈喔。」

尚美的頭髮被揪了起來。她扭動身體，但脖子完全動彈不得。感覺到針的觸感。一邊呻吟，一邊闔上眼睛。

此時，浴室裡的空氣突然動了起來。猶如一陣風灌了進來。同時也聽到尖叫聲。是女人的聲音。尚美睜開眼睛。

女子倒在地板上。雙手被向上扭轉。扭著她的手的是新田。針筒掉在地上。

「長倉麻貴，我以殺人未遂的現行犯逮捕妳。」新田拿出手銬，靠在女子的手腕上。手銬的另一方，鎖在浴室的門把上。

女子不動了，一臉恍神地看著半空中。她似乎已經理解發生了什麼事。

新田走近尚美，撕掉嘴巴上的膠帶。痛楚使得她整張臉都皺了起來。但是可以用嘴巴呼吸的快感，贏過了痛楚。

「妳看起來沒有受傷吧。」新田說。

「新田先生……你不是走了嗎？」

「我只是為了讓她認為我走了，故意把門關上而已。後來我在浴室外面窺探情況。在了解裡面的狀況之前，我不敢隨便衝進來。」

「你是怎麼察覺的？」

「我還沒有遲鈍到沒發現床上那一片混亂。更何況，其實我踏進來的瞬間就感受到妳的氣息了。」

尚美凝望著他的臉。「我的氣息？」

「這個嘛，說白一點是香味。雖然妳絕對不化濃妝，但還是有一股淡淡的味道。應該說清雅的香氣。」

「你知道我的味道啊？」

「這當然囉。」新田聳聳肩。「畢竟我們一直在一起不是嗎？」

尚美低下頭去。因為不想讓他看到自己不由得露出的微笑。

42

逮捕了長倉麻貴之後，相關的特搜總部一口氣動了起來。

首先是發生在千住新橋的野口史子命案，逮捕丈夫野口靖彥的逮捕令正式下來了。其次是發生在品川的岡部哲晴命案，對公司同事手嶋正樹、以及和岡部有外遇關係的井上浩代徹底進行反覆偵訊，終於引出兩人的供詞。這兩起命案都是偵查團隊已掌握關鍵證據，就等逮捕x4之後要一併收網，如今也照當初的預定偵結了。

案情急轉直下的是發生在葛西交流道下的高中教師畑中和之的命案，媒體報導了東京柯迪希亞飯店殺人未遂案的隔天，兇嫌到警局自首，是畑中任教高中的男學生。

自己遭到霸凌痛苦萬分，但學校方面卻裝作不知情，什麼都不肯幫我做。這時湊巧上網認識了x4，加入他們的計畫想要殺人。雖然殺誰都無所謂，但剛好得知畑中老師每天晚上會慢跑，便騎腳踏車尾隨在後把他殺了——以上是兇嫌的自供內容。

關鍵的長倉麻貴繼續行使緘默權。但藥物的入手管道等等，物證都已搜集齊全。更重要的是她是現行犯，這一點就夠大了。

男扮女裝的男子帶來的信裡的數字也已解讀完畢。隱藏在這組數字背後的緯度和經度是第一起品川案的命案現場。也就是說，這四起案子形成一個完整圓圈偵結了。

新田在出席久違的正式偵查會議上，聽到尾崎管理官高聲宣佈勝利宣言。

43

開門前先做一個深呼吸，然後敲門。聽到藤木沉著的聲音：「請進。」尚美打開總經理辦公室的門。

一如往常，藤木坐在黑檀木的辦公桌前。旁邊站著田倉。尚美行了一禮，走向他們。

藤木苦笑和田倉面面相覷之後，表情有點滑稽地看向尚美。

「妳的表情很兇耶。到底怎麼了？妳說有事要跟我談，所以我特地在這裡等妳，可是妳看起來好像要抗議什麼。」

尚美吞了一口口水，調整呼吸後開口說：

「不是這樣，我不是來抗議的。相反的我覺得必須道歉，所以才請您騰出時間給我。」

「道歉？妳指的是這次兇手的犯案動機嗎？」藤木說：「我聽說兇手的犯案動機是，妳沒有把兇手的男友還是前男友的房間號碼告訴她，還拒絕讓她入住飯店，妳是想對這件事道歉嗎？」

「不是，不是為了這個。」尚美說得斬釘截鐵。「還是說，那天晚上我的應對是錯誤的？我應該把她男友的房間號碼告訴她？或者是，她說想住房的時候，我應該不帶任何懷疑為她準備房間？」

「山岸。」田倉以勸戒的口吻說：「妳不用這麼激動。妳的應對沒有錯。這種事我們也明白啊。」

「這樣子啊。」尚美的表情緩和了。「只是，我覺得這是很難拿捏的事。長倉麻貴小姐確實有值得同情的地方。但如果當時她能對我說實話，至少把懷孕的事情告訴我，我想我應該會採取不同的應對。然而她之所以沒這麼做，是因為不認為我會站在她那一邊吧。我會把如何讓初次蒞臨的客人敞開心房，當作今後的課題。」

聽了她這番話，藤木點了兩次頭。

「我也有同感。這次的事件，也讓我們發現很多需要學習的地方。我剛剛也和田倉在談，要如何提升今後的服務品質。可是妳要道歉的不是這件事啊？」

「不是。我非得道歉不可的是，我背叛了總經理。」

藤木將身體靠在椅背上，抬頭看著尚美。

「這就不能置之不理了。到底是什麼事？」

「媒體已經報導過了，這次的案情架構相當特殊。不是一個兇手犯下的連續殺人案，而是好幾個兇手接續犯案，把它做成像一人犯案的連續殺人案。警方知道這一點，但隱瞞著我們飯店。」

「好像是這樣啊。所以，這有什麼問題嗎？」

「其實……關於案情的架構，我早就知道了。」

「妳？早就知道了？」

「我不能說誰跟我說的，總之有人跟我說。聽到事情之後我首先想到的是，既然企圖在我們飯店行兇的人和之前的命案兇手是不同人，就沒有必要故意讓他在這裡行兇。如果我們飯店對外公開，說警方已經識破案情架構，並且在監視我們飯店，那個人很可能會打消犯案念頭。但是結果，我卻一直瞞著總經理，而且發生了這次騷動。真的非常對不起。」

尚美深深低下頭。她不知道藤木他們是什麼表情。沉悶的沉默經過了幾秒鐘。

接著聽到藤木「呼」地吐了一口氣。

「原來是這麼回事啊。妳為什麼瞞著我呢？」

「這是因為……有人拜託我，絕對不能講出去。」

「原來如此。這樣不太好喔。」

「真的很對不起。」尚美的腰彎得更低了。

「山岸，抬起頭來。」

「不，可是……」

「沒關係，妳就抬起頭來。」說這話的是田倉。「這樣沒辦法談話吧。」

「是。」尚美答道，抬頭一看，兩位上司都笑咪咪的。

「我說不太好的意思是，」藤木說：「既然人家把如此重大的機密跟妳說，還拜託妳絕對不能講出去，妳卻隨便講出來，這樣不太好。即便這是為了飯店著想也一樣。就這個意義來說，妳的判斷絕對沒有錯。剛才妳說要把如何讓初次蒞臨的客人敞開心房，當作今後的課題。能夠獲得一個人的信任，讓人覺得跟這個人講一定沒問題，這對飯店人也是非常重要的事。」

尚美看著藤木沉著的臉。總經理的雙眼，露出溫柔且認真的光芒。一旁的田倉默默點頭。

「此外，我還要跟妳說一件事。」藤木探出身去，在桌上十指交握，帶著耐人尋味的笑容抬頭看著尚美。「知道案情架構的人並非只有妳。我們也早就知道了。是警視廳的尾崎管理官告訴我們的。」

「咦？」尚美來回看著兩位上司。「這樣子啊？」

「知道的，只有我和田倉兩個人。」

「可是您沒有對外公開，果然也是被封口嗎？」

「嗯，這也是一個因素，不過基本上是我們做出的判斷。我認為不公開比較好。」

「為什麼？」

「公開之後，確實第四起案子的兇手或許會打消犯案念頭。不過這種事要怎麼確認呢？兇手不會告訴我們他放棄犯案吧？到頭來，我們還是得持續同樣的警備工作，而且客人也不會想來這種恐怖的飯店吧。公開出去沒有任何好處。所以我拜託尾崎管理官，請他當作這件事我們兩人都沒聽到。」

尚美眨眨眼睛，吸了一口氣，在向來充滿誠實的藤木眼中，窺看到一絲狡猾。

「……好像只有我一個人在為無聊的事情煩惱啊。」尚美低喃地說。

「這也是一種學習。凡事都是學習喲。」說這話的是田倉。

尚美點點頭，再度看向上司們。

深深覺得——飯店裡戴著面具的不只是客人。

44

「長倉麻貴以優異的成績從大學畢業。不僅專門科目，連數學方面的才華也是出類拔萃。她的腦筋本來就很好吧。聽說高中當過學生會副會長。」能勢一邊看記事本一邊說：「這次她用的藥物是一種叫Suxamethonium的肌肉鬆弛劑。這是用來全身麻醉的藥，所以靜脈注射只要0.01克就會導致呼吸停止或心跳停止。這種藥進入體內之後，會快速被分解，變成人體原本就擁有的東西。她以前工作過的動物醫院也有這種藥，可能是那時候偷出來的。雖然目的不明，但或許有預感將來用得到吧。欸，該怎麼說呢，不管怎樣她都是我不太想接近的女性類型。」

「能夠構思出那麼縝密的計畫，腦袋一定很好吧。」新田說：「不過反過來說，好得太過頭了。基本上這次的案子是，如果殺了松岡先生和山岸小姐，自己會遭到懷疑，所以才構思出這個計畫。但就算這兩個人被殺了，警方也不見得會把這兩起案子連在一起想。即便找出都是藥物犯案的共同點，至少不會從山岸小姐這條線查出長倉麻貴的名字。」

「我也這麼認為。為了一些小事對人懷恨在心，但被恨的人根本沒有注意到，更何況沒有留下任何紀錄。如果她能冷靜思考一下，就不會擬出這種麻煩得要死的計畫吧。事實上，長倉麻貴拿去年的照片給山岸小姐看的時候，她也無法立刻想出來是誰不是嗎？」

「這件事，」新田以食指抵住嘴唇。「不可以在山岸小姐面前說。她對於沒有看出長倉麻貴的變裝，甚至看到素顏還想不起是誰，好像有些沮喪的樣子。就她這個層級的飯店人而言，忘記客人的長相是不可原諒的事。」

「哦哦，原來如此。真是為難她了。」能勢皺起臉，搖搖頭。

兩人在東京柯迪希亞飯店的大廳。新田已經沒有穿櫃檯人員的制服。或許因為這個緣故總覺得不自在，但沒有說出口。

能勢看向新田的後方，表情變得柔和起來。新田回頭一看，尚美正往這裡走來。

「謝謝妳今天的招待。」新田站起身來，行了一禮。

「別這麼說。我才應該感謝你，這次真的多虧你救了我一命。今晚請千萬不要客氣喔。」

山岸尚美溫柔的聲音在新田耳畔迴盪。只不過一星期沒見，居然感到很懷念。清爽的笑容看得新田目眩神迷。

「也請我來吃飯這樣好嗎？我又沒有做什麼了不起的事。」能勢搔搔頭。以這個男人的個性來說，這句話不是謙虛，應該是發自內心。

「沒問題。我知道您的功勞。」山岸尚美微微一笑。

今天的餐宴是她邀請的。起因是藤木總經理說，想對逮捕兇手的新田表示一點謝意。

搭乘電梯來到最頂樓，進入法國餐廳。裡面已經準備好三人用的包廂，尚美帶他們兩人進入。

「藤木總經理叫我代他向兩位致意。」入座後，山岸尚美說：「其實他自己也很想來，不過考慮到你們兩位可能會不自在。」

「不，才不會呢。」新田嘴上這麼說，心中卻鬆了一口氣。和一流飯店的總經理面對面吃飯，光是想就憂鬱起來了。

菜色似乎早就決定好了。三個人面前擺著香檳杯。

突然，能勢開始坐立不安。

「啊，抱歉，失陪一下。——什麼事啊，這種時候打來。」能勢一邊從外套口袋掏出手機，一邊走出包廂。

「刑警還是一樣很辛苦啊。」尚美說。

「就是啊。」新田點點頭，看著她。「妳的氣色不錯，真是太好了。」

「你也是。」

兩人四目相交只有一瞬間。因為新田閃開了。

服務生來了，開始在酒杯裡注入香檳。這瓶是香檳王 DomPérignon。找不到話題，新田凝視著酒杯裡的氣泡。

能勢終於回來了。

「哎呀，真是傷腦筋。我女兒突然說要帶她男朋友來家裡。」

「啊？」新田睜大眼睛。「所以呢？」

「真的很抱歉，我可以就此告辭嗎？我實在很擔心家裡的狀況。」能勢露出和藹的笑容，在臉的前方合掌拜託。

新田和山岸尚美面面相覷之後，將目光轉回能勢。

「好吧，既然是這種事也沒辦法。」

「這樣啊。那我就失陪了。山岸小姐，妳還特地邀請我來，真的很抱歉。那我走了。抱歉抱歉。」能勢邊說邊往後退，就這樣離開了包廂。

新田啞口無言，再度看向山岸尚美。她也愣在那裡。不久，兩人相視苦笑。

「一般會回去嗎？」新田說。

「不知道。」她也側首不解。

恐怕是——。

新田頓時明白了，這可能是他的體貼吧。看到藤木沒來，只有三個人的時候，他就決定自己要離開了。這種機靈的轉折對能勢不算什麼。

「總之先乾杯吧。」新田舉起酒杯。

山岸尚美也舉起酒杯。

兩只碰杯的酒杯上，映著東京的夜色。

中文版特別收錄！東野圭吾親撰　誕生祕話

關於《假面飯店》

東野圭吾

＊本文涉及謎底，尚未讀過內容者請注意！

開始意識到「都會飯店」是在泡沫經濟時期。我想很多人都有印象，那時候一切都顯得荒唐愚蠢。男人們為了討心儀的女人歡心，把賺來的錢如流水般地花掉。這種男人的情緒到達最高點是在聖誕夜，舞台則是都內的高級飯店。由於飯店的數量與房間的數量都有限，理所當然形成一場爭奪戰。好幾個月前就要訂房自然不在話下，其中更有不少男人連要邀請的對象都還沒決定就先把房間訂下來。

咦？你也是這其中一人嘍？不不不，很遺憾的我當時是個初出茅廬不暢銷的作家，完全沒有享受到泡沫經濟帶來的恩惠，只能垂涎三尺望著這種社會上的喧囂氣氛。

之後經過了二十幾年，當時與我無緣的飯店，如今成為我非常重要的空間。首先，它是我的社交場所。我現在擔任日本推理作家協會的理事長，因此要盡量出席文壇的相關聚會，而這些聚會的場所大多在飯店的宴會廳。而且這種聚會，幾乎每個月都有。

此外我和編輯討論事情，也經常用到飯店大廳的沙發區。偶爾討論完畢也會去飯店裡的餐廳用餐，在酒吧小酌一番。還有接受雜誌採訪時，也會請他們在飯店訂房，在這裡進行採訪。因為旁邊有人在看的話，我會分心根本無法進行訪談。

就像這樣，飯店除了提供單純的住宿之外，也具備了多樣的功能。我從以前就一直認為，飯店是「成人的空間」。不知從何時開始，這個國家的許多空間都被年輕人和小孩佔據了。讓成人可以像個成人的空間，感覺真的越來越少。在這之中，飯店成了最後的堡壘。

由於有這種感嘆，我從以前就想寫以飯店為舞台的小說。不單單只是把飯店拿來當舞台，必須是飯店本身成為主角的小說。

寫報導或報告的時候，有所謂的「5W1H」論述，亦即「何時、何地、何人、何事、為何、如何」。以推理小說而言，就是把這六項元素的其中幾項塑成謎題，在解謎的過程中享受樂趣，但在這部《假面飯店》裡，唯有「何地」是一開始就決定的。

然而過去並非沒有以飯店為舞台的故事。不僅如此，在電影方面甚至出現了很多名作。其中的代表作，應該以《大飯店》（Grand Hotel）莫屬吧。許多人聚集在同一個地方，同時進行著各自的故事；如此嶄新的手法甚至被人稱為「大飯店形式」，以小說而言就是「群像劇」。以這種手法創作的作品很多，三谷幸喜執導的電影《有頂天大飯店》也是其中一部。

這次要寫以飯店為舞台的小說時，我最先思索的是，要不要採用這種「大飯店形式」來寫。若以隱藏真相瞞過讀者眼睛為目的來考量，這種手法確實相當有魅力，還可以透過各種人物的視點來描寫飯店，也有很大的好處。

但深思熟慮的結果，我決定不用這種手法。「大飯店形式」，對小說家而言是輕鬆又便利的手法，堪稱想寫以飯店當舞台的小說時，立刻就會想倚賴的魔法道具。然而正因如此我才認為，不用這種手法，才能創造出誰都想不到的故事吧。

那麼要用什麼手法呢？「大飯店形式」——亦即群像劇手法，可以用平行的方式描寫多個故事。但我不想以平行的方式，而是想以系列的方式來寫寫看。

首先將視點聚焦在兩個人物上。一位是刑警，一位是飯店人員。透過他們的眼睛，描寫陸續前來飯店的賓客，傳達出飯店這種世界的樣貌。當然，他們之間也會彼此觀察。刑警看到的飯店人是怎麼樣的人？飯店人眼裡的刑警又是怎麼樣的人？——於是故事的主題很自然就變成「何謂專業精神？」

既然形式和主題都敲定了，接下來就是故事了。關於這點，我一開始就有點子了。那就是——

在某間飯店裡，有人想殺了誰。

當然不知道兇手是誰，但也不知道被盯上的是誰。唯一確定的是，殺人案即將發生——。

面對這種情況，刑警該怎麼辦？而飯店員工們又該如何應對？

這對我是非常困難的模擬，執筆過程中確實感受到想像力發揮到了極限。但相對的也成就感十足。即便今後再做同樣的事，我也沒自信能超越這部作品。

但願各位讀者能好好享受美好的飯店世界。

國家圖書館出版品預行編目資料

假面飯店／東野圭吾作. -- 初版. --臺北市：
三采文化，2012.12
面；　公分. --（iREAD：62）

ISBN　978-986-229-794-0（平裝）

861.57　　　　　　101020982

suncolor 三采文化

iREAD 62

假面飯店

原著書名	マスカレード・ホテル
作者	東野圭吾
譯者	陳系美
日文主編	黃迺淳
日文助理編輯	李婕婷
美術編輯	謝佳穎
校對	渣渣
內頁排版	晨捷印製股份有限公司
封面設計	謝佳穎
版權經理	劉契妙
發行人	張輝明
總編輯	曾雅青
發行所	三采文化出版事業有限公司
地址	台北市內湖區瑞光路513 巷33號8F
傳訊	TEL:8797-1234　FAX:8797-1688
網址	www.suncolor.com.tw
郵政劃撥	帳號：14319060
	戶名：三采文化出版事業有限公司
初版發行	2012年12月7日
28刷	2024年8月20日
定價	NT$380